TEUFLISCHER GEFÄHRTE

LUZIFERS GEFÄHRTIN #2

ELIZABETH BRIGGS

1

LUZIFER

In all den Jahrtausenden meines Daseins war das Töten meiner Gefährtin das Schwerste, das ich jemals getan hatte.

Das Licht erlosch aus Hannahs Augen, während sie mich mit einem Ausdruck des Verrats ansah, den ich niemals mehr würde vergessen können. Als das Leben aus ihr wich, breitete sich die Angst in meiner Brust aus, wuchs und wurde immer größer, bis ich mich kaum noch beherrschen konnte.

Sie sackte in meinen Armen zusammen.

Tot.

„Verzeih mir." Ich drückte sie mit dem Rücken gegen die Ledercouch und kämpfte gegen die Gefühle an, die sich ihren Weg aus meinem Herzen bahnen wollten. „Es war der einzige Weg."

Meine reuevolle Entschuldigung war nicht genug. Sie würde niemals ausreichen. Wie sollte ich mich je für das hier entschuldigen? Dafür, dass ich sie umgebracht hatte? Selbst wenn ich es tat, um den Fluch zu brechen, in der Absicht, sie wieder zum Leben zu erwecken ... Ich war mir nicht sicher, ob mir diese Tat jemals vergeben werden konnte. Und selbst wenn sie mir vergab, würde ich mir selbst vergeben können?

Meine Hannah lag auf dem Sofa, ihre Brust regungslos. So still. Ich strich mit den Fingerknöcheln über ihre zarten, blassen Wangen, während ich ihr Gesicht beobachtete und wartete. Je mehr Zeit verging, desto überzeugter war ich, dass ich die falsche Entscheidung getroffen hatte. Was dauerte so lange?

Samael eilte herbei, ich konnte ihn aus dem Augenwinkel sehen. Er hielt kurz inne und erstarrte vollkommen, während er die Situation in sich aufnahm. Ich konnte meinen Blick nicht von meiner geliebten Gefährtin abwenden, der anderen Hälfte meiner Seele. *Komm zu mir zurück, Hannah.*

„Was habt Ihr getan?" fragte Samael, das Grauen war ihm deutlich anzuhören.

Meine Stimme klang angespannt als ich sagte: „Ich musste es tun, um den Fluch zu brechen. Keine Sorge, ihr Tod wird nicht von Dauer sein." Aber ihre Haut wurde kälter unter meinen Fingern, als ich über ihre Kieferpartie strich und versuchte, sie mit der Kraft meines Willens zu erwecken. „So hoffe ich zumindest."

Ich wandte den Blick von Hannahs Gesicht ab, als fünf geflügelte Gestalten durch das zerbrochene Fensterglas flogen und im Penthouse landeten. Sie landeten fast lautlos mit den Füßen auf dem Boden. Als sie ihre Flügel mit einem leisen Rascheln einklappten, atmete ich erleichtert auf.

Kassiel rückte seine Krawatte zurecht und ordnete seinen Anzug, während er auf die Verwüstung und den Tod vor sich starrte. An seiner Seite befanden sich seine Geliebte Olivia und ihre drei anderen Gefährten, Bastien, Callan und Marcus. Als Halb-Succubus brauchte sie wie ihre Mutter Lilith vier von ihnen, um sich zu sättigen. Ich hatte sie heute Morgen angerufen, in der Hoffnung, dass sie mir in dieser Angelegenheit helfen könnten – und ich hatte erst dann damit begonnen, den Fluch zu brechen, als ich sie draußen gesehen hatte, wie sie an der Seite meiner Leute gegen Mammon und seine Drachen kämpften.

Ich erhob mich und stellte mich ihnen gegenüber. „Danke, dass ihr so schnell gekommen seid."

Kassiel machte einen Schritt nach vorne, die anderen folgten ihm. „Wir waren zum Glück schon in der Nähe, als Ihr uns gerufen habt."

„Das war ein ordentliches Gefecht." Olivia nickte in Richtung des zerbrochenen Fensters und des Himmels draußen, wo wir gemeinsam gegen die Drachen und Gargoyles gekämpft hatten. Alle unsere Feinde waren geflohen, nachdem ich ihren Anführer ausgeschaltet hatte, aber leider war auch Gadreel – der sich jetzt als Adam zu erkennen gab – geflohen und hatte Samaels alte Tagebücher mitgenommen. Darüber würde ich mir später Gedanken machen. Alles, was im Augenblick zählte, war, meine Gefährtin zurückzubringen.

Kassiels grüne Augen landeten auf Hannahs liegendem Körper. „Obwohl wir vielleicht zu spät dran waren ..."

Ich konzentrierte mich auf Olivias anderen Gefährten, Marcus. Als Engel des Chors der Malakim hatte er die Fähigkeit zu heilen, und als Sohn von Erzengel Raphael hatte er auch eine andere einzigartige und wunderbare Fähigkeit. Eine, die ich im Moment brauchte.

„Erwecke sie wieder zum Leben", verlangte ich. Es war keine Bitte. Es war ein Befehl, durchdrungen von Macht, und er erklang aus den Tiefen meiner Seele. Selbst wenn diese Engel mir keinen Gefallen schuldeten, würde es ihnen schwerfallen, sich mir zu widersetzen.

„Ich werde es versuchen, aber ich kann nicht versprechen, dass es gelingt." Der dunkelhaarige Engel ging zu Hannah und untersuchte sie kurz, bevor er mich zögernd ansah.

„Mach schon", blaffte ich ihn an. Ich hatte keine Geduld für Zweifel. Je länger wir warteten, desto schwieriger würde es, sie zurückzubringen. Und wir mussten sie zurückholen. Ein anderes Ergebnis würde ich nicht akzeptieren.

Marcus legte seine Hände auf Hannahs Brust, direkt unter ihr Schlüsselbein, und ein weißes Leuchten umgab sie. Ich hielt erwartungsvoll den Atem an. Wenn sie zurückkäme, würde ich alles tun, um sie zu beschützen und all die Jahre des Schmerzes wiedergutzumachen, die wir durchgemacht hatten. Ich würde alles tun, was nötig war, damit sie mir verzieh, was ich getan hatte.

Olivia streckte eine Hand aus und Marcus ergriff sie und umschloss sie mit seiner größeren. Ihre anderen Gefährten drängten sich um Olivia und legten ihre Hände auf ihren Rücken. Alle schlossen ihre Augen und sandten Marcus ihre vereinte Kraft und Energie, um ihm zu helfen, meine Hannah zu retten. Meine Persephone. Meine Eva.

Das Herz pochte mir in den Ohren und wetteiferte mit dem Tosen des Windes draußen vor den zerbrochenen Fenstern. Samael schwebte mit einem angespannten Gesichtsausdruck in der Nähe. Niemand bewegte sich, während das weiße Leuchten Hannahs Körper durchflutete, und ich hielt den Atem an, während ich die wohl längste Minute meines ewigen Lebens ertrug. Würde es tatsächlich gelingen? Oder hatte ich den größten Fehler aller Zeiten gemacht?

Schließlich zog Marcus seine Hände zurück und das Licht verblasste. Nichts geschah, und ich erwartete, dass er mir sagen würde, dass es unmöglich sei.

Doch dann schnappte Hannah auf einmal verzweifelt und röchelnd nach Luft.

Unglaubliche Erleichterung durchströmte mich, und ich stürzte ohne zu zögern nach vorne. Ich fiel neben ihr auf die Knie und achtete nicht auf das Knirschen des Glases, das durch meine Hose schnitt. Ihre blauen Augen öffneten sich, während die gesamte Anspannung aus meinem Körper wich.

„Hannah", flüsterte ich, meine Hände bereits auf ihren Wangen, denn ich konnte keinen weiteren Moment ertragen, ohne sie zu berühren. Ich musste die Wärme ihrer Wangen und den Atem, der von ihren Lippen ausströmte, spüren, um zu glauben, dass sie tatsächlich wieder am Leben war.

Als ihr Blick auf mich fiel, verzog sich ihr schöner Mund, und in ihren Augen zeichneten sich Verwirrung und Entsetzen ab. In Ordnung. Ja, das hatte ich verdient. Mit diesem Problem würden wir uns später auseinandersetzen. Alles, was zählte, war, dass sie am Leben war – und dass der Fluch gebrochen war. Ein Gefühl des Triumphs erfüllte meine Brust, da ich meinen Vater wieder einmal bei seinem eigenen Spiel geschlagen hatte.

„Atme einfach", sagte ich mit leiser Stimme, während Hannah versuchte, sich aufzusetzen. Ich reichte ihr meine Hand, die sie nach einigem Zögern ergriff.

Aber dann sank Hannah zurück auf das Sofa, so als wollte sie Abstand von mir bekommen. Sie starrte die anderen Anwesenden im Raum mit großen Augen an, aber ihr Blick wanderte immer wieder zu Kassiel. Das war nachvollziehbar. Ich ließ mich neben ihr nieder und war bereit, alles zu sagen oder zu tun, was nötig war, damit sie das Geschehene begriff.

„Unsere Rechnung ist damit beglichen."

Ohne mich auch nur umzudrehen, wusste ich, wer gesprochen hatte. Die raue, sonore Stimme konnte nur einer Person gehören. Callan, Jophiels Sohn und Olivias hartgesottenstem Gefährten. Ich wandte mich ihm zu und warf ihm einen stechenden, vernichtenden Blick zu. Wenn er nur gewusst hätte, wer Hannah wirklich war ...

„Ich danke euch allen für eure Hilfe", sagte ich und blickte zwischen all den Anwesenden um uns herum hin und her.

„Wer ist sie?" fragte Kassiel.

Hannah zuckte ein wenig zusammen, als sie seine Stimme hörte, und ihre Hand bewegte sich, um die Armlehne des Sofas zu umklammern. Ihre Knöchel wurden weiß, während sie sie festhielt. Sie war in Panik, versuchte aber, es nicht zu zeigen. Wer konnte ihr das verdenken? Von seinem Gefährten ermordet zu werden und anschließend von den Toten auferweckt zu werden, war eine Menge zu verkraften.

Ich stand auf und zupfte meinen armen Anzug zurecht, der mit Drachenblut und weiß der Teufel was sonst besudelt war. „Wir reden später weiter. Im Moment möchte ich allein mit ihr sein. Samael, kannst du Zimmer für unsere Gäste organisieren und dafür sorgen, dass die Aufräumarbeiten beginnen?"

Samael nickte knapp, sichtlich verstimmt über die Situation. Davon würde ich später mit Sicherheit noch sehr ausführlich hören. „Folgt mir bitte", wies er die anderen an, und seine Schritte waren energisch, während er sich entfernte. Kassiel warf Hannah noch einen letzten neugierigen Blick zu, ehe er Samael und den anderen aus dem Penthouse folgte.

Sobald sie gegangen waren, drehte ich mich wieder zu Hannah um, um ihr Trost und vielleicht ein Glas Wasser anzubieten. Ihre Augen musterten mich, und sie sprang plötzlich auf, das Gesicht vor Wut verzerrt, das blonde Haar wallte hinter ihr her.

„Du hast mich umgebracht." Ihre Brust hob sich, ihre Augen loderten. „Du hast mich umgebracht!"

„Hannah ..." Ich machte einen Schritt nach vorn, um sie in die Arme zu nehmen und sie zu beruhigen, aber sie strauchelte rückwärts und hob die Hände, um mich abzuwehren.

„Bleib weg! Komm mir bloß nicht näher!" Die Farbe wich aus ihrem Gesicht, und sie fuhr sich mit der Hand an den Hals. Sie umfasste ihn sanft, als ob sie sich erinnerte.

Ich seufzte und wünschte, dass ich ihr diese Erinnerung nehmen könnte, die Erinnerung daran, wie ich ihr die Kehle zudrückte, bis das Leben sie verließ. „Hannah, lass es mich erklären. Dich zu töten war der einzige Weg, den Fluch zu brechen, aber ich hatte die ganze Zeit über einen Plan. Ich habe einen Gefallen bei den Engeln eingefordert und ließ Marcus dich wieder zum Leben erwecken. Er ist der Sohn des Erzengels Raphael und kann, wie schon sein Vater, Menschen von den Toten zurückbringen."

Hannah bäumte sich auf, ihre Augen wurden groß. „Warst du dir sicher, dass es funktionieren würde?"

„Nein, aber ich hatte den Glauben daran."

„Du hattest *Glauben*?" Sie packte eine Vase, eines der wenigen zerbrechlichen Dinge im Raum, das die Schlacht unversehrt überstanden hatte, und schleuderte sie quer durch den Raum. „Ich hätte sterben können!", schrie sie. „Verdammt nochmal. Ich *bin* gestorben!"

Die Vase schlug auf dem Boden auf und zerbrach. Ich blieb ruhig und versuchte, nichts zu tun oder zu sagen, was Hannahs Ärger weiter schüren würde. „Ja."

Sie blieb stehen und starrte mich an. In ihrem Gesicht zeichnete sich noch mehr Entsetzen ab, falls das überhaupt noch möglich war. „Und dieses Mal wäre ich nicht wiedergeboren worden."

„Ja."

Sie hob ein Weinglas auf und warf es in meine Richtung. „Du hättest mir vorher sagen müssen, dass das dein Plan war!"

Ich hob meine Hand und fing das Glas gerade noch rechtzeitig auf. „Ich konnte dich nicht warnen. Glaube mir, ich wollte dir alles sagen, aber ich konnte nicht. Es musste ein Akt der Leidenschaft sein, ausgeführt mit meinen eigenen Händen, und du musstest mich ansehen und erkennen, dass ich dich töte. Mein Vater hat das sehr deutlich gemacht, als er uns verflucht hat. Wenn du meinen ganzen Plan gekannt hättest, hätte es womöglich nicht funktioniert. Das konnte ich nicht riskieren. Selbst wenn wir jetzt bis ans Ende unserer Tage mit der Erinnerung daran leben müssen."

Sie hielt sich eine Hand an den Kopf, als ob sie Schmerzen hätte. „Warum jetzt? Wenn du die ganze Zeit über wusstest, wie man den Fluch brechen kann, warum hast du dann bis jetzt gewartet?"

„Weil ich bis vor kurzem keine Möglichkeit hatte, dich zurückzubringen." Ich stellte das Weinglas ab und machte mich auf weitere fliegende Gegenstände gefasst. „Vor ungefähr einem Jahr habe ich einigen Engeln – denen, die gerade gegangen sind – geholfen, aus dem Gefängnis zu entkommen und sie somit in meine Pflicht gebracht. Ohne ihre Hilfe hätte ich dich nicht zurückbringen und den Tod überlisten können."

Hannah holte zitternd Luft, bevor sie sprach. „Ist der Fluch also gebrochen?"

„Ich glaube schon, ja." Ich hatte es gespürt, als sie gestorben war. Wie ein Gummiband, das tief in mir in zwei Teile riss.

„Wenn ich also sterbe, ist das wirklich mein Ende?" Sie sah verloren aus, als sie die Worte sagte.

„So wie es das für alle lebenden Wesen ist." Ich breitete die Hände aus und legte den Kopf schief, unsicher, wie ich reagieren sollte. Sie hatte den Fluch genauso sehr brechen wollen wie ich, wenn nicht sogar noch mehr. Ich hatte es schließlich für sie getan. Für uns. „Irgendwann müssen wir uns alle unserem Untergang stellen. Wenigstens können wir uns ihm jetzt gemeinsam stellen."

„Nein, nein, nein ...", murmelte sie vor sich hin, während sie kopfschüttelnd vor mir zurückwich. Sie fasste sich mit den Händen an den Kopf, als die Qual sich in ihrem Gesicht abzeichnete. „Es ist zu viel ... ich kann nicht ..."

Ich eilte nach vorne, während sie sich krümmte und schrie, aber dann hielt sie eine Hand hoch, während sie mit dem anderen Arm ihre Taille umklammerte.

„Bleib weg von mir!", schrie sie.

Goldenes Licht strömte aus ihrer Haut, erleuchtete den

Raum und schleuderte mich zurück. Während ich stolperte und eine Hand hochwarf, um meine Augen vor dem Licht zu schützen, rannte Hannah auf die zerbrochenen Fenster zu. Sie stürmte direkt durch die zackigen Löcher, bevor sie vom Balkon in die Nacht sprang, ohne einen Blick zurückzuwerfen.

Ich eilte zum Geländer, umklammerte es fest und sah zu, wie Hannah auf silbernen Flügeln davonflog.

2

———

HANNAH

Ich flog. Mit meinen eigenen Flügeln. Wie war das möglich?

Ich war überwältigt von dem Wissen um meinen eigenen Tod von Luzifers Hand, von den Tausenden von Erinnerungsfetzen, die mein Gedächtnis überfluteten und von diesem Machtrausch in meinem Inneren, den ich nicht kontrollieren konnte. In meiner Panik, all dem zu entkommen, rannte ich auf den Balkon des Penthouse. Irgendein Instinkt ließ mich springen, aber ich stürzte nicht. Nein, ich tat das Gegenteil von einem Sturz. *Ich flog*. Und erst als ich durch den Nachthimmel schwebte, wurde mir klar, dass ich auf silbernen Flügeln dahinglitt.

Meinen Flügeln.

Der Wind strich durch meine Federn, als ich ohne nachzudenken auf den Luftströmungen dahinsegelte. Ich staunte über das Gefühl von Freiheit und Macht. Es reichte, um mich für ein paar Sekunden zu beruhigen und mir zu erlauben, in diesem kurzen Moment zu existieren. Es fühlte sich ... richtig an. Vertraut. Natürlich.

Aber dann strömten die Erinnerungen zurück und erfüllten mich mit Angst und Schmerz. Ich war *gestorben*. Durch Luzifers

Hand. Mein eigener Gefährte hatte mich getötet! Gewiss, er hatte einen besonderen Grund dafür, aber er hätte mich vorher über sein Vorhaben einweihen müssen. Oder mich irgendwie warnen müssen. *Irgendetwas.* Selbst wenn ich ihm jemals verzeihen konnte und ich war mir nicht sicher, ob das möglich war, würde ich niemals das Gefühl vergessen können, wie er mich mit seinen eigenen Händen zu Tode gewürgt hatte.

Wut und Schmerz erfüllten mich bei dem Gedanken und erneut schoss goldenes Licht aus meiner Haut und erhellte den Nachthimmel als hätte ich mich in einen Stern verwandelt. Kraft durchströmte mich und dann überrollte eine Flut von Erinnerungen, die nicht meine eigenen waren, mein Denken. *Auf schwarzen Flügeln durch die Dunkelheit der Hölle fliegend. Barfuß durch einen blühenden Garten laufend und lachend. Zu Gadreel aufblickend, während er mir den Speer aus der Brust zieht. Einen kleinen nackten Babyjungen in meinen Armen haltend.*

Ich schüttelte den Kopf und versuchte, die Erinnerungen tief in mir zu verdrängen und den Weg zurück in die Gegenwart zu finden. Luzifers furchtbare Tat hatte etwas in mir freigesetzt und jetzt wusste ich nicht mehr, wer ich war. Wenn Hannah gestorben war, war ich dann Eva? Lenore? Jemand anderes mit Flügeln – ein Engel?

Fliegen war das Einzige, das einen Sinn für mich ergab, das mein Körper irgendwie instinktiv beherrschte, also bewegte ich mich weiter, schlug mit den Flügeln, um immer höher zu steigen und immer weiter zu fliegen. Jedes Mal, wenn eine neue Frage oder Erinnerung in meinem Kopf auftauchte, flog ich höher und schneller, um meiner Angst zu entfliehen, außerstande, innezuhalten und mich meinen Gedanken hinzugeben.

Eine Gestalt aus der Finsternis flog auf einmal vor mir und nahm dann die Gestalt meines Gefährten an. Luzifers schemenhafte schwarze Flügel breiteten sich hinter ihm aus, als er mir den Weg versperrte. Er sah verdammt gut aus, sein dunkles Haar wogte im Wind und seine grünen Augen funkelten vor Kummer. Mein Herz raste bei seinem Anblick, sowohl vor Liebe als auch vor Schmerz.

„Hannah, bleib stehen!" Er nahm meine Hand in seine, aber ich entriss sie ihm. „Ich kann nicht!" schrie ich, während ich ihn von mir wegstieß. „Was zum Teufel geschieht mit mir? Wer bin ich?"

„Ich kann dir alles erklären, wenn du mit mir zurück ins Penthouse kommst." Dass er so ruhig und vernünftig klang, machte mich nur noch wütender. Wie konnte er gelassen sein, wenn alles in mir implodiert war?

„Ich werde nirgendwo mit dir hingehen!" erwiderte ich mit einem wütenden Flügelschlag, der silbrige Lichtstreifen durch die Nachtluft jagte. „Wenn du eine Erklärung hast, dann gib sie mir gleich hier und jetzt."

Luzifer stieß einen langen Seufzer aus, bevor er sprach, seine Worte langsam und bedächtig. „Du bist ein Engel namens Haniel. Deine Kräfte und Erinnerungen wurden dir von deiner Schwester, Jophiel, zu deinem Schutz genommen. Auch meine Erinnerungen an dich wurden mir genommen, ich bekam sie erst zu Halloween wieder."

Haniel. Ein Engel. Ja, das ergab Sinn. Aber der Rest ... Der Schmerz in meiner Brust flammte auf. „Jophiel hat mir das angetan? Wie?"

Die Finsternis seiner Flügel ließ ihn mit der Nacht verschmelzen. „Sie hatte nur deine Sicherheit im Sinn, glaube ich, aber das entschuldigt nicht, was sie getan hat – mit keinem von uns. Ich bin selbst noch dabei, all die zurückgewonnenen Erinnerungen zu verarbeiten. Ich hatte gehofft, dass du durch die Wiedererweckung wieder ganz du selbst sein würdest, aber es scheint, als wenn sie dir nur deine Kräfte zurückgegeben hat."

Wieder ganz ich selbst? Vor einer Stunde war ich noch ein

Mensch – zumindest dachte ich das. Und jetzt war ich gestorben und wiedergeboren worden und hatte herausgefunden, dass ich eigentlich ein verdammter Engel war. Abgesehen davon, war ich auch noch all diese anderen Menschen aus meinen früheren Leben. Das war genug, um mich schreien lassen zu wollen.

„Wie bekomme ich die Erinnerungen zurück?" fragte ich mit zitternder Stimme.

„Du wirst Jophiel dazu bringen müssen, sie zurückzugeben, so wie ich es getan habe." Ein boshaftes Lächeln umspielte seine Lippen. „Sie wollte es nicht tun, doch ich kann ziemlich überzeugend sein."

Ich presste meine Handflächen gegen mein Gesicht, das mit so vielen Emotionen, Kräften und Erinnerungen gefüllt war, dass ich das Gefühl hatte, ich würde explodieren. Nun hatte ich auch noch erfahren, dass meine eigene Schwester mich verraten hatte? Und mir nicht nur meine Erinnerungen, sondern auch meine Kräfte genommen hatte? Nein. Das war einfach zu viel. Ich hatte bereits Hunderte von vergangenen Leben, die in mir um Aufmerksamkeit wetteiferten. Ich hatte keine Ahnung mehr, wer ich war. War Hannah überhaupt wirklich? Und wer war Haniel?

Ich musste die Wahrheit darüber herausfinden, wer ich als Haniel gewesen war. Tief in meinem Innern wusste ich, dass das wichtig war, auch wenn ich nicht erklären konnte, warum.

Ich ließ meine Hände sinken und holte tief Luft. „Ich muss meine Schwester sehen."

„Natürlich. Aber ehe du gehst, sollte ich dich davor warnen, dass du diese Erinnerungen vielleicht nicht zurückhaben willst." Luzifers Mund verzog sich und er wandte den Blick ab. „Die Wahrheit darüber, was passiert ist, könnte zu schmerzhaft sein, um sie zu ertragen. Selbst jetzt frage ich mich, ob ich nicht besser dran gewesen war, als ich es nicht gewusst hatte."

„Ich muss die Wahrheit wissen. Egal, wie schlimm sie ist." Ich verschränkte die Arme und hielt mich mit meinen Flügeln aufrecht. „Und kann es wirklich schlimmer sein, als von meinem eigenen Gefährten getötet zu werden?"

Luzifer blickte zum Himmel hinauf. „Werde ich für dieses Verbrechen das ganze nächste Jahrhundert lang büßen?"

„Mindestens!"

Er senkte die Stimme, als er seinen Blick wieder mir zuwandte. „Vergiss nicht, dass ich es für dich getan habe. Für uns."

Ich stieß einen langen Atemzug aus. „Ich verstehe, warum du mich getötet hast, aber das heißt nicht, dass ich damit einverstanden bin. Ich bin mir nicht sicher, wie ich dir verzeihen soll oder wie ich damit weiterleben soll."

Sein Gesicht verfinsterte sich und er schoss auf seinen schwarzen Flügeln auf mich zu, bis er nur noch einen Atemzug von mir entfernt war. „Ob du mir verzeihst oder nicht, das ist unwichtig. Du bist meine Gefährtin. Das warst du immer und das wirst du immer sein." Er nahm mich in den Arm, während er mir mit großer Intensität in die Augen blickte. „Auch wenn du es jetzt nicht sehen kannst, du wirst mit der Zeit erkennen, dass es getan werden musste. Der Fluch musste gebrochen werden. Es war der einzige Weg."

Ich stieß einen Schwall goldenen Lichts aus und drückte mich mit meinen Flügeln ruckartig von ihm weg. „Das macht es nicht besser!"

Er schüttelte den Kopf. „Du musst dich ausruhen. Morgen früh nehmen wir mein Privatflugzeug, um Jophiel einen Besuch abzustatten."

„Nein. Ich will meine Schwester zur Rede stellen, aber das tue ich allein. Abgesehen davon, habt du und Jophiel euch beim letzten Mal, als wir alle zusammen waren, einander fast umgebracht."

Er presste seine Lippen zu einem schmalen Strich zusammen. „Ich kann dich nicht allein gehen lassen."

„Du kannst mich auch nicht aufhalten."

„Dann nimm wenigstens Azazel mit."

„Gut." Mein Flügelschlag verlangsamte sich und ich spürte, wie mich die Last des Abends herunterzog. „Nachdem ich mich etwas ausgeruht habe."

Luzifer nahm mich plötzlich in seine Arme und flog mit mir in Richtung Penthouse, hielt mich fest, während seine schattenhaften Flügel uns vorwärts trugen. Ich versuchte zu protestieren, aber ich war zu erschöpft, um etwas anderes zu tun, als ihn anzusehen. Mein verräterischer Körper wollte sich an ihn schmiegen und mein Herz schlug schneller, als er mich eng an seine muskulöse Brust drückte. Mein Gehirn mochte schreien, dass das alles nicht gut war, aber der Rest von mir wollte jede Sekunde in seinen Armen auskosten. Luzifer hatte recht – er war mein Gefährte und egal wie wütend ich war, dieser Tatsache würde ich niemals entrinnen können.

Sobald er mich im Penthouse abgesetzt hatte, wandte ich mich von ihm ab und rannte los, wobei meine Schuhe auf den Glasscherben von dem vorangegangenen Gefecht knirschten. Ich konnte keine weitere Sekunde mit Luzifer und all meinen widersprüchlichen Gefühlen verbringen. Ich steuerte direkt auf das Gästezimmer zu, in dem ich gewohnt hatte und war erleichtert, es unberührt von dem Kampf vorzufinden.

Ich schloss die Tür und lehnte mich mit dem Rücken dagegen, denn ich war völlig außer Atem und bis ins Mark erschüttert. Meine Knie waren weich und mein Verstand forderte regelrecht, dass ich der Panik nachgab, aber meine neugefundenen Kräfte ließen das nicht zu. Oder vielleicht war es das Sterben und das Wiedererwachen – ich dachte, dass das einen Menschen wirklich auslaugt. Ich brach auf dem Bett zusammen, meine Glieder schwach und kraftlos und schon bald ergriff mich die süße Befreiung des Schlafes.

Aber ich schlief nicht lange.

Schon vier Stunden, nachdem ich ins Bett gegangen war und im Penthouse Totenstille herrschte, stopfte ich ein paar Kleidungsstücke in einen Seesack. Genug für ein paar Nächte. Vielleicht für mehr. Vielleicht für immer.

Dann schlich ich mich aus dem Penthouse. Alleine.

3

HANNAH

Niemand hielt mich auf meinem Weg aus dem Penthouse oder auf der langen Fahrt mit dem Aufzug zur untersten Parkebene der Tiefgarage des „Celestial Resort and Casino" auf. Warum sollten sie auch? Jeder, der in Luzifers Hotel arbeitete, wusste, dass ich seine Frau war. Sie hatten keine Ahnung von dem Tumult der in mir tobte bei dem Gedanken, für den Rest meines Lebens seine Gefährtin zu sein. Nun meinem einzigen Leben, dank Luzifer, der den Fluch gebrochen hatte. Ich ging durch den Privatbereich des Parkhauses, wo Luzifer all seine teuren Sportwagen aufbewahrte und auf den gelben Lamborghini zu, den ich mir gestern von meiner Schwester Jophiel geliehen (aka gestohlen) hatte. Ich freute mich nicht gerade auf eine weitere lange Fahrt zurück nach San Francisco, aber ich musste sofort mit ihr sprechen – und zwar ohne Luzifer.

Hinter mir hörte ich kräftige Schritte, sodass ich herumwirbelte und mich umdrehte, wobei sich meine Flügel hinter mir ausbreiteten und ein helles Strahlen von meiner Haut ausging. Azazel stand vor mir, ihr langes Haar umspielte ihre muskulösen Schultern, ihre dunkle Haut schimmerte in dem Licht, das ich ausstrahlte. Sie war für den Kampf in schwarzes Leder gekleidet, hatte ihre Dolche umgeschnallt und starrte mich mit offener Feindseligkeit an. „Was zur Hölle soll das?"

„Ich verschwinde hier." Ich umklammerte meine Tasche fester. „Du kannst mich nicht aufhalten."

„Das meine ich nicht. Deine Flügel." Zel deutete mit ihren blutroten Nägeln auf sie und als sie sprach, triefte ihre Stimme vor Abscheu. „Du bist jetzt ein *Engel?*"

Ich blickte über meine Schulter auf die silbernen Federn und schaffte es dann mit einer gewissen Anstrengung, sie mitsamt dem strahlenden Licht verschwinden zu lassen. Diese verdammten Kräfte. Ich war mir immer noch nicht sicher, wie ich sie beherrschen sollte.

„So sieht es aus", murmelte ich. „Glaub mir, ich bin nicht weniger überrascht als du."

Ihre dunklen Augen wurden schmal. „Wie? Luzifer hätte es sofort gemerkt, wenn du ein Engel wärst. Wir hätten es alle gemerkt."

Ich stieß einen langen Seufzer aus. „Ich weiß es nicht. Ich habe auch die ganze Zeit gedacht, ich sei ein Mensch. Deshalb gehe ich weg – um Antworten zu bekommen. Luzifer sagt, dass meine Schwester Jophiel meine Kräfte und meine Erinnerungen vor mir verborgen hat und ich werde sie jetzt damit konfrontieren." Ich erwiderte Zels Blick. „Ist das ein Problem für dich?"

„Ich mag Engel nicht." Sie klang, als würde sie mit zusammengepressten Zähnen sprechen. „Aber ich habe einen Eid geschworen, dich zu beschützen und das hat sich nicht geändert. Ich habe einmal versagt und das wird nicht wieder passieren – selbst wenn du ein Engel bist." Sie verzog die Lippen, als sie das letzte Wort sagte.

Ich kämpfte gegen einen Stich der Enttäuschung an, dass ein Paar silberner Flügel so viel zwischen uns verändern konnte. „Ich nehme deinen Schutz gerne an, aber ich könnte wirklich eine Freundin gebrauchen", gestand ich.

„Ich schließe keine Freundschaften mit Engeln." Zel schlenderte auf das gelbe Cabrio zu. „Ist das unser Wagen? Nicht schlecht. Ich werde fahren. Wir alle wissen, dass Engel im Dunkeln zu nichts zu gebrauchen sind und du siehst aus, als würdest du gleich im Stehen einschlafen."

Damit lag sie nicht falsch. Ich warf ihr die Schlüssel mit einem Gähnen zu. „Danke."

„Wohin, kleine Sterbliche?" Sie öffnete die Autotür und hielt dann inne. „Hmm, ich nehme an, so kann ich dich nicht mehr nennen."

Ich öffnete den winzigen Kofferraum und warf meine Tasche hinein. „San Francisco."

„Lange Fahrt." Sie ließ sich auf den Fahrersitz gleiten. „Wir tauschen, sobald die Sonne aufgeht."

Ich nickte, während ich in den Ledersitz auf der Beifahrerseite sank. Als sie den Wagen startete und uns aus dem Parkhaus fuhr, rollte ich meine Jacke so gut es ging zu einem Kissen zusammen. Dann lehnte ich mich gegen die Autotür und schloss die Augen. Vier Stunden waren definitiv nicht genug Schlaf nach dem, was letzte Nacht passiert war, aber ich brauchte Antworten.

Aber als ich die Augen schloss und mich zur Ruhe zwang, erwies sich der Schlaf als schwer zu finden. Meine Gedanken waren zu wild und chaotisch, zu voll mit Fragen, die keine Antworten hatten und Erinnerungen, die nur Schmerz brachten. Ich konnte die Tatsache kaum fassen, dass ich jetzt ein Engel war, dass ich gestorben und wiedergeboren worden war und dass alles, was ich bisher über mein Leben zu wissen geglaubt hatte, falsch war.

Ich war erst seit etwas mehr als einer Woche von zu Hause weg, aber schon schien mein Blumenladen wie eine längst vergessene Erinnerung. In dieser kurzen Zeit hatte ich etwas über die übernatürliche Welt herausgefunden und dass ich ein Teil von ihr war. Zuerst hatte ich erfahren, dass ich Luzifers Gefährtin war, dazu verflucht, in einem endlosen Kreislauf zu sterben und wiedergeboren zu werden. Ich war Eva und Persephone und Lenore und viele andere, deren Namen längst in Vergessenheit geraten waren. Aber jetzt hatte ich außerdem erfahren, dass ich ein Engel war. Nicht Hannah. *Haniel.* Meine gesamte Identität war innerhalb weniger Tage ausgelöscht und ersetzt worden.

Und Luzifer hatte mich getötet.

Vielleicht aus gutem Grund, aber ohne ausreichende Gewissheit, dass ich wieder zum Leben erwachen würde. Nicht annähernd ausreichend. Er war davon ausgegangen, dass mich die Engel zurückbringen würden, aber was, wenn es fehlgeschlagen wäre? Er hätte mir zumindest die Möglichkeit geben sollen, eine Wahl zu treffen, aber das hatte er mir verwehrt. Er hatte die Entscheidung getroffen, den Fluch selbst zu brechen und sich dabei wie ein großer, arroganter Tyrann verhalten und nun mussten wir beide für den Rest unseres Lebens mit seinem schrecklichen Verbrechen leben. Für den Rest unserer unsterblichen Leben.

Als Engel würde ich nicht altern. Das war schon ein großer Schock. Da der Fluch gebrochen war – wenn er denn wirklich gebrochen war – war dies auch mein letztes Leben. Ich dachte, dass ich erleichtert darüber sein würde und doch jagte es mir einen Schauer über den Rücken. Wenn Gadreel – von dem wir jetzt wussten, dass er der inkarnierte Adam war – mich noch einmal tötete, wäre das mein endgültiges Ende. Mein letzter Tod.

Da der Fluch gebrochen war, bedeutete das natürlich auch, dass wir ihn auch töten konnten. Diesmal für immer.

Ich hoffte jedenfalls sehr, dass er getötet werden konnte. In meinem Kopf blitzten Erinnerungen an Adam in zahlreichen Verkörperungen auf und an all die Male, die er mich ermordet hatte. Sogar in Leben, von denen Luzifer nichts wusste, in denen

Adam mich als Kind gefunden hatte. Bei diesen Erinnerungen und all den erbärmlichen, ekelhaften Dingen, die er getan hatte, schauderte ich besonders stark. Dieses Ungeheuer musste unbedingt aufgehalten werden.

Ich hatte allerdings keine Ahnung, wo er jetzt war. Er war verschwunden, nachdem er Samaels alte Tagebücher von Luzifer gestohlen hatte. Das hörte sich an, als könnte es zu einem Problem werden, obwohl ich mir nicht sicher war, wie genau. Ich verdrängte die fehlenden Tagebücher aus meinen Gedanken – das würde ich Luzifer überlassen. Ich hatte wichtigere Probleme, um die ich mich kümmern musste. Etwa die Konfrontation mit meiner Schwester und die Frage, wer zum Teufel ich war.

Adam würde mich allerdings irgendwann finden. Das tat er immer. Aber dieses Mal würde ich darauf vorbereitet sein.

Während Zel mit halsbrecherischer Geschwindigkeit über den Freeway raste, rückte ich mein provisorisches Kissen zurecht und versuchte, es mir bequem zu machen. Lamborghinis waren zwar sexy kleine Autos, aber nicht gerade dafür gemacht, um darin zu schlafen. Nicht dass das Auto das eigentliche Problem gewesen wäre. Nein, das Problem war, dass ich meinen Kopf nicht abschalten konnte. Immer und immer wieder spielte sich der Moment meines Todes in meinem Kopf ab, wie ein schlechter Horrorfilm, den ich nicht ausblenden konnte. Manchmal brachen andere Bilder aus meinen vergangenen Leben durch und schürten meine Angst weiter. Einige waren Erinnerungen an andere Zeiten, in denen ich in der Vergangenheit mit Luzifer gekämpft hatte, so als könne mein Gehirn nicht anders, als die schlimmsten Dinge hervorzukramen, um mich damit zu quälen.

Verdammt. Sich auf die Vergangenheit zu konzentrieren, würde mir jetzt nicht helfen, Antworten zu bekommen. Ich zwang mich, mich nicht um Luzifer zu scheren, ja nicht einmal an ihn zu denken. Ich konzentrierte mich darauf, meine Atmung zu verlangsamen, um mich zu beruhigen. Es brachte nichts, wenn ich zuließ, dass meine Frustration mich übermannte. Und was ich mehr als alles andere brauchte, war Ruhe.

Irgendwann übermannte mich der Schlaf. Doch kurz bevor er mich ganz in seine Arme schloss, flackerte in meinem Kopf das Gesicht eines der Männer auf, die heute Abend dabei gewesen waren als ich wieder zum Leben erweckt worden war. Dunkles Haar. Grüne Augen. Luzifers Lächeln. Ich hatte ihn auch auf dem Ball der Teufelsnacht gesehen. Mein Herz verkrampfte sich bei dem Gedanken und etwas an ihm sprach mich auf einer fast elementaren Ebene an. Er hatte eine Bedeutung für mich, aber ich hatte keine Ahnung, warum. Die Erinnerungen waren zu verworren und sie befolgten meine Befehle noch nicht. Sie kamen und gingen, wie sie wollten, selbst als ich verzweifelt nach einer suchte, die mit diesem Mann zu tun hatte.

Als ich schließlich in den Schlaf eintauchte, kam mir ein Name in den Sinn. Kassiel.

Wer war er?

***

Nachdem die Sonne aufgegangen war, weckte mich Zel, indem sie mir kräftig gegen den Arm rempelte. Ich gähnte und nahm auf dem Fahrersitz Platz, während Zel sofort neben mir einschlief. Dafür beneidete ich sie glühend. Ich war schon immer eine schlechte Schläferin gewesen, heimgesucht von dem, von dem ich jetzt wusste, dass es Erinnerungsblitze aus meinen vergangenen Leben waren. Das einzige Mal, dass ich wirklich gut geschlafen hatte, war, als Luzifer an meiner Seite schlief. Ich verdrängte diese Gedanken, ehe die Unruhe zurückkam.

Während ich fuhr, traf mich die Sonne durch die Autofenster und erfüllte mich mit Wärme und Kraft und irgendwann erreichten wir San Francisco. Ich fand den Weg zum Haus meiner Schwester problemlos, als hätte ich den Weg immer schon gekannt und jemand winkte uns am Tor vorbei. Ich parkte vor ihrer zweistöckigen Villa, die wie ein französisches Chateau aussah und auf einem Hügel mit einem fantastischen Blick auf die Bucht thronte. Innen und außen war alles weiß und beige, obwohl zumindest die Außenseite ein paar Farbtupfer durch ein paar rosa Rosen aufwies.

Zel stieß einen angewiderten Laut aus, als wir aus dem Auto stiegen. Ich ignorierte sie und machte mich auf den Weg zur Tür, die sich öffnete, noch bevor ich sie erreichte. Jophiel stand auf der anderen Seite und lächelte, ihr glattes, blondes Haar schimmerte im Sonnenlicht. Sie trug einen weißen Anzug mit einem Rock und einem rosafarbenen Hemd und jeder Zentimeter an ihr war viel zu perfekt, als dass er hätte menschlich sein können.

Sie kam auf ihren weißen Absätzen zu mir und nahm meine beiden Hände in ihre. „Hannah! Ich habe mir Sorgen gemacht, als du das Auto genommen hast, aber ich bin so froh, dass du zurückgekommen bist. Siehst du, dass ich die ganze Zeit recht hatte mit Luzifer?"

Ich zog meine Hände weg und biss mir auf die Zunge. Ich war mir nicht sicher, was ich darauf erwidern sollte. Stattdessen begegnete ich ihrem Blick und sagte: „Ich bin hier, um Antworten zu bekommen."

„Antworten?", fragte meine Schwester und legte den Kopf schief, als sei sie die Unschuld in Person.

„Über mein Leben." Ich schluckte gegen die Angst an, die mir die Kehle zuschnürte. „Über Haniel."

Es verschaffte mir Genugtuung, zu sehen, wie Jophiels Gesicht bei diesem Namen blass wurde. Ihre Finger fuhren an ihren Hals und wenn sie eine Perlenkette getragen hätte, hätte sie diese wahrscheinlich auch umklammert. „Luzifer hat es dir erzählt. Ich wusste, ich hätte ihm nie diese Erinnerungen zurückgeben dürfen."

„Gib nicht Luzifer die Schuld dafür." Mit einiger Anstrengung ließ ich meine Flügel hinter mir ausklappen, was Jophiels Augen größer werden ließ. „Er musste es mir sagen, als diese Dinger aus meinem Rücken wuchsen."

„Scheiße", sagte sie und ließ die Unschuldsmasche ganz fallen.

Ein zorniges, gleißendes Leuchten umgab mich. „Meine Kräfte sind zurückgekehrt. Ich will auch meine Erinnerungen zurück und dazu eine Erklärung. Und es sollte besser eine verdammt gute sein."

Jophiel nickte langsam und wies in Richtung ihrer Haustür. „Komm rein."

4

———

HANNAH

Ich verbarg meine Flügel und trat in Jophiels Eingangshalle, aber sie hielt eine Hand hoch als Azazel versuchte, mir zu folgen.

„Der Dämon ist in meinem Haus nicht willkommen", sagte Jophiel.

„Gefallene", knurrte Zel. „Und ich gehe dorthin, wo sie hingeht."

„Azazel ist meine Leibwächterin", erklärte ich.

„Hier brauchst du keinen Schutz", erwiderte meine Schwester scharf.

„Da bin ich mir nicht so sicher", murmelte ich. „Aber wir können das auch draußen auf der Veranda machen, wenn dir das lieber ist. Es ist mir so oder so egal."

Jophiel schnaubte kurz, trat dann aber zurück, damit Zel das Haus betreten konnte. Falls ich vorher gedacht hatte, Zel würde spöttisch lächeln, war das nichts im Vergleich zu ihrem Gesichtsausdruck als sie hineinging und die weißen Marmorböden, den funkelnden Kronleuchter und die geschwungene Treppe sah. Ich gebe zu, es war ein bisschen viel, aber es war ja nicht so, dass Luzifers Penthouse viel besser war.

Meine Schwester führte uns in ihr Wohnzimmer, das makellos glänzte, wie jedes Mal, wenn ich zu Besuch war. Wir kamen an der Vitrine mit den Engelsfiguren vorbei, die Zel mit Abscheu beäugte, ehe sie sich auf die weiße Couch plumpsen ließ.

Jophiels Lippen verzogen sich zu einem schmalen Strich, als sie Zel beobachtete, als hätte sie Angst, die Gefallene könnte ihre makellosen weißen Möbel beschmutzen. Dann wandte Jophiel ihre Augen wieder mir zu und musterte mich gründlich. „Ist alles in Ordnung mit dir? Ist etwas mit Luzifer passiert?"

Die Besorgnis in ihrer Stimme durchbrach meine Wut und Ungeduld und erinnerte mich daran, dass sie sich um mich sorgte, zumindest genug, um zu merken, wenn irgendetwas nicht in Ordnung war. Aber was sollte ich auf diese Frage antworten? Wenn ich ihr alles erzählte, was in den letzten vierundzwanzig Stunden vorgefallen war, würde sie mir eine „Ich hab's dir ja gesagt"-Rede halten und niemand in der Weltgeschichte wollte das von seiner älteren Schwester hören. Außerdem wusste ich nicht, wieviel Zel über meinen Tod und meine Wiedergeburt wusste. Und ehrlich gesagt, wollte ich im Moment nicht darüber reden.

„Ich hatte eine raue Nacht", presste ich heraus. „Adam hat mich angegriffen, ich habe ihn abgewehrt und er ist entkommen. Aber das ist nicht der Grund, warum ich hier bin." Meine Hände ballten sich zu meinen Seiten als ich meine Schwester anstarrte. „Ich muss wissen, wer ich wirklich bin. Du hast mir meine Kräfte genommen. Du hast mir meine Erinnerungen genommen. Warum? Wie?"

Sie regte sich kaum, bis auf ein leichtes Zucken ihres Mundes. „Bitte, nimm Platz, und ich werde dir alles erklären. Dann kannst du entscheiden, ob du deine Erinnerungen wiederhaben willst. Aber zuerst lass mich dir wenigstens etwas zu trinken holen. Du siehst erschöpft aus."

„Kaffee", sagte Zel. „Schwarz."

Jophiel warf ihr einen Blick zu, bevor sie den Raum verließ und ich ließ mich in einen weißen Sessel mit goldenen Paspeln sinken. Ich stützte den Kopf in die Hände und wartete, wobei ich versuchte, mich nicht wieder von der Angst übermannen zu lassen.

Ein paar Minuten später kam meine Schwester mit einer silbernen Karaffe Kaffee und einem Tablett mit feinem Gebäck zurück. Sie schenkte mir einen Kaffee ein, während sie sagte: „Vielleicht kann deine Aufpasserin uns für dieses Gespräch etwas Privatsphäre gewähren. Einiges davon ist von heikler Natur."

Bei ihren Worten schwebte ein weiterer Erinnerungsfetzen vor meinem inneren Auge. Ich war in einer Kneipe mit Holztischen und Balken an der Decke. Der Geruch von abgestandenem Bier lag in der Luft und die lauten Rufe der Bardamen und Kunden hallten in meinen Ohren wider. Zel saß neben mir, zusammen mit einer anderen Frau mit feuerrotem Haar. Beide legten ihre Arme um mich, während wir lachten und auf irgendetwas anstießen, obwohl mir die Details entfallen waren. Ein warmes Gefühl von Freundschaft und Zugehörigkeit umgab mich und dann verblasste die Erinnerung.

Ich schüttelte meinen Kopf, um in die Gegenwart zurückzukehren. Ich konnte so nicht leben, mit halben Erinnerungen, die sich wahllos einstellten. Das musste eine vorübergehende Nebenwirkung meiner Auferstehung sein und nichts weiter.

Ich merkte, dass Jophiel und Zel auf meine Antwort warteten. Ich wusste nicht mehr viel – ausgenommen das, was ich noch vor zwei Tagen für wahr gehalten hatte – doch ich wusste, dass ich Zel vertrauen konnte. Ich hatte in meinen vielen Leben nur wenig wahre Freunde gehabt, aber sie war eine von ihnen.

„Azazel bleibt." Meine Stimme war fest und ließ keinen Raum für Widerspruch.

Zel grinste und schenkte sich einen Kaffee ein, dann schnappte sie sich ein kleines Obsttörtchen mit Puderzucker vom Gebäcktablett und schob es sich in den Mund. Jophiel bot mir ebenfalls ein Stück Kuchen an, aber ich schüttelte den Kopf. Mein Magen war wie verknotet und ich hatte das Gefühl, dass es während dieses Gesprächs nicht besser werden würde.

„Erzähl mir von Haniel", sagte ich.

Jophiel setzte sich in den anderen Sessel und schlug züchtig die Beine übereinander. „Nun gut. Wie du jetzt wahrscheinlich erkannt hast, bist du nicht wirklich Hannah, sondern Haniel, ein Engel des Ofanim-Chores und meine Halbschwester. Du wurdest im frühen zwanzigsten Jahrhundert im Himmel als Tochter zweier Erzengel geboren – Annael und Phanuel, unserem Vater." Mir blieb der Mund offen stehen, aber ich war zu überwältigt, um zu reagieren. Ich war über 100 Jahre alt und in einem anderen Reich geboren. Als Tochter zweier Erzengel. Ich suchte in meinem Kopf nach irgendwelchen Erinnerungen an diese Eltern, von denen sie sprach oder an meine Kindheit im Himmel, aber diese Erinnerungen waren verschwunden. Nicht einmal ein winziges Flackern von Vertrautheit blieb. Und doch spürte ich, dass sie die Wahrheit sagte. Das machte es irgendwie nur noch schlimmer. Nachdem ich die letzten Jahre damit verbracht hatte, mir verzweifelt zu wünschen, ich hätte Erinnerungen an meine Eltern, von denen ich geglaubt hatte, sie wären bei dem Autounfall ums Leben gekommen, der mir den Gedächtnisverlust beschert hatte, wäre selbst ein kurzes Aufblitzen von ihnen ein Segen gewesen.

„Sprich weiter", sagte ich.

„Damals war der Große Krieg noch im Gange und wir kämpften gemeinsam gegen die Dämonen, bis Luzifer unseren Vater tötete und dich entführte." Sie seufzte und nippte an ihrem

Kaffee, ehe sie fortfuhr. „Irgendwie hast du dich in ihn verliebt, sehr zu meinem Leidwesen. Das tust du immer."

Ich setzte mich daraufhin ein wenig auf. „Luzifer hat unseren Vater getötet?"

„Oh, diesen Teil hat er in seiner Geschichte ausgelassen, nicht wahr?" Sie schüttelte den Kopf. „Warum überrascht mich das nicht?"

„Wenn Luzifer ihn getötet hat, dann hatte er sicher einen guten Grund", knurrte Zel.

„Ich bin sicher, dass der Tod eines Erzengels damals ein guter Grund war", erwiderte Jophiel.

Ich hielt eine Hand hoch, bevor sie aufeinander losgingen. „Was ist danach passiert?"

Jophiel stellte ihre Kaffeetasse ab und begegnete meinem Blick. „Irgendwann bist du zurückgekommen und hast behauptet, Luzifer hätte dich laufen lassen. Als Ofanim konnte ich erkennen, dass du die Wahrheit sprachst, aber ich wusste, dass mehr dahinter steckte. Als wir alleine waren, hast du mir erzählt, dass du eine geheime Liebesbeziehung mit Luzifer begonnen hattest. Natürlich war ich entsetzt, aber du hast mir von deinen früheren Leben und deiner Verbindung mit Luzifer erzählt. Und weil du meine Schwester bist, habe ich eingewilligt, dein Geheimnis zu bewahren, auch wenn ich das später bereut habe, denn es hat zu deinem Untergang geführt, als Adam dich getötet hat."

Ich schluckte schwer, aber ich musste fragen: „Wie ist das passiert?"

„Ich weiß es nicht. Ich war zu der Zeit nicht da. Es gelang dir zu fliehen und du bist zu meinem Haus geflogen, obwohl du überall geblutet hast." Ihr Gesicht spannte sich an und sie starrte in ihre Kaffeetasse, wobei der Schmerz in ihren Augen deutlich zu sehen war. „Ich habe Raphael gerufen, damit er dich rettet, aber er kam nicht rechtzeitig, um dich zu heilen. Allerdings hat er es geschafft, dich wiederzubeleben."

Erzengel Raphael war Marcus' Vater, erinnerte ich mich. Jetzt wurde ich von Vater und Sohn wiedererweckt. Was für ein Glück für mich. „Das erklärt aber nicht, warum mir die Erinnerungen verloren gegangen sind."

Ihre Stimme wurde dringlicher, ihre Augen sahen mich flehend an. „Alle dachten, du seist tot. Nur Luzifer, Raphael und ich kannten die Wahrheit. Da ich wusste, dass dein Schicksal nur darin bestehen würde, zu Luzifer zurückzukehren und dann wieder von Adam getötet zu werden, sah ich eine Gelegenheit, dich zu schützen – und ich ergriff sie. Ich löschte deine Erinnerungen, zusammen mit denen der anderen und ließ alle glauben, dass du ein weiteres Kriegsopfer warst."

Ich hob die Augenbrauen. „Und du dachtest nicht daran, mich zu fragen, ob ich das will?"

„Das habe ich in der Tat und du hast zugestimmt. Der Schmerz, den du damals empfunden hast, war zu groß, um ihn zu ertragen. Du wolltest vergessen."

„Warum? Warum war es so schlimm?"

Jophiel wandte den Blick ab. „Du hattest an diesem Tag mehr als nur dein Leben verloren. Mehr kann ich dazu nicht sagen."

Ich starrte sie an, wünschte, sie würde mir die Antworten geben und ärgerte mich über mein vergangenes Ich, weil ich diesem Plan zugestimmt hatte. „Wie lange ist das her?"

„Ungefähr vierzig Jahre."

Ich stieß fast meinen Kaffeebecher um. „Vierzig Jahre?" Ich schrie beinahe. Ich erinnerte mich nur an die letzten paar Jahre meines Lebens als Hannah. Wo war der Rest davon?

Jophiel versuchte, mir ein kleines Blaubeer-Törtchen anzubieten. „Liebes, du solltest wirklich etwas essen. Dann fühlst du dich gleich viel besser."

Ich schlug ihr das Törtchen aus der Hand. „Ich will kein verdammtes Stück Kuchen! Ich will wissen, was in den letzten vierzig Jahren passiert ist! Wo waren meine Flügel, meine Kräfte? Wer war ich in der ganzen Zeit?"

„Ja, das wüsste ich auch gern", sagte Zel. Ich war dankbar, dass sie mir den Rücken stärkte. „Zumal sogar Luzifer dachte, sie sei ein Mensch."

„Im Grunde genommen war sie ein Mensch", gab Jophiel zu, ehe sie sich wieder mir zuwandte. „Ich habe dir deine Kräfte genommen und dich in einen Menschen verwandelt. Das Einzige, was ich dir gelassen habe, war deine Unsterblichkeit. Ich konnte den Gedanken nicht ertragen, dass du alt wirst und stirbst. Ich wollte dich nicht verlieren."

„Wie ist das möglich?" fragte ich.

„Weil sie ein Erzdämon ist", sagte Zel mit offensichtlicher Verachtung.

Jophiel nickte. „Erzengel – und Erzdämonen übrigens auch – haben die einzigartige Fähigkeit, Engel und Dämonen in Menschen zu verwandeln und sie ihrer Kräfte und Unsterblichkeit zu berauben. Das wird fast nie gemacht und nur wenige Menschen wissen, dass das überhaupt möglich ist. Früher wurde die Macht missbraucht, deshalb versuchen wir jetzt, sie nie zu benutzen, es sei denn, jemand bittet darum."

Ich starrte meine Schwester an, meine Hände zitterten. „Habe ich darum gebeten?"

„Nein. Du wolltest einfach nur vergessen. Aber das war nicht genug. Ich konnte dich nicht als Engel zurückschicken. Luzifer und Adam hätten dich wiedergefunden!" Sie griff nach mir, aber ich zog mich zurück. „Verstehst du nicht, ich habe das getan, um dich zu beschützen."

„Du hast es gegen meinen Willen getan!" Verdammt, sie war genauso schlimm wie Luzifer. Beide behaupteten, mich zu lieben und trafen dann lebensverändernde Entscheidungen, ohne mich zu fragen. Ich stand auf, ging durch den Raum und fuhr mir ruckartig mit der Hand durchs Haar. Interessierte es eigentlich jemanden, was ich dachte? Oder was ich wollte? Oder dachten sie alle, sie wüssten es besser als ich?

„Haniel, bitte", sagte meine Schwester. „Ich wollte nur, dass du in Sicherheit bist."

„Aber du hast nie gefragt, was ich will!" Ich brüllte, während goldenes Licht wie eine Explosion aus mir herausschoss.

Jophiel wich zurück und Zel warf eine Hand hoch, um ihre Augen zu schützen. Ich brachte das Licht schnell wieder unter Kontrolle und holte tief Luft, um mich zu beruhigen, bevor ich aus Versehen das Haus meiner Schwester zerstörte. Nicht, dass sie etwas anderes verdient hätte. Außerdem gab es noch mehr, was sie mir nicht gesagt hatte.

„Warum erinnere ich mich nur an die letzten fünf Jahre meines Lebens als Hannah?" fragte ich.

Jophiel strich sich den Rock glatt. „Obwohl ich mein Bestes getan habe, um dir ein normales, menschliches Leben zu ermöglichen, hast du nach ein paar Jahren gemerkt, dass etwas nicht stimmt. Ich löschte deine Erinnerungen und fing neu an, gab dir eine neue Identität und ein neues Leben, aber es hielt nie an. Du würdest auf wundersame Weise eine Wunde heilen oder merken, dass du nicht alterst und dann misstrauisch werden. Also mussten wir es wieder tun."

Mir blieb der Mund offen stehen und ich konnte sie nur anstarren. „Wie oft denn noch?"

„Sieben", sagte Jophiel mit tiefer Stimme. „Ich habe deine Erinnerungen siebenmal gelöscht."

„Sieben Mal! Und jedes Mal hast du mir ein neues Leben geschenkt", sagte ich, immer noch auf und ab gehend, die Hände zu Fäusten geballt. „War irgendetwas davon echt? Was ist mit dem Unfall mit dem betrunkenen Fahrer? Das war vorgetäuscht, nicht wahr? Nur ein Weg, um meinen Mangel an Erinnerungen einfach zu erklären?"

Sie ließ ihren Kopf sinken. „Ja."

„Und unsere angeblichen Eltern, die bei dem Unfall gestorben sind? Die waren doch nicht echt, oder?"

„Nein. Sie haben nie existiert. Jedenfalls nicht die, an die du denkst, obwohl alle unsere Eltern tot sind. Wir sind tatsächlich Waisen."

Als ob das irgendetwas besser machte. Die Wut pochte hinter meinen Augen und verursachte mir fast Kopfschmerzen. Alles, woran ich mein ganzes Leben lang geglaubt hatte – oder wie sich herausstellte, nur fünf Jahre meines Lebens – war eine Lüge. Eine Geschichte. Etwas, das Jophiel sich einfach ausgedacht hatte, um mich unter ihrer Kontrolle zu halten als sei ich ein Kind, das sie hüten musste.

„Die ganze Zeit hast du mich angelogen", sagte ich wutschnaubend. „Sind Ofanim nicht eigentlich die Engel der Wahrheit?"

„Es tut mir leid, Haniel", sagte Jophiel mit leiser Stimme. „Ich habe nur getan, was ich für das Beste hielt."

Schmerz und Wut stiegen in meiner Brust auf und ich nahm meine Kaffeetasse und warf sie nach den Engeln, so dass ein paar von ihnen umkippten und die Flüssigkeit überall hin spritzte. „Nein! Diese Ausrede kannst du nicht mehr benutzen. Du hast mir die Möglichkeit der Wahl genommen. Du hast mir mein Leben genommen." Ich wirbelte herum und pirschte mich an sie heran, bis ich über ihr stand und vor kaum beherrschten Emotionen zitterte. „Und jetzt wirst du mir meine Erinnerungen zurückgeben."

Zel sprang auf, stellte sich hinter mich und gab mir mit einem Knurren Rückendeckung. „Tu es."

„In Ordnung, ja." Jophiel richtete sich auf und hob das Kinn. „Aber vergiss nicht, dass du mich gebeten hast, sie zu entfernen.

Du wolltest diese Erinnerungen nicht. Manchmal ist es einfacher, sich nicht zu erinnern." Luzifer hatte etwas Ähnliches gesagt, aber was könnte schlimmer sein, als in einer Welt flüchtiger Halbwahrheiten zu leben? Wenn ich mit dem Rest meines unsterblichen Lebens weitermachen wollte, musste ich wieder komplett sein. „Tu es. Es ist mir egal, wie schlimm die Erinnerungen sind."

Jophiel presste ihre Lippen zu einer schmalen Linie zusammen, eine Falte zeichnete sich auf ihrer Stirn ab. „Du solltest dich vielleicht lieber hinsetzen."

Widerstrebend nahm ich in dem weißen Sessel Platz, und Jophiel rückte näher. Sie legte ihre Hand auf meine Stirn und Licht flutete in meine Augen, als ihre Handfläche warm wurde. Ich schloss meine Lider und machte mich auf das gefasst, was nun kommen würde.

Die Erinnerungen strömten auf einmal herein. Sie füllten meinen Geist mit Jahrzehnten an Leben, aber es war zu viel und zu schnell. Ich wollte schreien und wenn ich gestanden hätte, wäre ich sicher auf die Knie gefallen. So aber konnte ich mich nur an den Armlehnen des Stuhls festklammern, während die Erinnerungen auf mich einprasselten. Dinge, die ich hätte wissen müssen, Dinge, die ich niemals hätte vergessen dürfen. Liebe. Schmerz. Verlust.

Solch ein unglaublicher Verlust.

Ich griff mir an den Bauch und schrie vor Schmerz auf, während sich meine Augen mit Tränen füllten. Der Schmerz war zu groß und viel zu roh. Schmerz, von dem ich nie Zeit gehabt hatte, mich zu erholen und Verlust, über den ich nie hatte trauern können. Ich wusste nicht, wie ich damit umgehen sollte, mit all den anderen Gefühlen, die in mir aufwallten.

Vielleicht hatten Luzifer und Jophiel recht. Vielleicht *war* es tatsächlich besser, es nicht zu wissen.

5

LUZIFER

Als ich aufwachte, war Hannah weg. Ich hatte gewusst, dass sie gehen würde.

Ich hätte sie aufhalten können. Ich hätte ihr folgen können. Wenn ich sie an meiner Seite haben wollte, würde mich nichts auf der Welt daran hindern, meinen Willen durchzusetzen. Aber Azazel war bei ihr – dafür hatte ich gesorgt – und ich würde Hannah erlauben, sich ihrer Schwester allein zu stellen. Sie brauchte etwas Zeit zum Nachdenken und um sich zu erholen. Dann würde sie zu mir zurückkehren ... oder ich würde sie hierher zurückschleifen, schreiend und tretend, wenn ich müsste.

Während Hannah ihre Vergangenheit suchte, hatte ich andere Probleme zu lösen. Da war zum Einen mein zerstörtes Penthouse. Ich hatte es sofort reinigen und reparieren lassen und ich wusste, dass mein Personal es innerhalb weniger Stunden wieder wie neu aussehen lassen würde. Es war sicher nicht das erste Mal – auch nicht in der letzten Woche –, dass sie hier wieder Ordnung schaffen mussten. Während die Arbeiten liefen, machte ich mich auf den Weg zu meinem Kriegszimmer eine Etage tiefer, um nach Samael zu suchen.

Als ich sein Büro betrat, verfinsterte sich Samaels Gesicht und seine Augenbrauen zogen sich zu einem finsteren Ausdruck zusammen. Er erhob sich von seinem Platz und ging vor dem großen Fenster auf und ab, das uns von der Hauptzentrale des Kontrollraums trennte, wo auf riesigen Bildschirmen die Standorte der Dämonen und die weltweiten Aktivitäten angezeigt wurden. Meine Mitarbeiter liefen dort draußen herum, nahmen Anrufe entgegen und tauschten Informationen aus, aber Samael und ich waren in einer ruhigen Blase gefangen. Ich ging zu der kleinen Bar in der Ecke und schenkte uns beiden einen Whiskey ein, dann setzte ich mich vor ihn.

Wir saßen eine Weile zusammen, die Stille im Raum war bedrückend und schwer. Er schüttelte den Kopf und öffnete die Lippen, als wolle er endlich etwas sagen. Dann schloss er den Mund wieder und schüttelte erneut den Kopf, bevor er aus dem Fenster blickte und sich räusperte.

„Ich kann nicht verstehen, wie ich das übersehen konnte." Langsam schwenkte er den Whiskey in seinem Glas hin und her. „Über ein Jahrhundert lang hat Gadreel uns getäuscht. Wie konnte ich übersehen, dass er in Wirklichkeit Adam war? Ich war die meiste Zeit mit ihm zusammen. Wir haben zusammengearbeitet. Ich habe ihm vertraut!"

„Er hat Jahre damit verbracht, sich unser Vertrauen zu verdienen, nur um uns alle zu verraten", sagte ich, während meine Wut leise unter der Oberfläche köchelte, aber drohte, überzukochen. Die Wut, die ich immer verspürte, wenn ich an Adam dachte.

Samael stand auf und schenkte sich einen weiteren Drink ein. „Ja, aber er war mein Assistent. Ich habe ihm alles anvertraut. Und die ganze Zeit über hat er uns belogen und seinen Angriff geplant. Ich hätte es sehen müssen. Ich hätte es verhindern müssen."

„Wir alle hätten es sehen müssen." Ich hatte Gadreel auch

vertraut. Er stand im Mittelpunkt vieler unserer Operationen. Ich hatte ihn an Hannah herangelassen, ihn sogar mit ihr allein gelassen. Ich schloss kurz die Augen, um nicht an die Dinge zu denken, die er hätte tun können, während er mein Vertrauen genossen hatte.

Verdammt – die Dinge, die er getan *hatte*, während er mein Vertrauen hatte.

„Er hat Lenore getötet. Und Haniel." Meine Brust verkrampfte sich vor Schmerz angesichts der alten, neu gewonnenen Erinnerung. Und die andere Erinnerung an ihn letzte Nacht, wie er über Hannah stand und im Begriff war, den Mord zu vollenden. „Er muss bezahlen."

Samael kippte den Whiskey in einem Zug runter. „Das wird er."

„Findet ihn", stieß ich hervor, meine Stimme tief und wütend.

„Was glaubst du, was wir hier machen?" Er stellte sein leeres Glas mit einem dumpfen Geräusch auf seinem Schreibtisch ab. „Ich habe alle meine besten Leute auf die Suche nach ihm geschickt, aber er hat sich bisher als schwer auffindbar erwiesen."

Ich kippte ebenfalls den Rest meines Whiskeys hinunter und hoffte, das leichte Brennen würde meine schwelende Wut mildern. „Die Erzdämonen müssen ihn versteckt halten. Mammon sagte, Adam arbeite mit einigen der anderen Erzdämonen zusammen. Sie wollen mich stürzen und in die Hölle zurückkehren. Dummköpfe, allesamt."

Samael schenkte noch ein Glas für uns beide ein. „Es wird ein Nachspiel haben, wenn du Mammon tötest. Es gibt nur noch so wenige Drachen und du hast den ältesten und mächtigsten getötet." Er neigte sein Glas fast salutierend zu mir. „Nicht, dass ich es dir verdenken könnte. Er hat es verdient. Aber sie könnten Vergeltung üben."

„Wenn sie so dumm sind, sollen sie doch kommen." Ich war

in der Stimmung, noch ein paar weitere Dämonen daran zu erinnern, wer für sie zuständig war.

Er zog mahnend eine Augenbraue hoch. „Vielleicht solltest du in Erwägung ziehen, mit ihnen Frieden zu schließen, wenn du kannst. Es wäre eine Schande, wenn du die wenigen verbliebenen Drachen auslöschen müsstest."

„Das bleibt ihnen überlassen. Sie können mir die Treue schwören – oder sie können sterben."

„Das ist nicht unser einziges Problem", sagte Samael. „Gadreel hat meine alten Aufzeichnungen mitgenommen, in denen von dem Fluch die Rede ist und von anderen Dingen aus unserer fernen Vergangenheit. Sie enthalten Wissen, das er und die Erzdämonen niemals erfahren sollten – zum Beispiel, wo einige der Altgötter eingeschlossen sind." Er sah mich an, sein Blick war voller Anspannung. „Einschließlich deines Vaters."

Meine Brust zog sich zusammen und Wut peitschte wie Feuer durch mich, als die Dinge begannen, einen Sinn zu ergeben. „Sie scheinen sie befreien zu wollen. Die Altgötter sind die einzigen, die mich besiegen können." Es war ein tollkühner, gefährlicher Plan, der wahrscheinlich nach hinten losgehen würde, aber auch viele Opfer mit sich bringen würde.

Samael runzelte die Stirn. „Wenn Adam und die Erzdämonen diese vier freilassen, wird Zerstörung über die Welt hereinbrechen."

Meine Finger verkrampften sich um das Glas, bis es zersprang. Diese vier Altgötter durften nicht auf die Welt losgelassen werden. Vor allem nicht mein Vater. „Das werde ich nicht zulassen."

„Wir werden alles in unserer Macht Stehende tun, um das zu verhindern", sagte Samael, bevor er einen langen, gequälten Seufzer ausstieß. „Aber zuerst muss ich einen neuen Assistenten finden."

Ich erhob mich und rückte meinen Anzug zurecht. „Versuche diesmal jemanden zu finden, der nicht unsere Vernichtung plant."

6

HANNAH

Das Letzte, an das ich mich erinnerte, war die Dunkelheit, die von mir Besitz ergriff und mich an einen Ort brachte, an dem mich die Erinnerungen nicht mehr verletzen konnten. Jetzt drang das Geräusch von aufeinander schleifendem Metall in meinen Traum ein und weckte mich aus einer Vision von Gadreel, der mich mit zornigen Augen anstarrte. Ich drehte mich um und stellte nach und nach fest, dass ich mich in Jophiels luxuriösem Gästezimmer befand. Azazel saß in einem Stuhl in der Ecke und schärfte eines ihrer Messer.

Es war dunkel, kein Licht fiel durch die Vorhänge, also musste ich schon eine Weile weg gewesen sein. Ich holte tief Luft und versuchte, nicht in Panik zu geraten, als alles wieder auf mich einprasselte, in einer Welle, die ebenso groß war wie die, als Jophiel die Erinnerungen in meinem Kopf freigesetzt hatte.

Ich erinnerte mich an alles.

An alles.

Ein strahlend weißes Haus auf einem Hügel mit vielen Plätzen, auf denen ein Engel landen konnte. Eine Frau mit goldenem Haar und einem strahlenden Lächeln, die mich in ihre Arme nahm. Ein Mann mit ernsten blauen Augen, der mir ein Buch überreichte. Jophiel, die bei meiner Geburt schon Hunderte von Jahren alt war, nahm meine Hand und führte mich hinaus ins helle Sonnenlicht. Alles Erinnerungen an meine Kindheit im Paradies. Und meine Eltern – meine wirklichen Eltern. Ich erinnerte mich deutlich an sie und auch an den Schmerz, sie verloren zu haben.

Meine Mutter, Erzengel Anael, war einfach verschwunden, kurz nachdem ich mit einundzwanzig meine Flügel erhalten hatte. Niemand wusste, was mit ihr geschehen war, obwohl viele vermuteten, dass die Dämonen sie getötet hatten. Und mein Vater, Erzengel Phanuel. Jophiel hatte recht gehabt, Luzifer *hatte* ihn getötet. Was sie ausgelassen hatte, war, dass er es in Notwehr getan hatte. Es war mitten im Großen Krieg und ich diente unter meinem Vater, der eine Gruppe von Kundschaftern befehligte. Er führte unser Team bei einem Attentat auf Luzifer an, aber wir scheiterten. Mein Vater starb bei dem Anschlag und Luzifer nahm mich gefangen.

Zuerst hasste ich Luzifer. Ich brannte vor Verlangen, ihn zu erschlagen. Ich war mein ganzes Leben lang dazu erzogen worden, Dämonen zu hassen, ganz besonders Luzifer und dann hatte er meinen Vater getötet. Aber ich konnte auch meine Bindung an ihn nicht leugnen und bald lernte ich den wahren Luzifer kennen. Ich begann auch, mich an mein früheres Leben zu erinnern, zwar nur bruchstückhaft und gefühlsmäßig, aber es war genug. Ich konnte die Wahrheit nicht länger zurückweisen, nämlich dass er mein Gefährte war.

Wir begannen eine geheime, verbotene Beziehung und privat sprachen wir stundenlang über den endlosen Krieg zwischen Engeln und Dämonen. Langsam begannen wir zu erkennen, dass beide Seiten nicht mehr wussten, warum sie überhaupt kämpften und wir waren uns einig, dass der Krieg unseren beiden Völkern schadete. Himmel und Hölle waren beide durch die alten Gefechte verwüstet worden und die Zahl der Engel und Dämonen war geschrumpft. Trotzdem war ein Ende des Krieges nicht in Sicht. Keine der beiden Seiten wollte nachgeben. Der Stolz war vielleicht der größte Feind von allen.

Luzifer war der Einzige, der den Krieg beenden konnte und ich hatte versucht, ihn davon zu überzeugen, genau das zu tun – und eine Zeit lang hatte ich wirklich geglaubt, er würde es tun, vor allem als wir entdeckten, dass ich schwanger war. Das erste Kind, das aus der verbotenen Liebe zwischen einem Engel und einem Gefallenen hervorgeht. Eine perfekte Mischung aus Licht und Dunkelheit. Eine Tochter.

Wir waren überglücklich – vor allem, weil Kinder unter Unsterblichen so selten sind. Aber die Freude währte nicht lange.

Die Erinnerungen spielten sich in meinem Kopf ab wie ein Film, den ich nicht stoppen konnte. Als ich im siebten Monat schwanger war, erfuhr Gadreel von uns, erwischte mich allein und griff mich an. Meine Gedanken wurden von einer Welle des Schmerzes überrollt. Er hatte nicht nur mir das Leben genommen. Er hatte auch das Leben meiner ungeborenen Tochter genommen.

Ein Schluchzen drang aus meiner Brust und ich versuchte, es zu unterdrücken, um den Schmerz, der mich überkam, nicht zu spüren, aber es war unmöglich. Der Schmerz umschlang mich wie kalte Tentakel als der Verlust mich erneut traf und mich in unerwarteter, roher Trauer gefangen hielt.

Ich konnte die Erinnerungen nicht aufhalten. Gadreel stach auf mich ein, das Blut ... So viel Blut. Es gelang mir zu entkommen und wieder zu fliegen, obwohl der Schmerz unerträglich war. Alles, woran ich denken konnte, war, dass ich zu meiner Schwester gelangen musste. Sie würde mich und meine Tochter retten können. Aber es war zu spät. Ich starb und obwohl

Raphael mich wiederbelebte, konnte er mein Kind nicht mehr retten.

Ein weiteres Schluchzen entfuhr mir bei der Erinnerung. Sie war fort. Meine Tochter war fort. Ich erinnerte mich noch an das erste Mal als ich spürte, wie sie sich in mir bewegte und an die unerträgliche Trauer als mir klar wurde, dass ich sie nie wieder spüren würde. Der Schmerz war noch so frisch, als sei es gerade erst passiert.

Nach meiner Wiedergeburt war die Verzweiflung überwältigend gewesen. Ich konnte den Gedanken nicht abschütteln, dass ich mit meiner Tochter hätte sterben sollen. Ich war wütend, so unglaublich wütend, dass Raphael mich ohne sie zurückgebracht hatte. Wie sollte ich mein Leben weiterführen, wenn ich wusste, was ich verloren hatte?

Ich hatte Jophiel angefleht, meine Erinnerungen zu löschen. Sie angefleht, mich wieder zu töten. Ich hatte sie angefleht, mich als neuen Menschen neu anfangen zu lassen und Haniel für immer hinter mir zu lassen.

Und in gewisser Weise hatte sie genau das getan.

Die Tränen flossen nun in Strömen, während die Erinnerungen mich überwältigten, so stark und schnell, dass ich kaum atmen konnte. Keuchend umklammerte ich meine Brust, als mich wahre Verzweiflung durchströmte, so stark, dass ich es kaum aushalten konnte. Meine Tochter war ein unschuldiges Opfer des Fluchs und ich hätte alles gegeben, um mit ihr zu tauschen, um mein Leben aufzugeben, damit sie leben konnte.

Ich fühlte mich so hilflos. So allein. Ich verstand jetzt, warum Luzifer mir gesagt hatte, dass ich es vielleicht nicht wissen wollte.

Zel ließ sich neben mir auf das Bett sinken und schlang wortlos ihre Arme um mich, um mich festzuhalten. Ich war so überrascht von dieser Geste, zumal Zel keine Ahnung hatte, warum ich so aufgebracht war, dass ich mich zuerst fast von ihrer Berührung losgerissen hätte. Dann lehnte ich mich an sie, drückte mein Gesicht an ihre Schulter und schluchzte an ihr.

Sie hielt mich die ganze Zeit über fest und spendete mir stillen, starken Trost. Sie bat mich nicht um eine Erklärung. Sie sagte mir nicht, dass alles gut werden würde. Sie erlaubte mir einfach, meinen Weg durch die Trauer zu finden und zeigte mir, dass ich damit nicht allein war. Wie eine wahre Freundin.

Schließlich versuchte ich zu sprechen, ein wirrer Wortschwall, unterbrochen von Schluchzern und unkoordiniertem Keuchen und Röcheln. „Es tut zu sehr weh. Ich wünschte, ich hätte mich nie daran erinnert. Warum musste ich es so unbedingt wissen? Ich hätte auf sie hören sollen. Ich hätte die Vergangenheit sterben lassen sollen ...“

Zel wich so weit zurück, dass sie mir in die Augen sehen konnte. „Nein. Es ist besser, dass du es weißt, selbst wenn die Erinnerungen schmerzhaft sind. Ich weiß, dass du das weißt. Du bist eine Ofanim. Die Wahrheit bedeutet deiner Art alles. Egal, wie schwer es ist, sie zu ertragen.“

In diesem Moment hasste ich sie, denn sie hatte Recht. Ohne die Wahrheit hätte ich nie Ruhe gehabt. Aber selbst wenn ich das akzeptierte, wusste ich nicht, wie ich die überwältigende Flut des Schmerzes aufhalten sollte. Alles, was ich tun konnte, war, sie über mich hinwegspülen zu lassen und mein Gesicht zu vergraben, während weitere Tränen fielen. Es war sinnlos, sie zurückhalten zu wollen. Ich gab auf und ließ mich von der Trauer mitreißen, denn ich wusste nicht, wie ich sie auf andere Weise beenden sollte.

Irgendwann schlief ich ein und wachte erst wieder auf, als draußen die Sonne schien und durch die Fenster fiel. Als ich dieses Mal die Augen öffnete, saß meine Schwester neben mir. Sie streichelte mir über den Kopf wie eine Mutter, die sich um ihr Kind kümmert und das ließ meine Brust nur noch enger werden.

„Verstehst du jetzt?", fragte sie. „Warum ich das tun musste?"

Ihre Fragen und ihr Tonfall brachten mich sofort aus dem Konzept. Ich setzte mich auf, starrte sie an und fühlte mich innerlich leer. „Ich habe dich gebeten, es zu tun."

„Ja", sagte sie mit einem Seufzer der Erleichterung. „Es tut mir so leid. Ich wünschte, du hättest dich nie an etwas davon erinnern müssen."

Ich schüttelte den Kopf, als weitere Erinnerungen auftauchten, diesmal an mein Leben nach meiner Wiedergeburt – als Mensch. Ich lebte ein falsches Leben in verschiedenen Städten, ohne mein wahres Ich zu kennen, und glaubte all die Lügen, die meine Schwester mir darüber erzählte, wer ich war. Jophiel hielt mich immer in ihrer Nähe, in Städten, die groß genug waren, damit die Menschen mich nicht zu sehr bemerkten, aber auch klein genug, damit ich nicht leicht zu finden war. Aber ich entdeckte unweigerlich etwas, das mich dazu brachte, alles an mir in Frage zu stellen und dann griff sie wieder ein. Immer wieder gab sie mir ein neues Leben und eine neue Identität und fegte so oft mein Gehirn leer, dass ich mich wunderte, dass ich keine bleibenden Schäden davongetragen hatte. Und alle neuen Freunde oder Verbindungen, die ich in dieser Zeit geknüpft hatte? Alle Interessen oder Errungenschaften, die ich erreicht hatte? All die Orte, die ich mein Zuhause nannte? Vorbei. Für immer.

Ja, ich hatte darum gebeten, zu vergessen. Ja, ich hatte darum gebeten, zu sterben und wiedergeboren zu werden. Aber das hatte ich nicht gewollt.

Meine Stimme war heiser und meine Kehle kratzte, als ich sagte: „Was du getan hast, ist unverzeihlich."

„Ich habe nur getan, worum du mich gebeten hast", sagte sie, und der Blick, den sie mir zuwarf, war eher verzweifelt als entschuldigend. „Ich habe *versucht*, dir zu helfen."

„Du hast versucht, mich zu kontrollieren." Ich warf die Bettdecke beiseite und stieg aus dem Bett, weil ich Abstand von ihr brauchte. „Du hast mir die Möglichkeit genommen, ein richtiges Leben zu führen. Mit Freunden. Mit einer Familie. Mit einem Zuhause oder einer Karriere oder irgendetwas Eigenem."

„Ich weiß, das scheint extrem, aber ich habe dich auch vierzig Jahre lang am Leben und in Sicherheit gehalten. Wenn du wieder als Haniel gelebt hättest, hätte Adam dich wieder umgebracht." Ihr Tonfall war so vernünftig und das ärgerte mich nur noch mehr.

„Du hast mir *alles* genommen. Meine Erinnerungen, meine Kraft, meine Identität ..." Mein Herz verkrampfte sich. „Und meinen Gefährten."

„Du hast mich gebeten, dir den Schmerz zu nehmen und das habe ich getan. Du musst dich jetzt daran erinnern, wie verzweifelt du warst. Ich wollte dir nur helfen, deinen Kummer zu überwinden." Ein Aufflackern von Schmerz trübte für einen Moment Jophiels perfekte Gesichtszüge. „Ich verstehe den Verlust eines Kindes. Ich weiß, wie sehr es dich zerbricht. Du erinnerst dich vielleicht daran, dass ich auch einmal eine Tochter verloren habe, bevor du geboren wurdest. Vor kurzem wurde mir mein Sohn, Ekariel genommen, als er noch ein Kind war. Jahrelang glaubte ich, er sei tot, aber vor ein paar Monaten wurde er aus einer Sekte gerettet, aber das hat das Leid, das ich die ganze Zeit über ertragen musste, nicht ausgelöscht. Es gibt nichts Schmerzhafteres als ein Kind zu verlieren. Ich wollte nicht, dass du das auch durchmachen musst."

„Als ich dich bat, meine Erinnerungen zu löschen, war ich nicht bei klarem Verstand", sagte ich, während mir bei der Erinnerung an meinen Verlust erneut die Tränen in die Augen stiegen. „Verdammt noch mal, ich habe dich auch gebeten, mich zu töten! Du hättest mich trösten und mir Zeit geben sollen, mit Luzifer über unseren Verlust zu trauern, anstatt zu versuchen, das Problem zu lösen, indem du mir alles wegnimmst!"

Sie griff nach mir, aber ich wich ihrer Berührung aus. „Du bist meine kleine Schwester. Wenn du leidest, tue ich alles, was ich kann, um das zu ändern."

„Aber du hast mein Leben in eine Lüge verwandelt! Ich weiß nicht einmal mehr, wer ich bin!" Wut und Verzweiflung schossen durch mich hindurch, pochten in meinem Kopf und füllten mich aus, bis ich sie nicht mehr zurückhalten konnte. Meine Flügel lösten sich von meinem Rücken und goldenes Licht schoss aus mir heraus, warf eine Lampe hinter mir um und warf die Bettlaken zurück. Jophiel stand auf, eine Hand ausgestreckt, als wolle sie mich davon abhalten, etwas Unüberlegtes zu tun. „Haniel, bitte. Ich weiß, das ist viel zu verkraften. Aber du musst ruhig bleiben."

Ich wollte ihr gerade sagen, sie solle sich ihre Ruhe in den Arsch stecken, als Azazel ins Zimmer rannte, ihre Dolche ausgestreckt – einer schimmerte in weißem Licht, der andere brodelte in der Dunkelheit.

„Was war das?" fragte Zel und suchte den Raum nach einer offensichtlichen Bedrohung ab.

„Ihre Kräfte kehren zu schnell zurück", sagte Jophiel, bevor sie sich mit eindringlicher Stimme an mich wandte. „Du musst lernen, sie zu beherrschen oder du wirst jemanden verletzen."

„Ich kümmere mich darum", sagte Zel, wobei ihre Augen

nicht von meinem Gesicht wichen, selbst als sie sich an Jo wandte.

„Das ist etwas, bei dem nur ein Engel helfen kann", erwiderte Jophiel in frostigem Tonfall.

„Ich war ein Engel", schnauzte Zel. „Einst."

„Das war vor Tausenden von Jahren!"

„Genug", schrie ich und hob meine glühenden Hände. Ich konnte sie nicht zum Aufhören bringen.

„Bleib bei mir", sagte Jophiel. „Ich werde dir helfen, die Kontrolle über deine Kräfte wiederzuerlangen und dich an deine himmlische Seite erinnern. Du bist die Tochter zweier Erzengel. Du gehörst zu uns – nicht zu den Dämonen."

„Nein. Das tue ich nicht." Ich starrte meine Schwester an, die mich so oft belogen und mir so viel geraubt hatte. Wenn Luzifer mich nicht getötet hätte, wäre ich immer noch ein ahnungsloser Mensch, der seine Kräfte unter Verschluss hält. Ich war mir nicht sicher, wo ich hingehörte, doch definitiv nicht zu ihr. Allerdings auch nicht zu Luzifer. Nicht nach dem, was er getan hatte.

Die beiden Menschen, die behaupteten, mich am meisten zu lieben, hatten mich verraten und verletzt, angeblich, um mich zu schützen. Sie hatten mich gebrochen zurückgelassen. Zerschmettert. Alleine.

Nun, nicht ganz allein. Zel stand mir zur Seite, obwohl sie wusste, was ich war. Und Brandy, damals in Vista – sie war immer eine treue Freundin gewesen. Mein Herz krampfte sich zusammen als ich an sie dachte. Sie war meine echte Schwester und sie war diejenige, die ich jetzt brauchte. Vielleicht würde sie mit Zel einen Weg finden, mich wieder zusammenzufügen.

Ich ging ins Bad und machte mich frisch, zog mir frische Kleidung an und ging dann wieder nach draußen. Zel und Jophiel saßen immer noch im Gästezimmer und starrten einander an. Ich schnappte mir den Rest meiner Sachen.

„Wir gehen", sagte ich zu Jophiel. „Und wir nehmen dein Auto. Versuch nicht, uns zu folgen."

„Nein, ihr könnt nicht gehen", begann Jophiel, aber ich schob mich an ihr vorbei, ohne auf sie zu hören und ging zur Tür. Würde ich meiner Schwester jemals verzeihen können? Ich war mir nicht sicher. Aber heute würde es definitiv nicht passieren.

Als wir nach draußen gingen, schnappte sich Zel die Schlüssel. „Wohin fahren wir?"

„Nach Vista." Ich atmete tief und zitternd ein. „Zurück in Hannahs Leben."

7

HANNAH

Die Fahrt dauerte fast den ganzen Tag und ich verbrachte einen großen Teil davon damit, Azazel alles zu erzählen und ihr alle Verbrechen Luzifers und Jophiels zu schildern. Sie hörte sich alles klaglos an und ertrug mein Weinen, ohne dass ich mich deswegen schlechter fühlte. Als ich fertig war, sagte sie einfach: „Das ist ja eine ganz schöne Scheiße", und die brutale Wahrheit brachte mich durch die Tränen hindurch tatsächlich zum Lachen. In der Tat eine ganz schöne Scheiße.

Der Gedanke, Brandy wiederzusehen, tröstete mich und als wir vor dem sandfarbenen Landhaus hielten, das ihr gehörte, war ich erleichtert. Es sah alles noch genauso aus wie bei meinem letzten Besuch. So vertraut. So einfach. Ich war jetzt ein anderer Mensch als damals, als ich weggegangen war – eigentlich viele Menschen und mit viel zu vielen Erinnerungen –, aber ich sehnte mich nach der Rückkehr zu meinem normalen, gewöhnlichen Leben.

„Hannah!" rief Brandy, nachdem sie die Haustür aufgerissen hatte. Sie musste gesehen haben, dass der Lamborghini vorgefahren war. In einer ruhigen Vorstadtgegend wie dieser war das nicht gerade dezent.

Ich sprang aus dem Auto und kam ihr auf halbem Weg durch den Hof entgegen. Sie nahm mich in die Arme und ich holte tief Luft, so glücklich, zu Hause zu sein, dass ich fast wieder zu weinen begann. Wenigstens war Brandy noch meine Freundin. Etwas Beständiges in einer Welt, die völlig aus den Fugen geraten war.

„Ich bin so froh, dich zu sehen", sagte sie, als sie sich zurückzog und mich ansah. Auch ich starrte sie an und versuchte herauszufinden, wie es ihr ging, seit sie von ihrer Tortur nach Hause zurückgekehrt war. Ihre Entführung in Las Vegas hatte all das ausgelöst, aber überraschenderweise sah sie besser aus als je zuvor. Ihre dunkle Haut leuchtete, ihre braunen Augen strahlten und ihr lockiges Haar glänzte. Ich konnte nur ahnen, wie kaputt ich im Gegenzug aussehen musste.

Sie schaute über meine Schulter, ihr Blick ruhte auf Zel. Die Gefallene war aus dem Auto gestiegen und sah dunkel und gefährlich aus, obwohl ihre Messer zum Glück versteckt waren.

Ich wies mit einer Geste auf meine Begleiterin hin. „Das ist Zel, meine ... Freundin."

„Schön, dich kennenzulernen", sagte Brandy und ergriff meine Hand. „Komm mit rein, dann können wir uns unterhalten. Ich will alles hören, was passiert ist, nachdem du nach Vegas zurückgekehrt bist."

Das fühlte sich an wie eine Ewigkeit, auch wenn es erst ein paar Tage her war. Ich versuchte, nicht daran zu denken, als wir hereinkamen und ich mich in dem vertrauten Wohnzimmer mit seinen gemütlichen Möbeln umsah. Brandys Sohn Jack saß auf der grauen Couch und spielte Videospiele mit Asmodeus, den ich sofort erkannte. Nicht nur von der kurzen Zeit, in der ich ihn in Vegas getroffen hatte, sondern auch von davor. All die Zeiten, in denen ich ihn in meinen früheren Leben gekannt hatte, flimmerten durch meinen Kopf und drohten mich zu überwältigen. Ich legte meine Fingerspitzen auf die Stirn, holte schnell tief Luft und schob die Erinnerungen zurück.

„Hallo, meine Königin", sagte Asmodeus mit einem verwegenen Lächeln und ich versuchte, nicht zusammenzuzucken, als ich daran erinnert wurde, wer ich war. Mit seinem dunklen Haar, der bronzenen Haut und der Gesichtsstruktur eines Gottes war er immer noch unglaublich heiß, aber ... irgendetwas fehlte. Er schien anders zu sein. Irgendwie abgeschwächt.

Ich war überrascht, ihn hier zu sehen, vor allem in so einer lässigen Position. Asmodeus war ein uralter, mächtiger Inkubus und obwohl er offensichtlich Gefühle für Brandy entwickelt hatte, während sie beide zusammen gefangen gehalten wurden, war es für sie unmöglich, zusammen zu sein. Als Dämonen der Lust und der sexuellen Energie konnten die Lilim nur einmal mit einem Menschen schlafen, ohne ihn zu töten. Doch irgendwie war er hier und spielte Videospiele mit Brandys Sohn, als sei es das Normalste auf der Welt.

Sein Mund öffnete sich, als ob er noch etwas sagen wollte, aber stattdessen grunzte er als Jack quietschte und von der Couch sprang, wobei er Asmodeus den Controller in den Schoß warf.

„Hannah!" Jack rannte die letzten paar Schritte auf mich zu, streckte die Arme aus, bevor er auf mich zustürmte, mich um die Taille packte und mich in seinem Überschwang fast umwarf. Er war klebrig, das merkte ich schon, ohne ihn zu berühren, aber das war mir egal. Mein Herz schwoll an, als ich ihn in die Arme nahm. „Habe ich da Hannah gehört?" Ich drehte mich bei der vertrauten Stimme um, als Brandys Mutter Donna hereinkam und ihre Lippen ein sanftes Lächeln formten. „Oh, mein süßes Mädchen. Danke, dass du meine Tochter gerettet hast."

Donna war einmal eine kräftigere Frau gewesen, bevor der Krebs sie heimgesucht hatte, aber sie umarmte mich immer noch herzlich. In ihren Armen atmete ich ihren vertrauten starken Duft ein und eine neue Welle von Gefühlen drohte mich zu überwältigen. Diese Menschen freuten sich aufrichtig, mich zu sehen und auch ich hatte sie vermisst. Ich bedauerte, dass sich alles so sehr verändert hatte, seit ich das letzte Mal hier gewesen war.

Aber dann erinnerte ich mich daran, dass sie sich gefreut hatten, *Hannah* zu sehen. War ich überhaupt noch Hannah? Hatte ich eine Lüge aufrechterhalten, indem ich hierher kam?

„Lass mich Jack vor dem Abendessen noch ein bisschen nach draußen bringen", sagte Donna und nahm die Hand des Jungen. „Ich lasse euch Kinder dann reden."

„Was ist mit dir passiert?" fragte Zel Asmodeus als sie weg waren und ihre Worte kamen abrupt und auf den Punkt – und bestätigten mir, dass ich nicht die Einzige war, der aufgefallen war, dass er wie eine blassere Version seiner selbst aussah.

Er sah an sich herunter und zuckte mit den Schultern, als ob die nächsten Worte keine große Sache wären. „Ich bat meine Mutter, mich sterblich zu machen, damit ich mit Brandy zusammen sein kann. Als Erzdämonin der Lilim hat nur sie diese Macht über unsere Art."

Zel schnaubte und warf mir einen Blick zu, ihre Augenbraue so hochgezogen, wie ich sie noch nie gesehen hatte. „Davon scheint es eine Menge zu geben."

Oh. Meine Brust spannte sich an. Es war dasselbe, was Jophiel mit mir gemacht hatte. Der Unterschied war, dass er es verlangt hatte, während es mir unwissentlich angetan worden war.

„Das ist ein großes Opfer", sagte ich und jetzt verstand ich, warum Brandy so strahlte. Was für ein unglaublicher Akt der Liebe. Er hat alles aufgegeben, um bei ihr zu sein. Einfach so.

„Aber du wirst jetzt alt werden und sterben", sagte Zel und klang entsetzt.

„Ja." Asmodeus nahm Brandys Hand und schien von der Idee begeistert zu sein. „Ich hatte genug von der Unsterblichkeit und es war Zeit für eine Veränderung. Ich hoffe nur, dass sie mich noch will, wenn ich alt und grau bin."

Brandy sah Asmodeus an, ihre braunen Augen waren voller Wärme und Liebe. „Es ist wahrscheinlicher, dass er mich nicht mehr will, wenn ich alt bin und es bereuen wird, seine Unsterblichkeit und seine Kräfte aufgegeben zu haben."

Er berührte ihr Gesicht und blickte ihr in die Augen. „So würde ich nie empfinden. Ich könnte es nicht."

Die Wahrheit seiner Worte überwältigten mich. Schon als Mensch hatte ich immer ein Gespür für die Wahrheit gehabt und wusste, dass ich ein guter Menschenkenner war, aber jetzt wurde mir klar, dass das schon immer meine Ofanim-Kräfte waren. Jetzt waren sie mit voller Kraft zurückgekehrt und Asmodeus' Wahrheit war stark und rein, wie ein leuchtendes Licht in ihm.

„Ich freue mich so für euch beide", sagte ich mit einem schwachen Lächeln. Und das war ich auch, auch wenn ich meinen Schock darüber verbarg, dass Asmodeus bereit war, so viel aufzugeben, nachdem er Brandy erst so kurze Zeit kannte. Aber ich nahm an, wenn man seinen Schicksalsgefährten getroffen hatte, gab es wenig, was einen davon abhalten konnte, mit ihm zusammen sein zu wollen. Ich fühlte diese unzerbrechliche Verbindung mit Luzifer, selbst jetzt, Hunderte von Meilen entfernt, egal wie sauer ich auf ihn war.

Zel ließ sich neben Asmodeus auf die Couch plumpsen. „Verrückter grüner Zombie? Ich liebe dieses Spiel. Auf welchem Level bist du?"

Brandy verdrehte die Augen über einen weiteren Gamer im Haus und sah mich an. „Hast du Hunger?"

„Ich könnte was essen." Wir hatten auf unserer langen Fahrt

kurz angehalten, um zu Mittag zu essen, aber bei allem, was in meinem Kopf vor sich ging, und dem Aufruhr meiner Gefühle, war Essen die kleinste Sorge gewesen.

Als wir in die Küche kamen, sahen wir, dass Donna Jack nach draußen in den Garten gebracht hatte, wo er mit seinem Fahrrad im Kreis fuhr. Ich beobachtete ihn einen Moment lang aus dem Fenster und verspürte einen Schmerz in meiner Brust. Ich hatte das vermisst. Aber ich wusste auch, dass ich nicht hierhergehörte.

Während sie sprach, holte Brandy ein paar Sachen aus dem Kühlschrank. „Ich habe Lasagne im Ofen. Gut, dass ich eine große gemacht habe. Es sollte etwa fünfzehn Minuten dauern. Genug Zeit für dich, um mir zu erzählen, was los war ... und warum du hier bist und nicht bei Luzifer."

Ich seufzte und schüttelte den Kopf, als ich ihre angedeutete Frage registrierte. Was sollte ich ihr antworten? Mein ganzes Leben war in den letzten Tagen auf den Kopf gestellt worden. Ich wusste nicht einmal, wie ich anfangen sollte – und ich war mir nicht sicher, ob ich Brandy zurück in diese dunkle Welt mit mir ziehen wollte. Nicht jetzt, wo sie mit Asmodeus davongekommen war und die Chance auf ein Happy End hatte. Aber es gab definitiv Dinge, die ich ihr sagen musste. Wahrheiten, die ich nicht verschweigen konnte.

„Ich musste eine Weile weg", sagte ich schließlich. „Ich musste zu meinem normalen Leben zurückkehren und wollte dich sehen."

Sie warf etwas Salat in eine große Schüssel und schnappte sich dann ein paar Croutons. „Ich bin wirklich froh, dich zu sehen, aber ich merke, dass etwas mit dir los ist. Raus damit."

„Ich habe etwas über mich selbst herausgefunden, etwas, das alles verändert hat." Ich holte tief Luft und stellte mich in die Mitte der Küche, um nichts umzustoßen, und breitete meine Flügel aus. „Ich bin ein Engel."

„Oh Scheiße!“ Sie ließ das Salatdressing fallen, das sie gerade öffnen wollte und die Plastikflasche prallte auf den Boden. „Du hast Flügel! Echte Flügel!“

So ein Mist. Ich hätte sie wohl besser vorwarnen sollen, bevor ich die Flügel auspackte. „Ja, habe ich. Es hat sich herausgestellt, dass ich in Wirklichkeit Haniel heiße und dass ich mich nicht an meine Vergangenheit erinnern konnte, weil Jophiel sie mir vorenthalten hat, zusammen mit meinen Kräften. Aber das ist jetzt vorbei.“

„Ich konnte deine Schwester noch nie ausstehen“, murmelte Brandy. „Darf ich sie anfassen?“

Ich nickte und sie fuhr mit ihren Fingern sanft über die silbernen Federn. Ein seltsames Kribbeln durchfuhr mich und es fühlte sich viel zu intim an, aber ich verhinderte, dass ich bei ihrer

Berührung zusammenzuckte. „Heilige Scheiße. Ein Engel.“ Sie betrachtete meine Flügel mit einer solchen Ehrfurcht, dass ich mich unwohl fühlte und sie schnell wieder wegsteckte.

„Ich hoffe, das ändert nichts zwischen uns. Ich weiß, dass mein ganzes Leben als Hannah eine Lüge war, aber ...“

„Auf keinen Fall. Du bist immer noch meine beste Freundin. Sicher, du hast dich eine Zeit lang nicht erinnert, wer du eigentlich bist, aber was soll's? Unsere Freundschaft war nie vorgetäuscht. Alles, was wir hatten, war echt.“

Wärme erfüllte meine Brust und Erleichterung überkam mich. „Danke, Brandy.“

„Klar doch.“ Sie umarmte mich fest. „Und was ist jetzt mit Luzifer los?“

Mein Rücken versteifte sich bei seinem Namen und der damit verbundenen Welle von Gefühlen. „Es ist ... kompliziert. Wir haben uns ein wenig zerstritten. Deshalb musste ich auch weg.“

„Nun, ich werde dir helfen, wo ich kann“, sagte Brandy,

während sie sich wieder dem Salat zuwandte. „Wenn du eine Weile hier unterkommen musst, ist das in Ordnung. Technisch gesehen wohnst du sowieso noch hier. Deine Freundin Zel kann die Couch nehmen.“

„Ich bin mir nicht sicher, was wir tun werden. Ich muss über vieles nachdenken. Aber danke für das Angebot.“

Sie nickte und winkte mich weg. „Das Abendessen ist bald fertig. Warum gehst du nicht auf dein Zimmer und machst dich kurz frisch? Ich liebe dich, Süße, aber du siehst aus wie ein Wrack.“

Ihre brutale Ehrlichkeit brachte mich zum Lachen und als ich an mir herunterblickte, wurde mir klar, dass sie recht hatte. Nach zwei Tagen auf der Straße und vielen Tränen unterwegs – und auch ohne Duschen – konnte ich eine Erfrischung wirklich gebrauchen.

Ich ging die Treppe zu meinem Zimmer hinauf, doch als ich hineinging, wurde mir klar, dass nichts an diesem Leben mehr wirklich meins war. Nicht so, wie es einmal war.

Dieses Zimmer war das kleinste im Haus, groß genug für ein Bett und nicht viel mehr, aber das hatte mich nie gestört. Ich war einfach nur dankbar, dass Brandy mich bei sich hatte wohnen lassen. Ich hatte auch nicht viele Sachen und das alles kam mir jetzt sowieso wie ein Traum vor. Ich hatte das Geld verdient und alles selbst gekauft, aber alles fühlte sich an wie ein Schmuckstück aus einem anderen Leben. Ein Doppelbett mit smaragdgrünen Wurfkissen. Stapel von Büchern. Süße kleine Zimmerpflanzen, die dringend gegossen werden mussten.

Auf meiner Kommode stand ein gerahmtes Foto meiner Eltern. Oder besser gesagt, von den Leuten, von denen Jophiel gesagt hatte, sie seien meine Eltern. Ich nahm es in die Hand und betrachtete es, aber ich konnte mich an keine dieser Personen erinnern. Verärgert knallte ich den Rahmen mit der Vorderseite nach unten auf die Kommode. Wahrscheinlich ein verdammtes Stockfoto.

Ich presste mir die Handflächen an die Augen und wollte die Tränen zurückhalten, die ich nicht weinen wollte. Ich hatte schon genug geweint und ich hatte es verdammt satt, aber ich wusste auch nicht, wie ich das hier hinter mir lassen sollte. Ich war hierher zurückgekommen in der Hoffnung, in mein normales Leben zurückzukehren, wenn auch nur für kurze Zeit, aber dieses Leben war eine Lüge. Diese Dinge gehörten nicht mir. Sie gehörten Hannah. Und Hannah war nicht real.

Wie konnte Jophiel mir das nur antun? Nicht nur einmal, sondern immer wieder?

Je mehr ich versuchte, meine Erinnerungen an diese anderen falschen Leben zu ignorieren, desto mehr sah ich und erinnerte mich. Andere Häuser, in denen ich alleine gelebt habe, mit wenigen Freunden oder anderen Verbindungen. Jobs, die mich an einen Ort fesselten und mich zu arm machten, um viel zu unternehmen. Beziehungen, die nie zu etwas führten. Ich hatte sogar einmal einen Hund, einen kleinen Mischling mit großen braunen Augen und zotteligem Fell. Was war aus diesem Hund geworden? Ich hatte keine Ahnung.

Jophiel hatte mich in ihrer Nähe und völlig ahnungslos gehalten, damit sie mich kontrollieren konnte. Angeblich zu meinem Schutz, aber das entschuldigte weder ihr Verhalten noch ihr Handeln. Das machte es auch nicht richtiger. Niemand sollte in der Lage sein, das Leben eines Anderen auf diese Weise zu kontrollieren.

Und sie hatte mich von meinem Gefährten ferngehalten.

Ich war immer noch wütend auf Luzifer, aber sie hatte kein Recht, mich so viele Jahre von ihm getrennt zu halten. Sie hatte ihm auch seine Erinnerungen genommen, erinnerte ich mich jetzt. Wir hätten die Chance haben sollen, gemeinsam um unsere ungeborene Tochter zu trauern, doch stattdessen hatte man uns auseinandergerissen und uns vergessen lassen. Jetzt hatten wir die Erinnerungen zurück, aber wir waren beide zu kaputt, um sie zu verarbeiten.

Brandy rief, dass das Abendessen fast fertig sei und mir wurde klar, dass ich mich zusammenreißen sollte. Ich starrte mich im Spiegel an und bemerkte mein strähniges blondes Haar und die dunklen Ringe unter meinen blauen Augen. Ich war wirklich ein Wrack. Ich versuchte, mich ein wenig zurechtzumachen, wechselte meine Kleidung, bürstete mein Haar und trug ein Deo auf. Das war das Beste, was ich tun konnte, ohne zu duschen.

Als ich mich auf den Weg zum Abendessen machte und für meine Begleiter ein falsches Lächeln aufsetzte, fühlte ich mich noch verlorener als sonst. Was, um alles in der Welt, sollte ich jetzt tun? Wo gehörte ich wirklich hin? Und wer war ich überhaupt?

8

HANNAH

Am nächsten Morgen gab es für mich nur einen Ort, an den ich gehen konnte – meinen Blumenladen.

Ich hatte die Nacht in meinem Schlafzimmer verbracht, obwohl ich kaum geschlafen hatte. Albträume und Erinnerungen hatten mich zu sehr gequält, als dass ich hätte Ruhe finden können. Jetzt gähnte ich herzhaft, als sich der Lamborghini dem vertrauten kleinen Laden mit der dunkelgrünen Markise und dem eleganten weißen Schriftzug „Elegant Thorn" näherte.

Thorn. Mein Nachname. Ich hatte mich immer darüber amüsiert, wie perfekt er zu den Besitzern eines Blumenladens passte, als ob der Name irgendwie den Beruf meiner Eltern beeinflusst hätte. Jetzt wusste ich, dass der Nachname frei erfunden war. Ich fragte mich, ob es Jophiel amüsierte, mir diesen Namen zu geben, oder ob sie einfach so unkreativ war und das Offensichtliche wählte. Wahrscheinlich Letzteres, wie ich meine Schwester kannte . Ich hatte Glück, dass sie mich nicht Hannah Blossom oder so ähnlich genannt hatte.

Ich stieg aus dem Auto, hielt aber die Hand hoch, als Zel

Anstalten machte, mir zu folgen. „Ich muss da drin einen Moment allein sein. Bitte."

Sie stieß ein Schnauben aus und sah aus, als wolle sie widersprechen. Dann sagte sie jedoch: „Okay, aber ich bin direkt vor der Tür."

Mit einem tiefen Atemzug näherte ich mich der Eingangstür. Das Geschäft war verschlossen und leer, in den Schaufenstern hingen noch Kürbisse und andere Dekorationen für Halloween, obwohl der Feiertag schon seit Tagen vorbei war. Wir hätten schon längst mit den Vorbereitungen für Thanksgiving beginnen sollen, aber von Maggie, die in meiner Abwesenheit den Laden hätte führen sollen, fehlte jede Spur.

Ich zog den Schlüssel aus der Tasche, schloss die Tür auf und ging hinein. Der Laden roch muffig, nach Grünzeug, das das Zeitliche gesegnet hatte, so als hätte der Tod bereits einige meiner geliebten Pflanzen ereilt. Sie brauchten alle Pflege und es brach mir das Herz, sie in einem solchen Zustand zu sehen. Die Blütenblätter begannen sich zu kräuseln, die Blätter hingen herunter und hatten ihren Glanz verloren. Ich seufzte und wusste, dass dies meine Schuld war. Ich war in Las Vegas nicht gerade die aufmerksamste Chefin gewesen, vor allem, weil so unglaublich viel los gewesen war und ich hatte Maggie auch nicht viel bezahlt. Wahrscheinlich war es ihr zu viel geworden und ich konnte es ihr nicht verübeln, dass sie gegangen war.

Aber das war jetzt auch nicht mehr wichtig. Der Laden war nur eine weitere Lüge. Dieser Laden hatte meinen Eltern nie gehört. Sie waren nicht einmal real. In den letzten fünf Jahren hatte ich das Geschäft aus Respekt vor ihrem Andenken und aus dem Wunsch heraus, ihr Erbe am Leben zu erhalten, am Laufen gehalten, aber das alles war nur eine weitere von Jophiels Erfindungen.

Der Laden hatte nie viel Geld abgeworfen, dabei hatte ich so hart gearbeitet, um ihn am Laufen zu halten. Und wofür? Was hatte es im Endeffekt für einen Sinn? Sicher, die Arbeit hatte mir Spaß gemacht. Ich liebte es, mit Pflanzen zu arbeiten und die Freude und Schönheit zu bewundern, die Blumen in die Welt bringen konnten. Wie hätte es auch anders sein können, wenn ich die Reinkarnation von Persephone war? Aber ich hatte immer mehr gewollt. Ich hatte immer gewusst, dass mein Leben für etwas Größeres bestimmt war als für die Leitung eines kleinen Blumenladens.

Ich füllte einen Wasserkanister und begann, die Pflanzen zu gießen, während ich mit ihnen sprach und ihnen versprach, dass alles gut werden würde. Sie würden etwas Wasser bekommen und im Handumdrehen wieder aufblühen. Im Vorbeigehen berührte ich hier und da ein Blatt und wünschte mir, dass es wieder kräftig wachsen möge. Ich atmete den Duft der Rosen ein und lächelte schwach über die leuchtenden Narzissen, während ich durch den Raum ging, den ich früher mein Heim nannte.

Ich befand mich in der hintersten Reihe der Pflanzen, als die Türglocke läutete und verkündete, dass jemand durch die Vordertür gekommen war. „Zel, ich habe doch gesagt, du sollst draußen warten.“

Niemand antwortete und ich hielt inne. Zel hätte mir die Meinung gegeigt und sie hätte jeden aufgehalten, der eine Bedrohung darstellte. Scheiße, was, wenn es ein Kunde war? Ich holte tief Luft und versuchte, einen freundlichen Gesichtsausdruck aufzusetzen, als ich auf den Eingang des Ladens zuging. Aber dann erspähte ich ihn durch die Reihen der Grünpflanzen.

Luzifer.

Er trug einen eleganten schwarzen Anzug und ein weißes Hemd mit offenem Kragen. Mit jedem Schritt, den er auf mich zukam, strahlte er Sex, Macht und Dominanz aus. Meine Gefühle spielten in mir verrückt. Es war eine Qual, ihn jetzt wiederzusehen, mit der Kenntnis dessen, was er getan hatte und mit all meinen wiedergewonnenen Erinnerungen. Aber ich hatte ihn auch vermisst. Natürlich hatte ich das. Wie könnte ich das nicht? Er war mein Gefährte. Wir waren für alle Ewigkeit aneinander gebunden ... ob es mir gefiel oder nicht.

„Was tust du hier?" fragte ich, wobei ich meine Stimme so ruhig wie nur möglich hielt.

„Ich habe dir gestattet, Las Vegas zu verlassen", sagte er, während er auf mich zuschritt. „Aber du warst schon viel zu lange weg. Es ist an der Zeit, dass du mit mir nach Hause zurückkehrst."

Sein arroganter, gebieterischer Tonfall verärgerte mich sofort. Ich stemmte die Hände in die Hüften und setzte mich gegen ihn zur Wehr. „Und wenn ich nicht gehen will?"

Ein dunkles Lächeln umspielte seine sinnlichen Lippen. „Dann bringe ich dich zum Kommen. Im doppelten Sinne des Wortes. Soll ich die Handschellen holen? Das könnte amüsant werden."

„Du bist unmöglich", murmelte ich, während ich versuchte, die erotischen Gedanken zu ignorieren, die seine Worte in mir auslösten. „Ich werde nirgendwo hingehen."

Sein Lächeln erlosch und seine grünen Augen brannten mit dunkler Energie. „Du gehörst an meine Seite. Du bist meine Gefährtin. Meine Königin. Meine *Frau*."

„Wir sind nicht verheiratet!" platzte ich heraus.

„Oh, doch, das sind wir. Ich weiß, dass du Jophiel aufgesucht hast und sie muss dir deine Erinnerungen zurückgegeben haben. Sicherlich erinnerst du dich an unsere übereilte Hochzeit mit Samael als Zeremonienmeister, die auf deinen Wunsch hin stattfand, nachdem wir herausgefunden hatten, dass du schwanger bist. Ich hielt die ganze Sache für lächerlich – Engel und Dämonen neigen dazu, sich nicht mit dem Thema Heirat zu befassen –, aber du hast darauf bestanden. Ich nahm an, es sei eine Verschrobenheit aus all den Leben, die du als Mensch verbracht hattest."

Mist. Jetzt, wo er es erwähnte, fiel es mir wieder ein. Wir hatten eine private Feier in seinem Palast in der Hölle und er hatte sich über mich lustig gemacht, weil ich ein weißes Kleid trug und auf einen Blumenstrauß bestand. Ich hatte die ganze menschliche Hochzeitszeremonie haben wollen, weil ich so glücklich über die Schwangerschaft war und mich Hals über Kopf in Luzifer verliebt hatte. Da unsere Beziehung verboten und geheim war, wollte ich sie auf irgendeine Weise offiziell machen, ehe unsere Tochter geboren wurde. Samael hatte uns draußen in einem geheimen Garten unter unzähligen Sternen getraut und für kurze Zeit schien alles perfekt zu sein.

Aber ich erinnerte mich auch an etwas anderes. Ich sah, wie Gadreel seinen Kopf in den Garten steckte, um nach Samael zu suchen und sich dann entschuldigte, weil er uns gestört hatte. Da hatte er mich gefunden. Und nur ein paar Wochen später tötete er mich ... und unsere Tochter.

Ich konnte Luzifer nicht einmal antworten, denn die Erinnerung an unsere Hochzeit brachte nur noch Schmerz zurück. Was einst ein freudiger Tag gewesen war, erinnerte mich nur an alles, was wir verloren hatten. Mein Gesicht verzog sich und ich wandte mich ab, indem ich mir mit den Händen die Augen zuhielt, um zu verhindern, dass die Tränen entwichen.

Luzifers Arme legten sich um mich, zogen mich an sich und hielten mich fest. „Du erinnerst dich also doch."

„Ein Teil von mir wünschte, ich täte es nicht. Unsere Tochter ..." Der Schmerz kehrte zurück, und es war zu viel. Ich konnte nicht mehr atmen. Ich drückte mein Gesicht an seine Schulter und sehnte mich nach seiner vertrauten Stärke.

„Ich weiß", sagte er mit leiser Stimme. „Ich verstehe."

Ja – er war der Einzige, der wirklich verstand. Jophiel hatte auch ihm die Erinnerungen genommen und er hatte sie erst vor ein paar Tagen wiedererlangt. Der Schmerz war auch für ihn noch frisch, deshalb hatte er mich gewarnt, dass ich die Erinnerungen vielleicht nicht zurückhaben wollte.

Ich packte ihn an der Vorderseite seines Anzugs. „Ich hätte auf dich hören und im Ungewissen bleiben sollen.“

„Nein, es ist besser, dass du es weißt. Schwerer, ja. Aber besser.“ Seine Hand wanderte langsam über meinen Rücken, während er mich festhielt. „Ich wusste, du würdest dich dafür entscheiden, die Erinnerungen zurückzubekommen. Du wolltest immer schon die Wahrheit.“

Die Wahrheit ... die Wahrheit brachte Schmerz. Aber sie brachte auch Klarheit. Ich holte tief Luft und sah zu Luzifer auf, wobei die Entschlossenheit in mir brannte. „Adam. Er hat unsere Tochter getötet. Er muss dafür bezahlen.“

Luzifer knurrte als Antwort, seine Brust dröhnte von der Kraft seiner Wut. „Meine Leute suchen in diesem Moment nach Adam. Wenn der Fluch gebrochen ist, können wir ihn ein für alle Mal besiegen.“

Ich nickte und konzentrierte mich auf den Zorn, um den Schmerz zu überwinden. Rache konnte mir nicht zurückgeben, was ich verloren hatte, aber sie würde helfen. Und solange Adam da draußen war, würde er weiterhin versuchen, uns und alle, die wir liebten zu quälen. Ich wollte dieses Schwein töten, ein für alle Mal, selbst wenn es das Letzte war, was ich in diesem Leben tat.

„Adam hatte mir schon tausendmal alles genommen, aber in dieser Nacht dachte ich, er hätte mich wirklich gebrochen“, sagte Luzifer und seine Stimme klang abwesend, während er sich an seine eigenen Gefühle erinnerte. „Du bist verschwunden und hast nur eine Blutspur hinterlassen und ich wusste, dass es schlimm war. Es gelang mir, euch bis zu Jophiel zu verfolgen, aber da war es schon zu spät. Sie sagte mir, ihr wäret beide tot.“ Seine Hände legten sich um mich und drückten mich noch fester an sich. „Ich bin mit Leid sehr vertraut, nachdem ich dich so oft habe sterben sehen, aber das hier … das war anders. Es war unerträglich. Ich konnte kaum noch klar denken und Jophiel konnte mich überwältigen und meine Erinnerungen auslöschen. Vielleicht habe ich mich nicht zu sehr dagegen gewehrt. Vielleicht war mir das Vergessen lieber.“

Ich spürte den tiefen Schmerz in Luzifer, der meinem eigenen ähnelte, selbst wenn er ihn gut zu verbergen wusste. „Ich hatte denselben Wunsch. Damals schien es einfacher zu sein, zu vergessen.“

„Aber jetzt ist der Schmerz wieder da, ganz genauso frisch und du willst die Welt in Schutt und Asche legen“, vollendete er den Satz für mich.

Die Emotionen schnürten mir die Kehle zu. Er kannte mich nach Hunderten von gemeinsamen Leben so gut, egal in welchem Körper ich steckte. „Ja.“

Er legte seine Hand an meine Wange, seine Augen blickten intensiv in die meinen. „Dann kehre mit mir als meine dunkle Königin nach Las Vegas zurück und wir werden gemeinsam die Welt niederbrennen und sie aus der Asche wieder aufbauen.“

Ich wich von ihm zurück und schaute mich in dem Blumenladen um, der mir einst so viel bedeutet hatte. Jetzt wollte ich nur noch, dass Adam für seine Tat büßte. Wenn ich hier in Hannahs Leben bliebe, würde ich niemals Gerechtigkeit finden. Ich würde auch keinen Frieden finden, wenn so etwas überhaupt möglich war. Aber diesen Ort hinter mir zu lassen, war schwieriger, als ich es erwartet hatte. In den letzten fünf Jahren war dies mein Leben gewesen. Ob real oder nicht, es war alles, was ich kannte … bis ich Luzifer getroffen hatte.

Ich drehte mich zu ihm um, meine Entscheidung stand fest. „Ich werde mit dir gehen, aber nur weil ich zurückkehre, heißt das nicht, dass ich dir vergebe, was du getan hast. Wenn du willst, dass ich deine Königin bin, musst du damit anfangen, mich als gleichwertig zu behandeln. Du kannst nicht ständig Entscheidungen treffen, die meine ganze Welt auf den Kopf stellen, ohne sie vorher mit mir zu besprechen."

Seine Augen wurden schmal. „Ich habe dir bereits erklärt, warum ich dich auf diese Art töten musste. Du kannst gerne die nächsten paar hundert Jahre wütend auf mich sein, aber ich stehe zu diesem Schritt."

„Aber du hast mir keine Wahl gelassen! Ebenso wie Jophiel hast du mir die Möglichkeit genommen, mich zu entscheiden und hattest die ganze Macht in dieser Situation. Ich weiß, dass du deine Gründe hattest, aber ich kann immer noch nicht nachvollziehen, dass dies der einzige Weg war und ich bin mir nicht sicher, wie ich damit umgehen soll. Du hast mich umgebracht, Luzifer. Mit deinen eigenen Händen."

Er blickte finster drein, sein Kiefer spannte sich an, aber nach einem Moment schaffte er es, zu sagen: „Ich nehme an, ich bin es gewohnt, alle Entscheidungen allein zu treffen, nachdem ich Tausende von Jahren über die Dämonen geherrscht habe und die meiste Zeit davon ohne dich an meiner Seite. Ich werde mein Bestes tun, um mich in Zukunft mit dir zu beraten."

Es war zwar keine Entschuldigung, aber es war immerhin etwas. Ein Eingeständnis, dass er es wenigstens ein bisschen verbockt hatte. Ich war mir nicht sicher, ob Luzifer sich wirklich ändern konnte, aber er war mein Gefährte. Wir beide waren unzertrennlich und ich konnte ihm nicht entkommen, selbst wenn ich es wollte. Das bedeutete, dass ich einen Weg finden musste, um mit ihm zu leben. Mehr noch, ich wollte einen Weg finden. Ich konnte mir mein Leben ohne ihn nicht vorstellen.

„Was wirst du mit dem Laden machen?", fragte er.

„Ich werde ihn wohl schließen. Er hat mir sowieso nie wirklich gehört. Jophiel ist die eigentliche Besitzerin."

Er legte mir besitzergreifend eine Hand auf die Schulter.

„Ich werde jemanden schicken, der sich darum kümmert. Meine Leute werden sich um alles kümmern."

Ich nickte und sah mich zum wahrscheinlich letzten Mal um und alles, was ich dabei spürte, war eine schmerzliche Leere tief in mir. „Ich bin bereit."

9

———

LUZIFER

Hannah schwieg während der gesamten Fahrt zurück zum Haus ihrer Freundin Brandy. Ich konnte es ihr nicht verdenken. Sie hatte in den letzten Tagen viel durchgemacht, aber jetzt würde sie nach Hause nach Vegas zurückkehren, wo sie hingehörte und wir würden das hier zusammen durchstehen. Es war klar, dass Hannah Zeit brauchte und ich hatte ihr viel davon zu geben – wir hatten schließlich die Ewigkeit.

Aber zuerst wollte sie sich von ihrer Freundin verabschieden und ihre Sachen holen. Wir ließen die Limousine hinter uns und näherten uns der Haustür des malerischen kleinen Hauses, während Zel im Lamborghini wartete. Wahrscheinlich würde ich Jophiel Geld für den Wagen schicken müssen, da meine Gefährtin ihn anscheinend für sich beanspruchte. Oder aber auch, wenn Hannah dies vorzog, würde ich ihr einen neuen Wagen in jeder Farbe kaufen, wenn sie das glücklich machte. So viel war ich ihr schuldig.

„Oh", sagte Brandy, als sie die Tür öffnete und mich erblickte. Sie wich nicht zurück, aber ihre Augen wurden groß, als sie merkte, dass der Teufel auf ihrer Veranda stand. Wir waren uns schon einmal begegnet, als ich sie aus einem verlassenen Motel mitten in der Wüste gerettet hatte, wo sie von Gestaltwandlern gefangen gehalten wurde. Unnötig zu sagen, dass ich einen bleibenden Eindruck hinterlassen hatte.

„Ich glaube, du hast Luzifer schon kennengelernt", sagte Hannah und deutete auf mich.

Ich nahm Brandys Hand und küsste sie, was sie zu meiner Belustigung nur noch schockierter aussehen ließ. „Schön, Sie wiederzusehen. Sie scheinen sich gut von den Strapazen erholt zu haben."

„Nochmals danke, dass Sie uns gerettet haben." Brandy trat zurück und gewährte uns Einlass in ihr Haus. „Bitte kommen Sie herein."

Ich folgte Hannah hinein und betrachtete das Wohnzimmer mit Möbeln, die offensichtlich schon bessere Tage gesehen hatten. Ein Teppich, der sich am Ende leicht wölbte. Ein Sofa, dessen Armlehnen vom Gebrauch abgenutzt waren. Ein Kissen mit ausgefransten Rändern. Aber am meisten schockierte mich Asmodeus, der in seinem schwarzen Anzug in der Mitte des Raumes stand und so aussah, als gehöre er dorthin.

„Ich fahre zurück nach Las Vegas", sagte Hannah zu Brandy. „Ich bin nur hier, um meine Sachen zu holen."

Brandy warf mir einen kurzen Blick zu und nickte. „Ich helfe dir beim Packen."

Die beiden gingen die Treppe hinauf und ließen mich mit Asmodeus allein. Er räusperte sich.

„Mein Gebieter", sagte er und verbeugte sich leicht.

Ich musterte ihn von Kopf bis Fuß und stellte fest, wie sehr er sich verändert hatte. Er strahlte nicht mehr seine Inkubus-Sinnlichkeit aus, diese angeborene Kraft, die die Menschen zu ihm hinzog und sie dazu brachte, sich die Kleider vom Leib reißen zu wollen. Für alle meine Sinne war er vollkommen menschlich.

„Es ist also wahr", sagte ich. „Du hast deine Unsterblichkeit aufgegeben."

Der alte Dämon neigte den Kopf, sein schwarzes Haar brach das Licht. „Ja. Ich habe alle nötigen Vorkehrungen getroffen, um die Kontrolle über meine Aufgaben als Lilim an meinen Assistenten Himeros zu übergeben. Alles wird weiterhin einwandfrei laufen, mein Gebieter."

Ich reichte ihm die Hand. „Ich bedaure es, dich zu verlieren. Du warst immer Einer der Wenigen, denen ich vertrauen konnte und auch ein guter Freund. Ich wünsche dir alles Gute."

Er schüttelte mir die Hand und schien erleichtert über meine Worte. „Danke, Luzifer. Das bedeutet mir sehr viel."

„War es das wert?" fragte ich mit leiser Stimme. „All deine Kräfte und deine Unsterblichkeit aufzugeben?"

Asmodeus starrte auf die Treppe, die Brandy hinaufgegangen war. „Es ist es wert. Ich würde es für meine Gefährtin millionenfach wieder tun."

Ich verstand ihn vollkommen. Ich selbst hätte nichts anderes getan, wenn es nötig gewesen wäre, um mit meiner Gefährtin zusammen zu sein. „Kümmere dich gut um sie. Hannah hat sie sehr lieb."

Asmodeus richtete sich auf, seine Brust wölbte sich ein wenig. „Das werde ich. Ich habe vor, Brandy und ihren Sohn bald nach Disney World mitzunehmen und dann kaufe ich uns eine riesige Villa am Strand und verwöhne sie bis zum Umfallen." Sein Blick wurde sanfter. „Brandy hat eine Menge durchgemacht. Genau wie ihr Sohn. Ich werde sie wie eine Königin behandeln und ihnen beiden das Leben bieten, das sie verdienen."

„Gut", sagte ich. „Das Geld dafür hast du ja, aber bitte lass es mich wissen, falls du irgendetwas von mir brauchst." Jahrzehntelang hatte Asmodeus unter meinem Kommando im Dienste der Lilim Stripclubs betrieben und obwohl er diese Verantwortung jetzt abgab, war er über die Jahre hinweg großzügig für seine Arbeit entlohnt worden. Außerdem war Asmodeus fast so alt wie ich und hatte nach all der Zeit zweifellos einen großen Haufen Geld zur Seite gelegt.

Asmodeus zögerte. „Tatsächlich gibt es da etwas. Ich habe mich gefragt, ob du mir einen letzten Gefallen tun kannst, als Dank für meine jahrelangen treuen Dienste."

Das hörte sich ominös an, aber ich war schon immer jemand, der Gefallen gewährte, meist im Austausch für einen Gefallen, den ich irgendwann zurückbekommen würde. „Was ist es?"

„Brandys Mutter hat Krebs im Endstadium. Die menschlichen Ärzte können nichts mehr tun. Könntest du einen der Engel bitten, sie zu heilen? Ich weiß, dass du jetzt einige Verbündete unter den Malakim hast."

Ich berührte seine Schulter und nickte ihm fest zu. „Es wird erledigt."

„Ich danke Euch, mein Gebieter", sagte er und ließ erleichtert die Schultern sinken. „Ihr seid ein guter Herrscher. Es war mir eine Ehre, Euch zu dienen."

Hannah kam die Treppe hinunter, um jeden Arm trug sie eine Tasche. „Ich glaube, ich habe alles, was ich brauche."

Auch Brandy kam mit ihrem Sohn und der älteren, gebrechlichen Frau, die wohl ihre Mutter war, zurück. Hannah sah sie alle mit traurigen Augen an und ich nahm ihr die Taschen aus den Armen, zusammen mit der Tasche, die Brandy in der Hand hielt. Hannah nickte mir dankbar zu und wandte sich dann an die Anderen. „Ich denke, das war's dann. Danke, dass ich die letzten Jahre hier bei euch leben durfte. Es tut mir leid, dass ich so überstürzt gehen muss."

Brandy schüttelte den Kopf und ergriff Hannahs Hände. „Nein, ich danke dir, dass du mir im Haus mit Jack und allem anderen geholfen hast. Es wird nicht mehr dasselbe sein, wenn du nicht da bist. Versprich mir, dass du mich irgendwann mal besuchen kommst."

„Das werde ich. Und ihr müsst alle nach Las Vegas kommen, um uns zu besuchen."

„Ja, in meinem Hotel sind Sie mit Ihrer Familie jederzeit willkommen", sagte ich. „Auf meine Kosten, natürlich."

Donnas Gesicht strahlte. „Das klingt wunderbar."

„Ja, das tut es." Brandy warf mir einen scharfen Blick zu. „Aber hören Sie. Wehe, Sie tun Hannah etwas an. Es ist mir egal, ob Sie der Teufel sind, ich werde Ihnen in den Arsch treten."

Ich hob eine Augenbraue in Richtung der tollkühnen Frau. Wir wussten beide, wie das ausgehen würde, aber ich musste Brandy Anerkennung für ihren Mut und ihre Loyalität Hannah gegenüber zollen. „Verstanden. Und jetzt sollten wir uns wirklich auf den Weg machen."

Hannah nickte und umarmte jeden von ihnen lange, bevor sie sich endgültig verabschiedete. Ich schüttelte Asmodeus ein letztes Mal die Hand, packte dann Hannahs Taschen und brachte sie nach draußen.

„Du hast ja ziemlich lange gebraucht", sagte Zel, während sie sich an den Lamborghini lehnte.

Der Chauffeur der Limousine eilte heraus, nahm mir Hannahs Taschen ab und lud sie in den Wagen. Er war ein junger Vampir und diensteifrig, aber ich konnte nicht umhin, mich zu fragen, ob er wirklich loyal war oder mich nur für seinen Erzdämon Baal ausspionierte. Nach unserer Rückkehr würde ich mich mit den Erzdämonen auseinandersetzen und herausfinden müssen, wer von ihnen mir gegenüber loyal war.

Als ich Hannah zur Limousine geleitete, sträubten sich mir die Nackenhaare, gerade als Zel ihre Messer zog. Der Himmel war bewölkt und verhieß Regen, eine Erscheinung, die selten genug und kostbar für Südkalifornien war. Aber er verdunkelte sich noch mehr, als eine große Gestalt über die umliegenden Häuser flog.

„Da ist was im Anflug." Ich schob Hannah zwischen mich und die Limousine, während ich den Himmel nach der Gefahr absuchte. „Steig ins Auto."

Die Gestalt flog nahe genug heran, sodass ich sie identifizieren konnte. Große Schwingen mit dunkelroten Schuppen. Reptilienhafte schwarze Augen. Riesige Krallen und Reißzähne. Ein verdammter Drache. Hier draußen in der Vorstadt und das mitten am helllichten Tag, wo ihn jeder sehen konnte. Dieser unverhohlene Ungehorsam machte mich wütend und ich breitete schnell Dunkelheit in der Umgebung aus, um uns vor den Blicken der Nachbarn zu verbergen, die vielleicht aus ihren Fenstern schauten."Was ist los?" fragte Hannah und mir wurde klar, dass sie die Einzige war, die nicht durch die dunklen Schatten sehen konnte. Wir anderen hatten Augen, die an die ewige Finsternis der Hölle gewöhnt waren, aber als Engel war Hannah eher für das Reich des Lichts ausgerüstet.

Zel sprang in Aktion, breitete ihre schwarzen Flügel aus und schoss in die Luft in Richtung des Drachens. Ich stellte mich schützend vor Hannah, die mich natürlich ignoriert hatte, als ich sie ins Auto beordert hatte.

Der Drache grub sofort seine Krallen in Zel, obwohl er genug Verstand zu haben schien, um keine Flammen aus seinem Maul schießen zu lassen. Wenn er Brandys Nachbarschaft in Brand setzte, würde er schnell das wahre Ausmaß meines Zorns kennenlernen, bevor ich sein Leben beenden würde.

Es gelang Zel mit ihrem lichtdurchfluteten Dolch die Flügelspitze des Drachens zu treffen, wodurch die Bestie laut genug brüllte, um die Fenster der umliegenden Häuser zu erschüttern. Ich hoffte, dass die Bewohner das als Erdbeben oder einen lauten vorbeifahrenden Lastwagen abtun würden, aber es musste schnell gehen, sonst würde jemand Verdacht schöpfen. Das

Letzte, was ich wollte, war, dass ein Haufen neugieriger Menschen auftauchte und Fragen stellte.

Der Drache revanchierte sich, indem er Zel hart zurückstieß. Sie prallte gegen ein nahe gelegenes Dach, rollte davon ab und fiel auf das Gras, wobei Schindeln umherflogen. Oh, verdammt.

„Können wir ihr nicht helfen?" fragte Hannah. Ich bemerkte, dass sie wieder leuchtete, wie ein Leuchtturm inmitten eines Sturms. Der Drache bemerkte es auch und schoss sofort auf uns zu.

„Es geht ihr gut", sagte ich. „Konzentriere dich einfach darauf, deine Kräfte im Griff zu behalten. Ich mache den Rest."

Ich musste die Situation unter Kontrolle bringen und zwar schnell. Als der Drache seine Flügel anspannte und auf uns zustürzte, streckte ich meine Tentakel der Finsternis aus und wickelte sie um das Tier. Er versuchte, sie abzuwehren und es gelang ihm, einen Flügel freizubekommen, aber dann schlug Zel in seine Seite und lenkte ihn ab, sodass ich ihn vollständig in meine Schatten einhüllen konnte. Schatten, die Hannahs helles Licht schnell durchbrannte. Sie merkte nicht einmal, dass sie das tat.

Der Drache wirbelte herum und drehte sich, aber er konnte den finsteren Schlingen, die ihn umschlossen nicht entkommen und sein Schwung trug ihn geradewegs in die Mitte der Straße hinunter. Er schlug so hart auf, dass der Asphalt an der Stelle, an der er landete, Risse und Brüche aufwies. Zel ließ sich neben ihm nieder und schwang ihre Dolche, und der Drache zischte sie mit hasserfüllten Augen an.

Ich stand über dem Drachen und blickte auf die gefangene Bestie herab. Wut raste durch meine Adern, und ich ließ zu, dass mich die Dunkelheit bedrohlich umgab, während in meinen Handflächen leuchtend blaues Höllenfeuer aufloderte. „Du wagst es, mich und meine Gefährtin am helllichten Tag mitten in einem von Menschen bewohnten Gebiet anzugreifen. Erkläre dich."

„Ich will Rache!" Der Drache brüllte mir die Worte ins Gesicht, seine Reißzähne trieften vor Gift. „Du hast meinen Vater getötet!"

Ah, natürlich. Das muss Mammons ältester Sohn sein, Valefar. Ich war ihm schon ein paar Mal begegnet, aber nie in seiner Drachengestalt. Mit einiger Anstrengung ballte ich meine Hände und löschte das Höllenfeuer, als ich mich an Samaels Worte erinnerte, mit den übrigen Drachen Frieden zu schließen. Ich nahm an, er hatte Recht. Es gab schließlich einen Grund, warum ich ihn als meinen Berater behalten hatte.

„Du hast Recht. Ich habe deinen Vater getötet. Mammon hat sich gegen mich verschworen und einen Putschversuch unternommen. Er griff mich in meinem eigenen Haus an. Ich konnte eine solche Revolte nicht ungestraft lassen." Ich hob eine Hand, ehe er etwas erwidern konnte. „Ob es dir gefällt oder nicht, ich bin dein Herrscher und du bist jetzt der Erzdämon der Drachen. Es gibt nur noch sehr wenige von deiner Art. Das bedeutet, du hast die Wahl. Du kannst dich mir beugen und mir Treue schwören oder du kannst gegen mich in den Krieg ziehen, wie es dein Vater getan hat. Und du weißt, wie das für ihn geendet hat." Ich hielt inne und ließ meine Worte wirken. „Ich will die verbleibenden Drachen nicht vernichten, aber ich werde, wenn ihr mich zum Handeln zwingt."

Der Drache knurrte, doch dann schlossen sich seine Reptilienaugen wieder, und ich spürte, dass er den Kampf aufgegeben hatte. Ich nickte Zel zu, damit sie sich zurückzog. Sie blickte finster drein, aber sie steckte ihre Dolche in die Scheiden und ließ dem Drachen etwas Raum. Hannah hatte es inzwischen geschafft, ihr Glühen unter Kontrolle zu bringen und die Straße wurde still, während es in der Gegend immer noch unnatürlich dunkel war.

Valefar erhob sich auf seine Klauenfüße und breitete seine Flügel aus, den Blick immer noch auf mich gerichtet. „Wir sind noch nicht fertig.“

Mit einem kräftigen Flügelschlag erhob er sich in die Lüfte und flog über die Häuserreihen hinweg außer Sichtweite. Ich wartete, bis er weg war und gab dann die Finsternis frei, damit die Sonne wieder durch die Wolken auf die Straße scheinen konnte.

Hannah atmete tief durch, als sich die Schatten zurückzogen als wäre sie erleichtert, wieder das Licht zu sehen. „Du lässt ihn gehen?“

Ich strich die Vorderseite meines Anzugs glatt und zuckte mit den Schultern. „Er hat die Pflicht, sich zu erheben und seinem Volk ein Anführer zu sein. Tut er das nicht, werden wir uns darum kümmern.“

Ich half Hannah in die Limousine, damit wir unsere Reise zum Privatflugzeug fortsetzen konnten, das uns nach Hause nach Las Vegas bringen würde. Doch als sie auf die schwarzen Ledersitze glitt, spiegelte sich Sorge in ihrem Gesicht wider.

„Was ist los?“ fragte ich.

„Meine Kräfte. Es fällt mir schwer, sie zu kontrollieren. Ich glaube, es liegt daran, dass so viele Erinnerungen in meinem Kopf herumschwirren, dass es unmöglich ist, sie zu ordnen und zu sortieren.“ Sie lehnte ihren Kopf auf dem Ledersitz zurück, als sei sie erschöpft. „Jophiel hat mir angeboten, mir zu helfen, mich daran zu erinnern, wie man sie benutzt, aber ich will keine Hilfe von ihr.“

„Ich kenne ein paar Engel, die vielleicht helfen können. Die, die geholfen haben, dich wiederzubeleben.“ Ich legte eine Hand besitzergreifend auf ihr Knie, und obwohl sie sich versteifte, wich sie nicht zurück. Ein kleiner Fortschritt. „Ich werde mich um alles kümmern.“

Was auch immer sie brauchte, ich würde es besorgen. Wenn sie wollte, dass ich mich in die Tiefen der Hölle oder in die Höhen des Himmels begab, dann sollte es so sein.

Ich würde alles tun, was nötig war, um Hannahs Herz wiederzugewinnen.

10

―――――

HANNAH

Der Weg zurück ins Penthouse war wie eine Rückkehr in die dunkelsten Tiefen der Unterwelt. Luzifer wollte, dass ich wieder seine Königin wurde, die Persephone zu seinem Hades, aber wie konnte ich an seiner Seite herrschen, wenn ich ihm nicht vergeben konnte? Oder wenn er mich nicht als ebenbürtig behandelte?

Und würde irgendein Dämon mich, einen Engel, als seine Königin akzeptieren?

Ich kehrte zurück in das Gästezimmer, da ich vorerst nicht mit Luzifer das Schlafzimmer teilen wollte. Ich freute mich, dass jemand mein Gepäck hochgebracht hatte und dass meine Pflanzen hier alle noch gut gediehen. Seltsamerweise fühlte sich dieser Raum mehr wie ein Zuhause an als alle anderen Orte, die ich in den letzten Tagen besucht hatte, vor allem als ich begann, die Sachen auszupacken, die ich aus Brandys Haus mitgebracht hatte. Die grünen Kissen peppten die sonst so biedere Einrichtung auf und auf dem Nachttisch hatte ich ein Foto von mir mit Brandy und Jack aus dem Zoo von San Diego gestellt , das mich jedes Mal zum Lächeln brachte, wenn ich es ansah.

Als ich in den Hauptbereich des Penthouses zurückkehrte – das vollständig in seinem früheren Glanz wiederhergestellt worden war, sogar die zerstörte Bar – waren die fünf Gestalten, die bei meiner Wiedererweckung dabei gewesen waren, wieder da. Sie saßen auf schwarzen Ledersofas und Barhockern im Raum. Ich sah Luzifer an und wartete darauf, dass er mich ihnen offiziell vorstellte, aber dann fiel mein Blick auf den dunkelhaarigen Mann neben ihm und ich atmete heftig ein.

Kassiel.

Mein Sohn.

Diese Erkenntnis traf mich so hart und mit solcher Gewissheit in der Brust, dass ich schockiert war, dass ich es nicht schon früher erkannt hatte. Schnelle, kurze Einblicke in seine Kindheit tauchten in meinem Kopf auf wie der Blitz einer Kamera, alle aus meinem Leben als Lenore im 19. Jahrhundert. Er sah seinem Vater so ähnlich, sowohl als Kind als auch jetzt. Er trug sogar einen ähnlich gut sitzenden schwarzen Anzug.

Ich ging auf ihn zu und mein Herz zersprang fast vor dem Bedürfnis, nach all den langen Jahren wieder bei ihm zu sein. „Kassiel …"

„Hallo, Mutter." Er schenkte mir ein warmes Lächeln, aber seine Stimme wirkte reserviert und sein britischer Akzent verstärkte diesen Effekt noch. Ich rückte näher und er umarmte mich und jetzt weinte ich wieder, aber diesmal waren es Freudentränen. Es war mir sogar egal, dass alle anderen Leute im Raum uns unweigerlich anstarrten. Alles, was ich wusste, war, dass ich meinen Sohn nach Jahrzehnten der Trennung wieder hatte und ich wollte jede Sekunde mit ihm auskosten.

Ich streckte die Hand aus, um sein Gesicht zu berühren, als ich ihn ansah und wunderte mich, dass er sich nach über einem Jahrhundert körperlich nicht verändert hatte und doch sah er irgendwie anders aus. Älter. Weiser. Verdammt, ich hatte so viel von seinem Leben verpasst.

„Ich bin so froh, dich zu sehen", sagte ich und konnte ein breites Lächeln nicht unterdrücken. „Ich will alles darüber erfahren, wie es dir ergangen ist, während ich weg war."

„Wir werden uns später unterhalten. Ich verspreche es." Kassiel drückte meine Hand und trat einen Schritt zurück, dann wies er auf die kurvenreiche Brünette, die auf dem Sofa saß. „Darf ich dir meine Gefährtin vorstellen, Olivia."

Sie war umwerfend schön, ihre Augen waren von einem klaren Grün, ihre Haut leuchtete regelrecht und ihre Locken waren von einem satten Dunkelbraun. Früher hätte ich mich von ihrer Schönheit eingeschüchtert gefühlt und wäre fast einen Schritt zurückgewichen wie ich es als Mensch getan hätte – aber dann erinnerte ich mich daran, dass auch ich ein Engel war. Mehr noch, ich war Eva und Persephone und noch so vieles mehr. Außerdem war ich Kassiels Mutter. Wenn jemand eingeschüchtert sein sollte, dann sie. Ich blieb gelassen und nickte ihr zur Begrüßung zu.

„Es ist mir eine Ehre, Euch kennenzulernen", sagte Olivia, als sie sich erhob.

„Olivia ist der einzige bekannte Halb-Succubus, Halb-Engel-Hybrid", sagte Luzifer. „Sie ist derzeit die offizielle Vermittlerin zwischen Engeln und Dämonen und arbeitet für Erzengel Gabriel und mich, um den Frieden zu wahren. Ich dachte, sie könnte dir helfen, ein Gleichgewicht zwischen den beiden Welten zu finden."

„Das würde ich zu schätzen wissen", sagte ich. Viele meiner Erinnerungen waren vom Krieg zwischen Engeln und Dämonen geprägt, einem Krieg, den ich auf beiden Seiten geführt hatte. Jetzt herrschte Frieden, aber die Lage zwischen den beiden Arten schien immer noch angespannt zu sein und ich war als Engel, der von Dämonen umgeben war, definitiv in der Mitte des Konflikts gefangen.

„Ich habe Olivias andere Gefährten gebeten, sich uns ebenfalls anzuschließen", sagte Luzifer. „Als Engel können sie deine Fragen beantworten und mit dir zusammenarbeiten, um deine Kräfte zu kontrollieren." Er nickte in Richtung eines ernsten Mannes mit kalten, berechnenden Augen und glänzendem schwarzen Haar. „Vor allem Bastien sollte dir dabei helfen können. Er ist ebenfalls ein Ofanim."

Bastien neigte den Kopf zur Antwort. „Ich stehe Euch allzeit zu Diensten, so gut ich kann."

„Danke", sagte ich.

Luzifer wandte sich dem gut aussehenden Mann mit olivfarbener Haut zu, der an der Bar saß und mir ein charmantes Lächeln zuwarf, während seine Augen funkelten. „Das ist Marcus. Er ist derjenige, der dich wieder zum Leben erweckt hat. Ich beabsichtige, ihn zur Heilung von Brandys Mutter zu entsenden."

Ich trat vor, nahm Marcus' Hände und drückte sie leicht. „Danke, dass du deine Kräfte eingesetzt hast, um mich zurückzuholen und dass du meiner Freundin helfen wirst. Ich verdanke dir so viel."

„Das ist es, was ich eben so tue", sagte er mit einem kurzen Zwinkern.

Luzifer nickte der letzten Person im Raum zu, einem breitschultrigen, muskulösen Mann mit goldenem Haar und einem kantigen Kiefer. „Callan ist der Sohn von Jophiel. Dein Neffe."

Meine Augen wurden groß, als ich Callan näher betrachtete. Er hatte etwas von Jophiels Aussehen an sich, obwohl ich vermutete, dass er auch viel von seinem Vater in sich trug. Er stand in der Nähe des Fensters mit Aussicht auf Las Vegas, als ob er versuchte, so weit wie möglich von Luzifer entfernt zu stehen und ich fragte mich, ob es da eine gewisse Vorgeschichte gab.

„Ich freue mich darauf, dich besser kennen zu lernen. Meine Beziehung zu meiner Schwester ist ..." Ich zögerte, suchte nach einem diplomatischen Ausdruck. „Angespannt. Aber ich hoffe, das wird uns nicht davon abhalten, eine Familie zu sein."

Callan grunzte. „Mein Verhältnis zu meiner Mutter ist auch angespannt. Es ist nicht gerade einfach, sie zu lieben."

„Nein, das ist es nicht", sagte ich mit einem schwachen Lächeln. „Jophiel erwähnte, dass sie noch einen weiteren Sohn hat."

„Ja. Ekariel." Callans Kiefer krampfte sich zusammen. „Er wurde als Kind entführt und jahrelang von einem menschlichen Kult festgehalten, der alle Übernatürlichen töten wollte. Im Moment besucht er einige Kurse an der Seraphim-Akademie, damit er alles nachholen kann, was er im Laufe der Jahre verpasst hat."

Wie schrecklich. Jophiel hatte dasselbe erwähnt, aber es war passiert, nachdem ich zum Menschen geworden war. Vielleicht sollte ich dort auch Unterricht nehmen – offensichtlich hatte ich auch eine Menge nachzuholen. „Ich hoffe, auch ihn irgendwann einmal kennenzulernen."

„Ich sollte jetzt gehen, damit ich Eure Freundin heilen kann." Marcus stellte sein Glas ab und stand auf. Er beugte sich vor und küsste Olivia auf die Wange. „Ich bin so schnell wie möglich wieder da."

Ich beobachtete ihre Interaktionen genau. War Olivia mit allen vier dieser Männer zusammen? Und sie waren einfach ... damit einverstanden? Einschließlich meines Sohnes? Wie interessant. Ich nahm an, dass sie, wenn sie zum Teil ein Sukkubus war, mehr als eine Person brauchte, um ihre Bedürfnisse zu befriedigen, aber in meinen vagen Erinnerungen hatte ich noch nie einen Lilim mit echten Partnern gesehen. Soweit ich mich erinnere, neigten sie nicht dazu, Bindungen einzugehen. Andererseits hatte Asmodeus seine Inkubuskräfte und seine Unsterblichkeit aufgegeben, um mit Brandy zusammen zu sein, also war es wohl möglich.

„Wir sollten wahrscheinlich auch gehen", sagte Olivia.

„Wir werden morgen mit dem Training beginnen, wenn du dich ausgeruht hast", sagte Bastien.

„Danke." Ich schluckte und versuchte, meine Gefühle wieder in den Griff zu bekommen, aber es fiel mir schwer. Ich blickte wieder auf die Menschen im Raum, auch auf meinen Neffen und meinen Sohn und erinnerte mich an all das, was sie für mich getan hatten. Ohne sie wäre ich jetzt nicht mehr am Leben. „Ich kann euch allen gar nicht genug danken."

Als alle gegangen waren, drehte ich mich um und sah Luzifer an. „Warum hast du mir nichts von Kassiel erzählt?"

Er stieß einen gequälten Seufzer aus, während er hinter die Bar ging. „Wie ich bereits erwähnt habe, habe ich dich langsam mit Informationen über deine früheren Leben gefüttert, um dich nicht zu überfordern. Als du in mein Penthouse kamst und mich gebeten hast, nach deiner Freundin zu suchen, konnte ich nicht gerade sagen: 'Hey, ich weiß, wir haben uns gerade erst kennengelernt, aber wir haben drei gemeinsame Söhne.'"

Drei ... Ja.

Jetzt erinnerte ich mich. In den hintersten Winkeln meines Gedächtnisses hatte ich gewusst, dass ich Kinder hatte, aber jetzt verstärkte sich das Gefühl in mir und mit ihm kamen zwei weitere Namen: Belial und Damien.

„Wo sind sie jetzt?" fragte ich. Belial war der Älteste, geboren während meines ursprünglichen Lebens als Eva. Damien kam an zweiter Stelle, als ich Persephone war und Kassiel war der Jüngste. Zwischen den beiden lagen Jahrhunderte, aber das war ganz normal, denn als Unsterblicher ein Kind zu bekommen, war schwierig und selten.

Luzifer blickte finster drein und schenkte sich einen Drink ein. „Ich habe seit Jahren keinen der beiden gesehen."

„Warum nicht?" Ich setzte mich auf einen Barhocker und sah

zu, wie die bernsteinfarbene Flüssigkeit in sein Glas floss. „Ich nehme auch einen."

Luzifer zog eine seiner perfekten, dunklen Augenbrauen hoch und sah ganz wie der gutaussehende Teufel aus, der er war. „Ich dachte, du trinkst nicht."

„Das war damals, als ich dachte, meine Eltern wären von einem betrunkenen Autofahrer getötet worden." Sobald er mir ein Glas eingeschenkt hatte, stürzte ich es hinunter und stellte das Glas ab, während ich das Brennen in meiner Kehle spürte. Nicht, dass es jetzt, wo ich wieder ein Engel war, eine Wirkung auf mich gehabt hätte. Und wenn es jemals einen Anlass für einen Drink gab, dann war es jetzt.

Luzifer sah amüsiert aus, als er mir einen zweiten Drink einschenkte. „Damien lebt in Faerie und dient als Spion am Hof von Großkönig Oberon. Wir tun so, als ob wir uns entfremdet hätten, damit Oberon ihm vertraut, aber im Geheimen berichtet er mir."

„Das klingt gefährlich." Ich wurde ein wenig stutzig und fragte mich, wie er unseren Sohn einer solchen Gefahr aussetzen konnte.

„Es war seine Idee." Er zuckte lässig mit den Schultern. „Damien kann auf sich selbst aufpassen. Dafür haben wir gesorgt."

Ich starrte in mein Glas und erinnerte mich daran, dass meine Söhne keine Jungen mehr waren, sondern uralte, mächtige, eigenständige Männer. Wie seltsam, zu erkennen, dass die eigenen Kinder älter waren als man selbst – zumindest in diesem Körper.

„Und Belial ..." Luzifer trank seinen Whiskey aus und knallte das Glas auf den Tresen. „Ich weiß nicht, wo Belial ist. Wir haben seit Jahrhunderten nicht mehr miteinander gesprochen."

Jahrhunderte? Wie war das möglich? Ich erinnerte mich vage

daran, dass unser ältester Sohn immer schon ein schwieriges Verhältnis zu Luzifer gehabt hatte, auch wenn die Details noch nicht ganz klar waren. Ich hoffte, dass mir bald mehr davon wieder einfallen würde. „Und Kassiel? Was hat er all die Jahre gemacht?"

„Er arbeitet schon seit einiger Zeit als Spion unter den Engeln für mich", sagte Luzifer, der vor Stolz auf unseren Sohn geradezu anschwoll. „Vor kurzem hat er geholfen, einen Geheimbund von Engeln zu zerschlagen, der alle Dämonen für immer in die Hölle zurückschicken wollte."

Ein Lächeln erhellte mein Gesicht, als ich von den Errungenschaften unseres Sohnes hörte, aber es verschwand, als ich mich daran erinnerte, dass es noch ein viertes Kind hätte geben sollen. Unsere erste und einzige Tochter. Schnell wandte ich den Blick ab, bevor mich die Emotionen wieder einholen konnten.

Luzifer ging langsam um die Bar herum, legte dann seinen Arm um mich und zog mich an sich. „Ich weiß. Ich trauere auch um sie."

Ich ließ mich von ihm trösten und legte meinen Kopf auf seine Brust, während ich an das kleine Mädchen dachte, das sie hätte sein sollen. Der Schmerz verfolgte mich, als sei es gestern erst passiert. Als ich zu Luzifer aufblickte, spürte ich, dass er die gleiche Trauer empfand, obwohl er sie viel besser verbergen konnte.

Außerstande es mir zu verkneifen, streckte ich meine Hand aus und berührte seinen Kiefer, wobei ich langsam mit den Fingerspitzen über die dunklen Stoppeln strich. Diese leichte Berührung schien etwas in ihm zu entfachen, denn seine Augen leuchteten plötzlich auf, ehe er den Kopf senkte und seine Lippen auf die meinen presste. Feuer durchströmte mich, als sein Mund von mir Besitz ergriff und mich daran erinnerte, dass er mein Gefährte war und wir füreinander bestimmt waren. Dass ich ihm gehörte, immer ihm gehörte, bis in alle Ewigkeit.

Mein Körper schrie danach, sich ihm hinzugeben, sich in ihm zu verlieren, aber irgendwie schaffte ich es, mich zurückzuziehen. Unsere Blicke begegneten einander. Ich war außer Atem, mein Blut schäumte vor Verlangen. Luzifers Lippen waren leicht geöffnet und verlangten geradezu danach, dass ich sie wieder küsste und es kostete mich jedes Quäntchen Willenskraft, den Abstand zwischen uns nicht zu überwinden. Das Band zwischen uns war stark, es zog uns immer zusammen und wir hatten so viel zusammen durchgemacht, dass es ganz natürlich war, dass wir wieder Trost im anderen finden wollten. Aber ich war noch nicht bereit, mit ihm zusammen zu sein. Noch nicht. Er hatte noch eine Menge zu erklären und ich musste noch herausfinden, wer ich war, mit und ohne Luzifer.

„Ich gehe schlafen", sagte ich.

„Ja, das tust du", knurrte Luzifer. „Zusammen mit mir."

Ich hasste es, wie sexy er war, wenn er arrogant und fordernd war und ich hasste es, wie sehr ich ihm nachgeben wollte. Aber ich wollte nicht. Ich weigerte mich. „Auf gar keinen Fall."

Der Blick, den er mir zuwarf, war geradezu feurig. „Ich bin versucht, dich über die Schulter zu werfen und dich in mein Bett zu tragen, aber ich gebe dir heute Nacht Zeit, dich auszuruhen. Aber das war's. Eine Nacht."

Bei seinen Worten stieg mir trotz meiner Einwände die Hitze zwischen meinen Schenkeln auf. „Und dann?"

Die Finsternis verdichtete sich um ihn, als er mir ein schelmisches Lächeln schenkte. „Und dann werde ich dich daran erinnern, dass du *mir* gehörst."

11

———

HANNAH

Am nächsten Tag kam Bastien gleich nach dem Frühstück zu mir, um mit meinem Training zu beginnen und ich schlug vor, auf den Balkon zu gehen, da es so ein schöner Tag war. Bei dem strahlend blauen Himmel und der warmen Brise hätte man nie gedacht, dass es November in Las Vegas war. Der Engel in mir wollte seine Flügel ausbreiten und sich wie ein Vogel in der Sonne wiegen, aber ich zügelte mich.

Wir setzten uns an einen Tisch in der Nähe des Infinity-Pools, mit Blick auf den berühmten Vegas Strip unter uns. Bastiens scharfer Blick war auf mich gerichtet und ich hatte das Gefühl, dass ihm nichts entging. „Wir werden zunächst etwas über Auren lernen", sagte er. „In deiner Position musst du in der Lage sein, die Wahrheit zu erkennen."

Ich nickte, begierig darauf, zu erfahren – oder besser gesagt, mich zu erinnern. „Ich kann bereits erkennen, ob jemand lügt. Selbst als ich ein Mensch war, habe ich ... Dinge gespürt. So etwas wie ein Bauchgefühl. Ich wusste damals nur nicht, was es war."

„Das waren deine Ofanim-Kräfte, die sich bemerkbar machten, obwohl sie unterdrückt wurden. Jetzt musst du es bewusst tun. Wenn du Auren siehst, kannst du die Wahrheit über jemanden erkennen, auch wenn er nicht spricht. Weißt du noch, wie du sie sehen kannst?"

Ich wühlte mich durch meine Erinnerungen, aber es fiel mir nichts ein. Ich atmete tief durch und schloss die Augen, aber ich schüttelte den Kopf, als die Enttäuschung meine Gedanken durchfuhr. „Nein, ich kann mich einfach nicht daran erinnern."

„Das ist verständlich, nach allem, was du durchgemacht hast. Die Erinnerungen, die du verloren und wiedergewonnen hast..." Seine Stimme war ruhig und besonnen, wie die eines Professors, der eine Vorlesung hält. „Wenn man sich die Aura von jemandem anschaut, ist es so, als ob man statt zu riechen oder zu schmecken, einen weiteren Sinn nutzt. Du musst diesen Sinn nur einschalten."

„Aber wie?"

„Es ist, als ob wir das Licht um uns herum auf eine andere Art und Weise wahrnehmen und es nach unserem Willen lenken."

Ich war mir nicht sicher, was das bedeutete, aber ich versuchte es noch einmal. Nichts klappte. Es war, als ob ich irgendwie eine Blockade hatte.

Nach ein paar erfolglosen Minuten lehnte er sich zurück und strich sich über das Kinn, während er mich betrachtete. „Ich nehme an, wir könnten es mit einem Trick versuchen, den sie den neuen Ofanim an der Seraphim-Akademie beibringen, obwohl es mir ziemlich albern erscheint."

„Ich bin im Moment für alles offen", sagte ich.

Er stieß einen Seufzer aus, als ob ihm die Idee nicht gefiele. „Nun gut. Als erstes schließt du deine Augen. Dann stell dir vor, du hättest eine Sonnenbrille, die vollkommen auf dein Gesicht angepasst ist."

„Eine Sonnenbrille?" fragte ich lachend, aber ich tat, was er sagte, und stellte mir eine schwarze Sonnenbrille im Retro-Stil vor, wie man sie trägt, wenn man am Pool sitzend einen Margarita schlürft.

„Ja. Jetzt nimm sie in die Hand und tu so, als würdest du sie auf dein Gesicht setzen und stell dir vor wie die Linse vor deine Augen kommt und wie sie die Art und Weise verändert wie du die Welt siehst." Er sprach langsam und ich tat, was er sagte. „Wenn du deine Augen öffnest, wirst du die Welt nun durch die Linse der Wahrheit sehen."

Das Ganze kam mir lächerlich vor und ich war kurz davor, darüber zu lachen, aber als ich die Augen öffnete, hatte sich alles verändert. Es war, als hätten sich meine Augen hinter den Brillengläsern entspannt und ich konnte wirklich sehen.

Bastiens helle Aura umgab seinen Körper, die Farbe war überwiegend eisblau wie ein frostiger Wintermorgen, mit einem Ring aus weißem Licht, der an den Rändern schimmerte. Auch andere Farben wirbelten in der Aura herum, aber es gab nicht einen Fleck Dunkelheit.

„Es ist wunderschön", flüsterte ich.

„Ja, das ist meistens so. Siehst du das helle Licht um meine Aura? Das sagt dir, dass ich ein Engel bin."

Ich nickte langsam, als es mir wieder einfiel. „Dämonen haben einen Ring der Dunkelheit."

„Stimmt. Und weißt du noch, was die anderen Farben bedeuten?"

„Sie geben dir einen Hinweis auf die Persönlichkeit. Deine ist überwiegend blau." Ich sprach schneller, als ich mich erinnerte. „Du bist ruhig und nachdenklich. Ein Mann der Intelligenz. Aber da ist auch ein roter Faden – du bist verliebt."

Er räusperte sich und wandte den Blick ab. „Sehr gut. Jetzt möchte ich, dass du mir sagst, ob ich lüge, indem du dir nur meine Aura ansiehst. Mein Lieblingsessen ist Brokkoli."

Seine Aura änderte sich nicht, sondern wirbelte weiterhin in leuchtenden, schönen Farben und ich musste lachen. „Stimmt. Aber echt jetzt? Brokkoli?“

„Er ist vielseitig“, sagte er mit einem leichten Schulterzucken. „Ich bin Rechtshänder.“

„Auch wahr.“

„Ich bin in Georgia aufgewachsen.“

Seine Aura verdunkelte sich, als er diese Worte sprach und ich sprang fast von meinem Stuhl auf. „Falsch!“

„Korrekt“, sagte er mit einem leichten Anflug von Lächeln. Der Erfolg ermutigte mich und wir übten noch einige Minuten, bis Bastien beschloss, dass wir fortfahren konnten. Da ich Schwierigkeiten hatte, meine Lichtkraft zu kontrollieren, arbeiteten wir daran als Nächstes. Meine Emotionen schienen sie auszulösen und Bastien half mir, mich daran zu erinnern, wie ich das Licht herbeirufen konnte, wenn ich es wollte und wie ich die Kraft unter Kontrolle halten konnte, wenn ich es nicht wollte.

Wir machten bis zum Mittag weiter und als Bastien sich zum Gehen bereit machte, war ich auf dem besten Weg, meine Ofanim-Kräfte zu kontrollieren und fühlte mich viel sicherer in meiner Rolle als Engel. Er versprach mir, dass wir uns morgen wiedersehen würden und dass er mir helfen würde, mich an weitere Ofanim-Kräfte zu erinnern. Ich freute mich schon darauf.

Nachdem meine Unterrichtsstunde mit Bastien zu Ende war, erhielt ich eine SMS, in der ich gebeten wurde, Olivia im Ambrosia Cafe, einem der Restaurants im Hotel, zu treffen. Ich hatte Luzifer den ganzen Tag nicht gesehen, aber das war mir im Moment ganz recht, obwohl mein Herz raste als ich daran dachte, was heute Abend passieren könnte.

Olivia sah selbst in lässigen Jeans und einem schwarzen T-

Shirt noch genauso umwerfend aus wie gestern und ihre angeborene Sukkubus-Attraktivität sorgte dafür, dass sich unzählige Köpfe drehten, während sie vor dem Restaurant auf mich wartete. Sie begrüßte mich herzlich. Dann setzte uns der Wirt in eine private Nische in einer der Ecken, von der ich das Gefühl hatte, dass sie für VIP-Gäste reserviert war. Etwa für die Frau des Besitzers.

„Danke für die Einladung zum Mittagessen“, sagte ich, nachdem wir Platz genommen und etwas zu essen bestellt hatten.

Olivia lächelte mich von der anderen Seite des Tisches an. „Ich dachte, du würdest gerne erfahren, wie es ist, zwischen den Welten der Engel und der Dämonen zu pendeln. Kassiel hat mir ein wenig darüber erzählt, was du durchgemacht hast und es klingt, als könntest du eine Freundin gebrauchen, die weiß, wie es ist, zwischen den Stühlen zu sitzen.“

„Das würde ich tatsächlich sehr gerne. Dies ist mein erstes Leben als Engel und ich bin mir nicht sicher, was die Dämonen davon halten werden, dass ich Luzifers Gefährtin bin. Vor allem, weil ich als Haniel im Krieg auf der anderen Seite gekämpft habe.“ Ich spielte müßig mit meiner Gabel, während ich an all meine Leben zurückdachte. „Obwohl ich als eine Gefallene auch auf der Seite der Dämonen gekämpft und viele Leben als Luzifers Gefährtin in der Hölle verbracht habe. Aber ich bin mir nicht sicher, ob die Dämonen das auch so sehen werden.“

„Ich verstehe. Sowohl die Engel als auch die Dämonen fanden es anfangs schwer, mich zu akzeptieren. Selbst jetzt bin ich ständig zwischen beiden Seiten hin- und hergerissen, gehöre nie ganz zur einen oder zur anderen. Meine Loyalität ist immer gespalten, denn das ist das Wesen dessen, was ich bin. Halb Engel. Halb Dämon. Und in gewisser Weise bist du das auch. Du magst jetzt im Körper eines Engels stecken, aber du erinnerst dich daran, dass du in der Vergangenheit auch andere Wesen warst."

„Ja, genau das ist es." Ich stieß einen langen Seufzer aus und fühlte mich ein wenig leichter. „Es ist schön, mit jemandem zu reden, der das versteht."

„Du und ich sind wahrscheinlich die Einzigen, die das verstehen", sagte sie lachend. „Ich gebe zu, dass ich egoistischerweise froh bin, dass wir uns getroffen haben, nur damit ich jemanden habe, bei dem ich mich darüber auslassen kann."

Ich musste lachen. „Luzifer sagte, du arbeitest als Vermittlerin zwischen den Engeln und Dämonen?"

Sie verzog den Mund ein wenig, ehe sie sprach. „Ja, ich versuche, den Frieden zwischen ihnen zu wahren, aber es braucht viel Zeit und Mühe, um Tausende von Jahren des Hasses zu überwinden. Beide Seiten glauben, dass die jeweils andere die Böse ist, aber wir hoffen, dass wir das ändern können."

„Ja, das weiß ich noch aus diesem Leben. Bevor ich wusste, wer ich war, war ich überzeugt, dass Dämonen böse sind und dass Luzifer, nun ja ... der Teufel ist. Im wahrsten Sinne des Wortes. Erst als ich ihm begegnete und mich an meine anderen Leben erinnerte, erkannte ich, wie falsch ich lag und mir wurde klar, dass ich dasselbe über Engel gedacht hatte, als ich eine Gefallene war. Ich drängte Luzifer dazu, den Krieg zu beenden, aber ich starb, bevor ich es erleben konnte."

Olivias Blick wurde weich. „Aber es hat sich so ergeben. Luzifer und Michael haben vor über dreißig Jahren das Erdenabkommen unterzeichnet. Ich bin sicher, dass du etwas damit zu tun hattest, Luzifers Meinung über Engel zu ändern."

„Vielleicht", sagte ich als der Kellner unsere raffinierten Salate zusammen mit einigen Brotsticks brachte. „Ich erinnere mich auch vage daran, dass ich Persephone war und einen Teil meiner Zeit damit verbracht habe, mit Luzifer in der Hölle zu regieren, sowie den Rest meiner Zeit im Feenreich. Das war auch ein Kampf, aber wenigstens befanden sich Dämonen und Feen damals nicht im Krieg."

„Nein, die Feen haben es immer geschafft, neutral zu bleiben, obwohl sie meiner Meinung nach wirklich versucht haben, beide Seiten zu ihrem eigenen Vorteil zu manipulieren. Es würde mich nicht wundern, wenn der Großkönig eines Tages Pläne hat, sich auf der Erde niederzulassen." Olivia hielt inne und ihre Wangen erröteten. „Es tut mir leid. Ich hoffe, das ist nicht beleidigend, denn du warst ja mal eine Fee."

Ich winkte mit der Hand ab. „Das ist lange her und du hast nicht Unrecht, was die Feen angeht. Ihre Intrigen sind selbst an ihrem eigenen Hof legendär. Sagen wir einfach, ich habe keinen allzu großen Widerstand geleistet, als Hades mich gefangen nahm und in die Unterwelt brachte."

„Darauf wette ich. Ich meine, wer könnte Luzifer schon widerstehen? Oder seinem Sohn, was das angeht?" Dann schlug sie sich eine Hand vor den Mund, ihre Augen weiteten sich vor Entsetzen. „Oh Mist, es tut mir so leid. Ich habe völlig vergessen, dass du Kassiels Mutter bist. Du siehst ihm in diesem Leben einfach überhaupt nicht ähnlich und äh, wow, ich bin wirklich ins Fettnäpfchen getreten, was?" Ihre Verlegenheit und Unbeholfenheit machten sie mir noch sympathischer und ich mochte sie immer mehr. „Es ist okay. Wirklich nicht schlimm. Vielleicht kannst du mir sogar etwas über Kassiel erzählen. Wie habt ihr beide euch kennengelernt?"

Sie schien erleichtert zu sein und erzählte dann, wie sie sich als Vollblutengel ausgegeben hatte, um die Seraphim-Akademie zu besuchen, die Schule, in der Engel ausgebildet wurden, um ihren verschwundenen Bruder zu finden. Dort traf sie die Freunde ihres Bruders, Callan, Bastien und Marcus, sowie Kassiel, der damals einer ihrer Professoren war. Sie erklärte, dass Kassiel in verdeckter Mission für Luzifer dorthin geschickt worden war und sich ebenfalls als Engel ausgab.

Gemeinsam fanden sie Olivias Bruder im Feenreich und deckten eine riesige Verschwörung von Engeln auf, die versuchten, Dämonen zurück in die Hölle zu schicken, angeführt von dem ehemaligen Erzengel Azrael, der jetzt im Penumbra-Gefängnis saß. Ich hörte gebannt zu, während sie beschrieb, wie mein Sohn dabei geholfen hatte, Azraels Geheimbund zu zerschlagen und wie Luzifer ihre Freilassung veranlasst hatte, als sie alle ins Penumbra-Gefängnis geschickt wurden. Mein Herz schwoll noch mehr vor Stolz auf meinen Sohn an ... und auf meinen Gefährten. Obwohl er einst der größte Feind der Engel gewesen war, hatte Luzifer ihnen in den letzten Jahren bei zahlreichen Gelegenheiten geholfen und arbeitete nun direkt mit Erzengel Gabriel – Olivias Vater – zusammen, um sicherzustellen, dass die beiden Seiten in Frieden leben konnten.

„Danke, dass du mir deine Geschichte erzählt hast“, sagte ich, als wir mit unserem Essen fertig waren. „Ich hatte keine Ahnung von alledem.“

„Deshalb haben wir Luzifer gerne geholfen als er uns bat, dich wiederzuerwecken und deshalb wollen wir dich jetzt an deine engelhafte Seite erinnern. Wir schulden ihm viel und wir wollen auch sicherstellen, dass der Vertrag zwischen Engeln und Dämonen Bestand hat.“ Ihre Stimme wurde weicher. „Bis vor kurzem war es mir verboten, überhaupt zu existieren, aber jetzt kann ich eine privilegierte Position in beiden Gesellschaften einnehmen und Engel und Gefallene als Liebhaber haben. Ich werde dafür kämpfen, diesen Frieden zu erhalten, wo immer ich kann.“

Meine Augenbrauen schossen in die Höhe. „Darf ich dich dazu etwas fragen?“

„Dass ich vier Partner habe?“ Olivia lachte. „Ja, natürlich. Ich bin überrascht, dass du es nicht schon früher zur Sprache gebracht hast, vor allem, weil Kassiel einer von ihnen ist.“

Meine Wangen wurden heiß. „Entschuldige, ist es so offensichtlich?"

„Nein, ich würde es auch wissen wollen, wenn ich in deiner Position wäre." Sie begegnete meinem Blick und senkte ihre Stimme. „Als Teil der Lilim muss ich mich von der sexuellen Energie mehrerer Menschen ernähren, um zu überleben. Ich habe einmal versucht, es mit weniger Menschen zu tun und es hat nur dazu geführt, dass ich ihnen das Leben genommen habe. Vier scheint die perfekte Zahl zu sein, um uns alle gesund und glücklich zu halten und wenn sich keiner der Jungs beschwert, werde ich das sicher auch nicht tun."

Ich dachte über ihre Worte nach als wir aus dem Restaurant traten. „Kennst du Asmodeus? Er hat sich vor kurzem in eine menschliche Freundin von mir verliebt und die Unsterblichkeit aufgegeben, um bei ihr zu sein."

Sie lächelte, aber in ihren Augen lag auch ein Hauch von Traurigkeit. „Ja, er ist eigentlich mein Halbbruder. Mama - Lilith - hat mir erzählt, dass sie ihn sterblich gemacht hat und ich konnte es zuerst nicht glauben. Ich hatte vor, ihn zu besuchen, wenn wir damit fertig sind, dir zu helfen." Sie seufzte, ihre Stimme war verträumt. „Ich hasse es, dass er nun alt wird und stirbt, aber es ist ziemlich romantisch, dass er alles aufgegeben hat, um mit ihr zusammen zu sein. Und ehrlich gesagt, wahrscheinlich viel weniger Arbeit, als sich um vier Gefährten zu kümmern. Manchmal kann das ganz schön *viel* sein."

Ich kicherte leise. „Das kann ich mir gar nicht vorstellen. Ein Luzifer ist schon genug für mich."

Mehr als genug ... und ich hatte das Gefühl, dass er mir das heute Abend beweisen würde.

HANNAH

Nach meinem Mittagessen mit Olivia kehrte ich ins Penthouse zurück und fand meinen Neffen an der Tür vor. Mit seiner breiten Statur, den muskulösen Armen und den stahlblauen Augen sah er aus, als wäre er einer Comicwelt entsprungen.

„Hallo, Callan", sagte ich lächelnd, begierig darauf, mehr von meiner Familie kennen zu lernen. Er erwies sich als viel größer, als ich je gedacht hatte.

Er legte seine muskulösen Arme in einer unbeholfenen Umarmung um mich und sein Atem schien zögernd in seiner Brust gefangen zu sein. „Ich bin nicht sicher, wie ich dich nennen soll. Tante Haniel?"

Ich hatte darüber nachgedacht, meinen früheren Namen anzunehmen, nachdem ich erkannt hatte, dass mein Leben als Hannah eine Lüge war, aber ich beschloss, dass ich auch nicht mehr ganz Haniel war. Es fühlte sich nicht richtig an, diesen Namen anzunehmen, wo ich doch seit vierzig Jahren nicht mehr sie gewesen war. Ich war mir nicht mehr sicher, wer ich war, aber Brandy und ihre Familie kannten mich als Hannah, also beschloss ich, dabei zu bleiben. Jetzt musste ich diesen Namen von der Person, die Jophiel erschaffen hatte, zurückfordern und die Kontrolle über dieses neue, endgültige Leben übernehmen.

„Einfach Hannah ist gut“, sagte ich. „Manchmal, je nachdem, in welcher Erinnerung ich mich gerade befinde, fühle ich mich nicht wirklich älter als du.“

Er nickte. „Ich bin hier, um dich im Engelskampf auszubilden.“

„Das wäre wunderbar.“ Ich wusste natürlich schon, wie man kämpft. Ich hatte Gargoyles mit Luzifers Schwert erledigt und auch Gadreel besiegt. Aber das war mehr ein Instinkt oder ein Muskelgedächtnis und ich hatte Angst, dass es mich im Stich lassen könnte, wenn ich es am meisten brauchte. In meinen früheren Leben hatte ich in vielen Schlachten gekämpft und hoffentlich würde ein wenig Übung diese Erinnerungen wachrufen. Ich würde sie brauchen, wenn ich Adam zur Strecke bringen wollte.

Der Gedanke, ihn auszuschalten, ließ mein Adrenalin in die Höhe schnellen. „Wo sollen wir das tun?“

„Luzifer hat einen Raum im vierten Stock für uns reserviert.“

Ich rollte mit den Schultern. „Großartig. Ich ziehe mir nur schnell etwas Passenderes an, dann treffen wir uns dort.“

Ich schlüpfte schnell in Leggings und zog mir ein Trainingsshirt über den Kopf, dann fuhr ich mit dem Aufzug in den vierten Stock. Als ich ausstieg, war Callan schon da und er führte mich einen Korridor entlang zu einem leeren Raum, der eindeutig für Sparring ausgestattet war. Die Böden waren leicht gepolstert, die Decken ungewöhnlich hoch und eine der Wände war mit Spiegeln verkleidet. Als Callan die Tür schloss, stellte ich fest, dass der Raum schallisoliert war.

Callan drehte sich mit einem zufriedenen Nicken zu mir um. „Viel Platz, damit wir mit ausgebreiteten Flügeln kämpfen können. Daran werden wir noch arbeiten, ebenso wie an Waffen und Engelskräften. Mal sehen, woran du dich noch erinnerst."

Kaum hatte ich den Kopf gedreht, war er auch schon da und schwang seine riesige Faust auf mein Gesicht. Ich duckte mich und wich aus, noch bevor der Atem aus meinem Mund entwich, denn meine Muskeln reagierten instinktiv. Als er das nächste Mal angriff, war ich bereit und ich nutzte seinen Schwung aus, um mich zu drehen und ihn von hinten zu treten.

„Du scheinst doch noch was drauf zu haben", sagte er.

„Mehr als ich erwartet habe." Ich konnte mir ein Grinsen nicht verkneifen, denn mein Blut raste bereits von der Anstrengung ... und von der Erregung. Es fühlte sich an, als würden sowohl mein Körper als auch meine Seele erwachen und mich daran erinnern, wer ich war – eine Kriegerin. Seit Anbeginn der Zeit hatte ich auf unzähligen Schlachtfeldern Blut vergossen. Natürlich war ich nach einer vierzigjährigen Pause etwas eingerostet und ich musste einige dieser Muskeln wieder trainieren, aber es kam alles zu mir zurück.

Callan stürzte sich wieder auf mich und wir begannen ernsthaft mit dem Sparring. Mein Rücken schlug öfter auf die Matte als ich zählen konnte, aber ich stand immer wieder auf. Der Mann war ein unglaublicher Kämpfer und ich war so aus der Übung, dass ich keine Chance hatte, ihn zu besiegen. Jedenfalls noch nicht.

Wir hielten beide inne, als sich die Tür öffnete und Zel mit vor Wut verzerrtem Gesicht hereinkam. „Was zum Teufel glaubst du, was du da tust?"

Ich trat einen Schritt vor. „Es ist okay, Zel. Er unterrichtet mich."

Nachdem sie Callan einen bösen Blick zugeworfen hatte, wandte sie sich knurrend an mich. „Ich sollte diejenige sein, die dich trainiert. Nicht irgendein *Engel*." Sie spie das Wort praktisch aus. „Ich habe dich in den meisten deiner früheren Leben gekannt. Ich habe jahrhundertelang an deiner Seite gekämpft. Ich kenne deine Stärken und deine Schwächen."

Ihre Worte hallten in mir nach und ich erinnerte mich an uns auf einem Schlachtfeld im Himmel, während wir das Gemetzel überblickten, das wir unter den Engeln angerichtet hatten. Azazel stand zu meiner Rechten, meine dunkle Rächerin und grimmigste Beschützerin. Aber zu meiner Linken stand eine andere Frau mit rotem Haar, die sowohl wunderschön als auch tödlich war. Die, die ich schon einmal in einer anderen Erinnerung gesehen hatte. Ich suchte nach ihrem Namen, aber er fiel mir nicht ein. Wer war sie? Was war mit ihr geschehen?

Callans barsche Stimme riss mich aus der Erinnerung. „Hannah braucht einen *Engel*, der sie im *Engelskampf* ausbildet. Keinen Dämon."

„Gefallene", korrigierte Zel. „Du vergisst, dass auch ich einmal ein Engel war. Und das für längere Zeit, als du am Leben bist." Sie trat vor und sprach mit zusammengepressten Zähnen, wobei ihre Wut so stark war, dass ich sie fast sehen konnte. „Ich bin Tausende von Jahren alt. Ich habe in dem Krieg gekämpft, der endete, bevor du überhaupt geboren wurdest. Es gibt nichts, was ich ihr nicht beibringen könnte."

Callan verschränkte die Arme und ich musste ihm zugute halten, dass er Zel anstarrte, ohne einen Rückzieher zu machen. Er hob herausfordernd das Kinn. „Dann zeig mal, was du drauf hast, Gefallene."

Ich hatte kaum Gelegenheit, auszuweichen, bevor die beiden aufeinander losgingen. Sie waren ziemlich ebenbürtig, jeder von ihnen wehrte ab und griff an, duckte sich und wich aus. Ihre Flügel kamen schnell zum Vorschein, ihre schwarz wie die Nacht und seine fast gleißend weiß und ihre Bewegungen wurden so schnell, dass es schwer zu verfolgen war.

Zel stöhnte, als Callan sie durch die Luft schleuderte, aber sie erholte sich schnell und flog mit einer Geschwindigkeit auf ihn zu, die er nicht erwartet hatte, bevor sie ihn mit ihrem Gewicht auf den Boden drückte. Er drehte sich und schleuderte sie beide wieder nach oben, bevor er sie in den Schwitzkasten nahm. Sie stieß ihn von sich und packte ihn ein letztes Mal um die Taille, bevor sie voneinander wegsprangen.

Zel starrte ihn an, ihre dunklen Flügel schlugen langsam hinter ihr, um sie in der Luft zu halten. „Nicht schlecht, Sohn von Michael. Ich kann verstehen, warum sie dich als Anführer der Engelsarmee haben wollten. Warum hast du den Job abgelehnt?"

„Ich habe mich in eine Halbdämonin verliebt", sagte Callan trocken, während er sich eine Schweißperle von der Stirn wischte. „Meine Prioritäten haben sich geändert."

Ich hob die Hände, bevor sie wieder zu streiten begannen und rief: „Es reicht!"

Beide sahen auf mich herab, als hätten sie vergessen, dass ich da war, dann ließen sie sich schnell auf den Boden fallen und legten ihre Flügel ab.

„Ich sehe, dass ich von euch beiden eine Menge lernen kann", sagte ich und schaute zwischen den beiden hin und her. „Ich möchte, dass ihr mich beide unterrichtet."

Sie warfen einander misstrauische Blicke zu, ehe sie ihre Aufmerksamkeit wieder auf mich richteten. „Gut." Sie sprachen im Einklang, aber ich war mir nicht sicher, wie viel Einigkeit wir haben würden. Trotzdem würden wir es versuchen.

Schließlich war es mein Schicksal, die Grenze zwischen der Engels- und der Dämonenwelt zu überqueren, so wie Olivias. Dies würde meine erste Prüfung sein.

Als ich ins Penthouse zurückkam, wollte ich nur noch eine lange Dusche nehmen und eine Kleinigkeit essen. Was ich bekam, war Luzifer, der an seinem Klavier saß und eine eindringliche Melodie spielte, die mich in der Tür verweilen ließ, damit ich sie besser auf mich wirken lassen konnte.

Er sah zu mir auf und hielt inne, seine Finger ruhten leicht auf den Klaviertasten. Seine Anzugsjacke fehlte und sein Hemdkragen sah aus, als hätte er ihn nach einem langen, harten Arbeitstag aufgerissen. Meine Augen wurden von dem Stück freigelegter Haut angezogen und ich sehnte mich danach, meine Lippen darauf zu pressen.

„Komm her."

Sein scharfer Befehl hallte durch den sonst so stillen Raum. Hitze stieg zwischen meinen Schenkeln auf und ich ging wie in einem Traum auf ihn zu, unfähig, mich zurückzuhalten. Ich hielt den Atem an, als ich ihm immer näher kam, die Vorfreude ließ meinen Puls rasen, vor allem, weil er mich so ansah, als wollte er mich jeden Moment verschlingen.

Als ich vor ihm vor dem Klavier stand, wurde mir nur allzu bewusst, wie ich in meinen engen Trainingsklamotten aussehen musste, die Haare durcheinander vom Training, die Wangen rosa von der Anstrengung ... und jetzt von der Lust.

„Ich bin ganz verschwitzt", sagte ich leise. Ein schwacher Protest, wir beide wussten es. „Ich brauche eine Dusche."

„Noch nicht."

Seine Hand ergriff meinen Arm, dann zog er mich zu sich heran und zog mich auf seinen Schoß, mit dem Rücken gegen seine Brust. Mein Atem stockte bei dem plötzlichen engen Kontakt und wie er mein Haar zur Seite zog, um seinen Mund in einem heißen, fiebrigen Kuss auf meinen Hals zu pressen. Seine Hände glitten an meinem Körper entlang, fühlten jeden Zentimeter von mir durch die enge Kleidung hindurch, strichen über meine Brüste, meine Hüften, meine Oberschenkel.

Dann packte er meine Leggings und riss sie grob herunter, wobei er sie wahrscheinlich an ein paar Stellen zerriss. Seine andere Hand hielt meine Brust fest und rieb mit dem Daumen über die steife Brustwarze, ein wirksames Mittel, um mich zu fixieren. Ich war in den Klauen des Teufels gefangen und er stellte sicher, dass ich wusste, dass es kein Entrinnen gab. Nicht heute Nacht.

Der Slip wurde mir vom Leib gerissen, ich keuchte. Luzifer zwang mich, meine Beine zu spreizen, seine Hände waren rau und fordernd, bis er merkte, wie feucht er mich schon gemacht hatte. Ich konnte mich nur gegen ihn lehnen und stöhnen, als seine Finger mit Leichtigkeit in meine Muschi glitten. Er hatte mich völlig unter Kontrolle, während er mich fingerte, meine Brüste knetete und mir kleine Lustschreie entlockte, wenn sein Daumen über meinen Kitzler strich.

Ich schloss meine Augen und ließ mich auf den Moment ein. Ich schob all den Schmerz und die Angst der letzten Tage beiseite und akzeptierte seine Berührung. Scheiße, ich brauchte das so sehr. Ich brauchte ihn.

Er brachte mich schnell und geräuschlos zum Orgasmus und ließ meine Hüften verzweifelt gegen seine Finger stoßen, während er die letzte Sekunde der Lust aus mir herausholte. Ich spürte, wie sein harter Schwanz durch den Stoff seiner Hose gegen meinen Arsch drückte, und fragte mich, ob er ihn jetzt freilassen und mich auf seinem Schoß sitzend nehmen würde. Oder vielleicht würde er mich über das Klavier beugen. Oder mich gegen den harten Marmorboden drücken. Es war mir eigentlich egal, wie. Ich wollte seinen Schwanz in mir spüren.

„Egal, wie sehr du mich hasst, du gehörst mir, Hannah", sagte Luzifer, seinen Mund direkt an meinem Ohr. „Jeder Zentimeter von dir." Seine Hand glitt über meine Muschi, als würde er sie für sich beanspruchen. „Jetzt und für immer."

Dann ließ er mich los.

Ich stand auf, meine Knie zitterten ein wenig. Ich drehte mich um, um ihn verwirrt anzuschauen. Er stand auf und ließ seine hungrigen Augen auf meinem halbnackten Körper verweilen, der sich danach sehnte, dass er weitermachte. Er wusste es auch. Das merkte ich an seinem verruchten Grinsen, das er mir zuwarf.

„Geh duschen", sagte er, während er mich auf die Wange küsste. „Ich habe noch etwas zu erledigen, aber wir sehen uns morgen."

Er rückte die Manschetten seines Hemdes zurecht und ging dann weg. Einfach so.

Und ließ mich mit dem verzweifelten Wunsch nach mehr zurück.

13

LUZIFER

Ich nahm Hannahs Hand als wir durch die Tür traten, die uns nach draußen auf das Gelände des Celestial führte.

„Wohin gehen wir?" fragte Hannah leicht gereizt.

„Das wirst du noch früh genug sehen."

Ich merkte, dass sie wegen gestern Abend wütend auf mich war, aber ich liebte es, wenn Hannah sich über etwas aufregte und es war mir lieber, sie wütend als traurig zu sehen.

Außerdem war sie nicht wirklich wütend. Sie war *ausgehungert*. Nach mir.

Genau so, wie ich sie haben wollte.

Wir passierten die Pfade zu den verschiedenen Pools und Erholungsbereichen des Resorts und ich konnte die Stimmen der Gäste hören, die sich um uns herum vergnügten, während die heiße Sonne auf meiner Haut brannte. Schließlich erreichten wir einen eingezäunten Bereich und ich öffnete das Tor mit einem Schlüssel. Hannah warf mir einen verwirrten Blick zu, bevor sie auf das leere Grundstück auf der anderen Seite trat. Vor uns erstreckte sich flaches Land, das meiste davon war Erde, aus der ein paar traurige kleine Unkräuter ragten, dazu etwas Müll und Unkraut, das im Winde wehte.

Ich breitete meine Arme weit aus. „Das ist mein Geschenk an dich."

Sie legte den Kopf schief. „Ähm, danke?"

Ich lachte über ihren verblüfften Gesichtsausdruck. „Ich habe dieses Land vor ein paar Monaten gekauft, um einen weiteren Poolbereich im Celestial anzulegen, aber ich habe beschlossen, dass wir genug Pools haben. Was wir wirklich brauchen, ist einen Garten."

„Einen Garten?" fragte Hannah und wurde sofort hellhörig.

„Deinen Garten."

Sie holte tief Luft. „Wirklich?"

„Ich möchte, dass du ihn entwirfst. Etwas Großes und Beeindruckendes, die Art von Garten, durch den die Leute stundenlang spazieren können. Eine Oase der Ruhe inmitten der Wüste." Ich beobachtete ihr Gesicht, während sie den Blick über das leere Grundstück schweifen ließ und ihre blauen Augen vor Freude glänzten. „Ich weiß, dass du deinen Blumenladen aufgeben musstest, aber hier kannst du weiterhin mit Pflanzen arbeiten und dieses Mal kannst du etwas ganz Eigenes schaffen."

Sie warf ihre Arme um mich, was mehr war, als ich zu hoffen gewagt hatte. „Danke. Ich glaube, das ist das beste Geschenk, das ich je bekommen habe."

„Ich weiß nicht, ich habe dir im Laufe der Jahre einige ziemlich beeindruckende Geschenke gemacht", sagte ich mit einem Grinsen, bevor ich ihren Mund mit einem Kuss verschloss. Sie schlang ihre Arme um meinen Hals und drückte sich an mich, ein wenig fordernd. Sie verlangte immer noch nach mehr als gestern Abend, obwohl sie versuchte, es zu unterdrücken. Auch mein Schwanz spannte sich gegen meine Hose und beschwor mich, sie gleich hier auf dem Boden zu nehmen, wie ein Tier. Doch ich hatte viel Geduld.

„Woher hast du es gewusst?", fragte sie und sah zu mir auf, immer noch in meinen Armen.

„Was gewusst?"

„Dass ich den Blumenladen bereits vermisste und mich fragte, wie ich diese Leere in meinem Leben füllen würde."

Ich strich ihr langsam mit dem Daumen über die Unterlippe. „Weil ich dich besser kenne, als ich mich selbst kenne. Du hast schon immer Gärten geliebt, seit ich dir als Eva den Rauswurf aus einem beschert habe." Ich schmunzelte bei der Erinnerung daran. „Als Persephone hattest du die Macht, Pflanzen wachsen zu lassen und sie nach deinem Willen zu formen. Du hast unseren Palast in der Hölle von einem kalten, öden Anwesen in ein Zuhause voller Leben und Farbe verwandelt. Ich wusste, wenn du das konntest, würdest du auch dieses Stück Land verzaubern können."

Sie drehte sich in meinen Armen und lehnte sich an mich, während sie das Grundstück betrachtete. „Wir können es Persephones Garten nennen."

„Perfekt." Ich hatte nie etwas von Pflanzen oder Blumen verstanden und mich auch nicht darum geschert, aber ich hatte es immer geliebt, wie ihr Gesicht in ihrer Nähe aufleuchtete. „Du siehst es schon vor dir, nicht wahr?"

„Ja, obwohl ich mich erst einmal hinsetzen und ein paar Ideen sammeln möchte, bevor ich anfange. Ich kann es kaum erwarten."

„Ich werde jemanden beauftragen, dir die Maße des Grundstücks zu geben, damit du dich an die Arbeit machen kannst. Das Celestial hat ein Team für Landschaftsbau, du brauchst ihnen also nur zu sagen, was du willst und sie werden mit dir zusammenarbeiten, um es zu verwirklichen."

„Danke." Sie lehnte ihren Kopf an meine Brust und ließ sich von mir festhalten. „Ich finde es wirklich wunderbar."

„Und ich liebe dich."

Sie erwiderte es nicht, aber das war in Ordnung. Ein Teil von ihr war immer noch wütend auf mich. Vielleicht würde er immer wütend auf mich sein. Aber der größte Teil von ihr hatte sich wieder eingekriegt.

Hannah verbrachte den Rest des Tages damit, mit den Engeln zu trainieren und das war auch gut so, denn ich musste mich um meine eigenen Angelegenheiten kümmern. Samaels Leute waren immer noch auf der Jagd nach Gadreel, während unsere anderen Kundschafter nach Hinweisen zu den Erzdämonen suchten. Aus dem heutigen Bericht erfuhr ich, dass Valefar nach Hongkong zurückgekehrt war und sich zum Erzdämon der Drachen erklärt hatte. Meine Informanten sagten mir, dass er zu diesem Zeitpunkt keine weiteren Pläne hatte, gegen mich vorzugehen und ich hoffte, dass er meinen Rat befolgt hatte. Wenn nicht, waren wir bereit, gegen die Drachen in den Krieg zu ziehen. Einen Krieg, den wir zweifelsohne gewinnen würden.

Am Abend kam Hannah zu mir ins Penthouse, um mit mir zu Abend zu essen. Es gab ein Dutzend Restaurants im Celestial und mir gehörten sogar noch mehr auf dem Strip, aber Hannah liebte es immer, wenn ich für sie kochte. Außerdem wollte ich sie für das, was ich vorhatte, allein sprechen.

„Du wirst mich nicht zurückgewinnen, indem du für mich kochst." Mit einem leisen Stöhnen nahm sie einen weiteren Bissen von der Mahlzeit. „Auch wenn das das beste Steak ist, das ich je gegessen habe."

Ihr dabei zuzusehen, wie sie das von mir zubereitete Essen genoss, war schon eine Art Vorspiel. „Wir wissen beide, dass ich dich nicht zurückgewinnen muss. Ich bin dein Schicksal. Du bist mein Schicksal." Ich senkte meine Stimme, als ich ihr in die

Augen sah. „In vielen deiner Leben hast du versucht, dich mir zu widersetzen, aber es hat nie geklappt. Irgendwann erliegst du mir immer. So wie du es jetzt tun wirst."

Hannah schüttelte den Kopf, aber sie widersprach nicht. Wie sollte sie auch? Sie war ja bereits erlegen.

Mit einem selbstgefälligen Lächeln schnitt ich ein weiteres Stück Filet Mignon ab, das ich in einer Pfefferkornsauce gegart hatte. Daneben gab es Rosmarin-Röstkartoffeln mit einem Hauch von Zwiebeln und in Knoblauch gedünstete Broccolini. „Wie läuft dein Training denn bisher? Ich hatte gestern Abend keine Zeit, dich zu fragen. Ich hatte ... andere Dinge im Kopf."

Bei der Erinnerung an unsere Begegnung am Klavier stieg ihr die Röte in die Wangen. „Es geht gut voran. Ich fange an, mich an mehr von mir zu erinnern und ich gewinne die Kontrolle über meine Kräfte."

„Gut." Ich nahm einen Schluck Rotwein. „Ich wollte fragen, wie soll ich dich nennen? Hannah? Haniel? Eva, vielleicht?"

„Ich bleibe bei Hannah. Ich fühle mich nach all der Zeit nicht mehr wirklich als Haniel." Sie senkte ihren Blick auf ihr Essen. „Natürlich wurde Hannah von Jophiel erschaffen, also bin ich auch nicht wirklich sie. Ich bin mir ehrlich gesagt nicht mehr sicher, wer ich bin."

„Du weißt aber, wer du bist. Das wusstest du schon immer, tief im Inneren. Egal, welchen Namen du trägst, das wahre Wesen, das du bist, ändert sich nie." Ich griff über den Tisch, um ihre Hand zu nehmen. „Ich habe dich Hunderte von Malen gefunden und deine Seele ist immer dieselbe. Jophiel hat dir vielleicht ein falsches Leben vorgegaukelt, aber dein wahres Ich hat sich trotzdem in jeden einzelnen Aspekt davon eingeschlichen. Deine Liebe zu Pflanzen und Blumen. Deine Liebe zu Büchern und Geschichte. Dein Einsatz für Ehrlichkeit und Wahrheit. In jedem Leben, das bis zu Eva zurückreicht, trugst du ein Licht in dir, das die Welt für alle um dich herum besser machte. Der Verlust deiner Erinnerungen konnte dir das nie nehmen."

Sie stieß einen Atemzug aus und drückte meine Hand. „Ich nehme an, du hast Recht. Ich wünschte nur, ich würde mich nicht ständig so verdammt verwirrt und so fehl am Platz fühlen. Bin ich ein Engel? Eine Gefallene? Stehe ich auf der Seite der Engel oder auf der Seite der Dämonen?"

„Du stehst auf der Seite des Friedens, so wie du es immer getan hast." Ich hielt inne, während ich über meine nächsten Worte nachdachte. „Als Jophiel mir meine Erinnerungen zurückgab, füllte das viele Lücken in meiner Vergangenheit. Weißt du noch, wie du als Haniel zu mir gekommen bist und wie sehr du mich gehasst hast? Aber dann führten wir lange Gespräche über den Krieg und darüber, wie er sowohl Engel als auch Dämonen zerstörte. Wir sahen beide ein, dass es so nicht weitergehen konnte, sonst würden beide Völker ausgelöscht werden. Du hast mich überzeugt, meinen Stolz zu überwinden und zu versuchen, den Krieg zum Wohle meines Volkes zu beenden, auch wenn ich es nicht für möglich hielt. Du hast mich gedrängt, mit Michael zusammenzuarbeiten und zu versuchen, einen Waffenstillstand zu schließen. Und das habe ich getan. Selbst nachdem du mir genommen wurdest und ich mich nicht mehr an Haniel erinnern konnte, habe ich den Krieg beendet." Ich beugte mich vor, während sie an jedem meiner Worte hing. „Jophiel hätte vielleicht meine Erinnerungen an dich löschen können, aber nicht wie du mich beeinflusst hast. Du hast mich verändert, Hannah. Ein Teil von dir war immer noch bei mir, auch wenn ich mich nicht erinnern konnte."

Das entlockte meiner reizenden Gefährtin ein schwaches Lächeln. „Ich bin immer noch beeindruckt, dass du es geschafft hast, den Krieg zu beenden. Ich weiß, wie schwer das gewesen sein muss. Und nach dem, was Olivia mir erzählt hat, hast du dich auch dafür eingesetzt, dass der Frieden von Dauer ist."

Ich lehnte mich zurück, hob mein Weinglas und schwenkte die dunkle Flüssigkeit darin. „Ich habe getan, was ich konnte, um mein Volk zu schützen und der Frieden war für beide Seiten von Vorteil. Es war zwar schmerzvoll, die Hölle hinter sich zu lassen, aber jetzt, da wir auf der Erde leben, nimmt unsere Bevölkerung wieder zu. Aus welchem Grund auch immer, ist es für Unsterbliche in diesem Reich einfacher, Kinder zu bekommen. Allein aus diesem Grund müssen wir den Frieden bewahren."

Traurigkeit lag in Hannahs Blick, als sie von Kindern sprach, doch dann wurde ihr Blick entschlossener. „Dann werde ich den Rest meines Lebens der Wahrung dieses Friedens widmen. Jedenfalls, nachdem ich mit Adam fertig bin. Weißt du, wo er hingegangen sein könnte oder wie seine Pläne sind?"

„Ich habe einen Verdacht, aber wir haben ihn noch nicht gefunden." Ich beobachtete Hannahs Gesichtsausdruck und überlegte, ob sie bereit war, es zu hören, bevor ich beschloss, dass es keine Geheimnisse mehr zwischen uns geben konnte. „Die alten Tagebücher, die er mitgenommen hat, waren Samaels Aufzeichnungen über Dinge, die uns in den Anfangstagen widerfahren sind, als du Eva warst und ich gerade den Himmel verlassen hatte, um die Hölle zu regieren. Sie enthielten Informationen über den Fluch und viele andere Dinge ... Unter anderem, wo sich die vier Reiter befinden und wie man sie befreien kann."

„Die vier Reiter?" Hannahs Kinnlade fiel herunter, ihre Gabel baumelte nutzlos in ihren Fingern. „Die gibt es also auch wirklich?"

Sie sagte *auch*, als ob sie gerade erst angefangen hätte, an Engel und Dämonen zu glauben und ich fragte mich, ob es ein Fehler war, es ihr zu erzählen. „Leider, ja. Wie viel weißt du noch über die Altgötter?"

Sie starrte ins Leere, während sie ihre Erinnerungen durchforstete. „Nicht sehr viel. Sie sind uralte, mächtige Gestalten, die all die verschiedenen Wesen und Sphären erschaffen haben. Aber ich weiß nicht mehr, was mit ihnen passiert ist."

„Ihre Kinder – Engel, Dämonen, Menschen und Feen – haben sich gegen sie aufgelehnt, so wie es alle Kinder irgendwann einmal tun. Es war der erste Krieg, in dem ich gekämpft habe als ich noch ein Engel war. Die Altgötter zogen sich schließlich in ein anderes Reich namens Void zurück. Alle bis auf vier von ihnen. Pest. Krieg. Hungersnot." Mein Mund verzog sich vor Abscheu. „Und Tod."

„Tod ..." flüsterte Hannah. „Er ist derjenige, der uns verflucht hat."

Obwohl ich es hasste, darüber zu reden, freute ich mich, dass sie sich endlich an ihr Leben als Eva erinnerte, wenn auch nur in winzigen Bruchstücken. „Ja. Mein Vater."

Daraufhin weiteten sich ihre Augen. „Der Tod ist dein Vater?"

„In der Tat." Die Erwähnung meines Vaters verlangte nach einem weiteren Glas Wein, beschloss ich und schenkte uns beiden eines ein. „Er hat sich im Laufe der Geschichte Tod, Sensenmann, Thanatos und viele andere Namen gegeben. Adam war immer sein Lieblingsmensch und ich war immer eine Enttäuschung. Zu sehr wie meine Mutter Aurora, sagte er immer. Er fand es amüsant, dich zu verfluchen, um mich bis in alle Ewigkeit zu quälen."

„Aber jetzt hast du den Fluch gebrochen."

„Ja." Ich erhob mein Glas darauf. „Wieder einmal habe ich ihn besiegt."

Sie zog eine Augenbraue hoch. „Wieder einmal?"

„Nachdem die anderen Altgötter fortgegangen waren, begannen die Vier Reiter als Strafe für unsere Rebellion, die Reiche der Erde, des Himmels, der Hölle und des Feenreichs zu verwüsten. Eine Gruppe von uns, die sich aus allen Völkern zusammensetzte, kämpfte gegen sie und besiegte sie. Da es unmöglich ist, einen Altgott endgültig zu töten, haben wir die Vier Reiter an geheimen Orten in den Reichen der Erde, des Himmels, der Hölle und des Feenreichs begraben und vier von uns – du, ich, Erzengel Michael und Hochkönig Oberon – haben unser Blut benutzt, um ihre Gräber zu versiegeln." Ich runzelte die Stirn und trank meinen Wein aus. „Ich glaube, Adam und die Erzdämonen wollen sie jetzt befreien."

„Warum?", fragte sie. „Warum sollten sie das überhaupt in Erwägung ziehen?"

„Sie wissen, dass sie mich nur auf diese Weise besiegen können." Ich schenkte ihr ein schiefes Lächeln. „Keiner der Erzdämonen ist stark genug. Sie brauchen die Macht der Vier Reiter, um mich zu besiegen."

Sie nahm einen Bissen von ihren Kartoffeln, kaute langsam und fragte dann: „Wenn die vier Reiter freigelassen werden, ist das der Beginn der Apokalypse? Wie in der Bibel?"

„Möglicherweise. Sie haben fast alle vier Reiche zerstört, bevor wir sie aufhalten konnten. Ich kann mir nicht vorstellen, welche Verheerungen sie jetzt, nach Tausenden von Jahren in einer Gruft, anrichten würden." Mein Kiefer verkrampfte sich. „Und selbst wenn die anderen Reiter freigelassen werden, dürfen wir auf keinen Fall zulassen, dass mein Vater wieder durch die Welten zieht."

„Was können wir tun, um es zu verhindern?" fragte Hannah mit bleichem Gesicht.

„Die Reiter müssen in der Reihenfolge freigelassen werden, in der wir sie versiegelt haben, so wie es in der Bibel steht. Das heißt, die Pest ist zuerst dran. Ich habe bereits Leute dorthin geschickt, um nach Anzeichen von Adam oder den Erzdämonen Ausschau zu halten. Wenn sie loslegen, werden wir bereit sein, sie aufzuhalten."

Sie nickte, obwohl ich sehen konnte, dass das Gespräch sie stark beschäftigte. Es war eine Menge, die ich ihr aufbürden musste, aber ich wollte, dass sie jetzt alles erfuhr. Keine Geheimnisse. Keine Lügen. Kein Grund, warum wir getrennt sein sollten.

Irgendwann im Verlauf unseres Gesprächs hatten wir unsere Mahlzeit beendet und ich erhob mich, ging zu ihr hinüber und bot ihr meine Hand an. „Komm mit mir.“

Ihre zarten Finger glitten nur widerwillig in meine. „Wohin?“

„Wir gehen fliegen.“

14

HANNAH

Ich schleppte mich nach draußen auf den Balkon, von dem aus man den Strip überblicken konnte. Der Gedanke, wieder zu fliegen, machte mich aus irgendeinem Grund nervös. Vielleicht, weil ich mich, während ich von der Seite des Gebäudes herabstarrte, an das eine Mal erinnerte, als ich beinahe in den Tod gestürzt wäre. Damals wären meine Flügel wirklich nützlich gewesen, dachte ich verbittert.

Vielleicht lag es aber auch daran, dass ich, wenn ich meine Flügel ausbreitete und sie zum Fliegen benutzte, die Wahrheit darüber akzeptieren musste, wer ich war. Dass ich kein Mensch war, sondern ein Engel. Etwas, von dem ich bis vor ein paar Wochen nicht einmal geglaubt hatte, dass es das gab.

Vielleicht lag es aber auch daran, dass mich der Gedanke ans Fliegen zu sehr an die schreckliche, verwirrende Nacht meiner Wiedererweckung erinnerte, in der nichts einen Sinn ergeben hatte und ich nur noch hatte fliehen wollen.

„Bist du seit der Nacht, in der du deine Flügel zurückbekommen hast, geflogen?" fragte Luzifer, als ob er genau wüsste, was mir durch den Kopf ging.

„Nein." Ich schüttelte den Kopf und wich langsam zurück. „Ich kann nicht."

Sanft zog er mich zurück an den Rand des Balkons. „Je länger du wartest, desto schwieriger wird es."

Ich schluckte schwer, denn ich wusste, dass er recht hatte. Jedes Mal, wenn ich vor dem Fliegen zurückscheute, wurde es zu einer viel schwierigeren Aufgabe. Ich musste mir das Pflaster herunterreißen und es einfach tun, aber das war leichter gesagt als getan.

„Vertrau mir", sagte Luzifer. „Ich werde nicht zulassen, dass dir etwas Schlimmes zustößt."

„Außer dass du mich umbringst?" fragte ich, bevor ich mir auf die Zunge beißen konnte.

„Am Ende hat es doch geklappt, oder nicht?" Sein überhebliches Grinsen brachte mich dazu, ihm eine Ohrfeige geben zu wollen. „Wenn ich das nicht getan hätte, hättest du jetzt weder deine Kräfte noch deine Flügel."

„Wusstest du, dass das passieren würde?" fragte ich und starrte ihn eindringlich an. „Du hattest damals deine Erinnerungen. Du wusstest, dass ich wirklich ein Engel war."

„Ich vermutete, dass die Wiedergeburt dich in deinen Engelszustand zurückversetzen würde, ja, aber es gab keine Möglichkeit, das sicher zu wissen. Ich betrachtete es als einen weiteren Bonus, neben dem, den Fluch zu brechen."

„Trotzdem nicht in Ordnung", murmelte ich und schüttelte den Kopf.

Luzifers Flügel öffneten sich plötzlich hinter ihm, so dunkel, dass sie den Nachthimmel hell erscheinen ließen. Die Gegend um uns herum verdunkelte sich leicht, als ob die Schatten von seiner Macht angezogen würden. In seinem dreiteiligen Anzug und mit ausgebreiteten Flügeln strahlte er Gefahr und Männlichkeit aus wie kein anderer Mann auf dieser oder einer anderen Welt. Bei seinem Anblick gab es keinen Zweifel daran, dass er das Ungeheuer war, von dem in allen dunklen Mythen der Geschichte die Rede ist. Der Teufel selbst.

„Ich glaube, es ist an der Zeit, mir deine zu zeigen“, sagte er und ich merkte, dass ich ihn angestarrt hatte.

Nach kurzem Zögern breitete ich meine Flügel aus und meine silbernen Federn breiteten sich auf meinem Rücken aus, begierig darauf, sich zu entfalten. Es fühlte sich gut an, sie auszubreiten, ähnlich wie wenn man am Ende des Tages einen BH auszieht.

„Wunderschön“, sagte Luzifer und strich mir sanft über eine meiner Federn. „Sieh nur, wie du den Nachthimmel erleuchtest. Mein heller Stern.“

Seine Berührung jagte mir einen Schauer über den Rücken. Unter den Engeln war das Berühren der Flügel eines Anderen ein intimer Akt, der nur in der Familie oder unter Liebenden vollzogen wurde. Daran erinnerte ich mich und doch wich ich nicht zurück. Nicht, wenn er mich ansah, als sei ich sein ganzes Universum.

Ich riss meinen Blick von ihm los und starrte hinab auf die grellen Lichter des Strip. Ich konnte das. Ich würde es tun. Ich war schon einmal geflogen, ohne überhaupt zu wissen, dass ich es konnte. Wieviel schwieriger könnte es jetzt sein?

Luzifer nahm meine Hand und lenkte meinen Blick wieder auf sich. Seine ruhige Zuversicht verlieh mir etwas Kraft und ich nickte, um ihm zu signalisieren, dass ich bereit war. Gemeinsam sprangen wir vom Balkon, breiteten unsere Flügel aus und obwohl mir das Herz bis zum Hals schlug, sorgte Luzifers fester Griff um meine Hand dafür, dass ich nicht in Panik geriet. Der Wind erfasste meine Flügel und hielt mich in der Luft, dann gewann mein Instinkt die Oberhand, ich schlug mit den Flügeln und flog höher.

Ein Lachen drang aus meiner Brust, als wir über den Strip schwebten und auf die Autos und Casinos unter uns hinunterblickten. Luzifer hatte mich schon einmal auf einen Rundflug durch die Stadt mitgenommen, aber damals hatte er mich tragen müssen. Jetzt freute ich mich, dass ich selbst fliegen konnte. Das Gefühl war seltsam und doch so vertraut und wie beim Kämpfen kehrte es leicht zu mir zurück. Mein Körper erinnerte sich, auch wenn mein Geist damit kämpfte.

Luzifer flog neben mir und irgendwo über dem Strip wurde es zu einem Katz- und Mausspiel. In einem Moment jagte er mir hinterher, dann ich ihm. Wir lachten und zogen Kreise um die höchsten Casinos, während seine Finsternis uns vor den Blicken verborgen hielt.

Dann fing Luzifer mich auf, zog mich in seine Arme und drückte mich fest an seine Brust. Mein Herz schlug so schnell, dass es in unseren beiden Körpern zu pochen schien. Ich hielt den Atem an, als ich ihn ansah und in seinen verschmitzten grünen Augen ertrank – Augen, die ich geliebt hatte, solange ich mich erinnern konnte.

Langsam, so langsam, dass Jahre hätten vergehen können, neigte Luzifer seinen Kopf. Sein Mund fand den meinen und Hitze durchströmte mich, als er mit seiner Zunge über meine Lippen strich und verlangte, eingelassen zu werden. Ich schnappte nach Luft, als er in mich eindrang und mich heftig küsste, seine Arme legten sich um mich, seine schwarzen Flügel bewegten sich langsam, um uns in der Luft zu halten.

Als er den Kopf hob, ließ sein glühender Blick meinen Atem vor Verlangen stocken. Plötzlich schoss er vorwärts und trug mich mit einer Geschwindigkeit, die kein Sterblicher erreichen konnte, durch die Luft auf das Celestial zu. Der Wind streichelte meine glühende Haut, während wir durch die Nacht flogen und als wir das Penthouse erreichten, griff Luzifer mit Ranken der Finsternis nach mir und riss die Schiebetür zu seinem Schlafzimmer auf.

Wir landeten drinnen und er setzte mich auf dem Boden ab. Bevor ich protestieren konnte, packte er mein schwarzes Kleid und riss es mir vom Leib. Ich hatte es absichtlich so gewählt, weil es sich leicht ausziehen ließ und ich darunter nichts trug. Das arrogante, aber zufriedene Grinsen auf seinen Lippen verriet mir, dass er auch wusste, warum.

Es ließ sich nicht verbergen. Ich sehnte mich nach ihm. Verzweifelt. Die letzte Nacht war wie eine köstliche Vorspeise gewesen, aber jetzt war ich bereit für den Hauptgang.

Seine Augen fuhren über meinen nackten Körper als ich vor ihm stand und meine Brustwarzen verhärteten sich als Antwort. Dann pirschte er sich an mich heran und zwang mich, einen Schritt zurückzutreten und dann noch einen, bis ich mit dem Rücken an der Wand stand. Genau da, wo er mich haben wollte.

Er nahm mein Kinn und küsste mich heftig, hielt mich fest, während er meinen Mund gründlich verführte. Dann tanzte sein Mund über meine Haut, meinen Hals hinunter und bahnte sich seinen Weg zu meinen Schultern und dann zu meinen Brüsten. Dort verbrachte er einige Zeit, leckte und saugte und brachte mich zum Stöhnen, bevor er seinen Weg nach unten fortsetzte. Zu meinem Bauch. Zu meinen Hüften. Zu dem Dreieck zwischen meinen Beinen.

Er schob meine Beine weiter auseinander, seine großen Hände umklammerten meine Oberschenkel, bevor sein Mund meine Muschi fand und sie mit einem schnellen Zungenschlag beanspruchte. Mit einem leisen Stöhnen lehnte ich mich mit dem Rücken gegen die Wand, um mich abzustützen und meine Knie wurden plötzlich schwach.

Er sah zu mir auf und begegnete meinen Augen. „Gib es zu. Genau so willst du mich haben. Auf meinen Knien. Zu deinen Füßen liegend. Meine Zunge in deiner Muschi."

„Ja", schrie ich, grub meine Finger in sein dichtes dunkles Haar und zog sein Gesicht zurück zwischen meine Schenkel.

Er hob mich hoch und legte meine Beine um seine Schultern, damit er besser an meine Muschi herankam, während er sie wie ein Verhungernder verschlang. Er fickte mich mit seiner Zunge und saugte an meiner Klitoris und ich konnte nichts anderes tun, als mich an seinem Gesicht festzuhalten und auf ihm zu reiten, wobei meine Hüften wild stießen. Mein Höhepunkt kam wie eine Flutwelle über mich und ich schrie seinen Namen, als die Lust über mich hereinbrach.

Dann stand er auf und ließ mich in einer einzigen fließenden Bewegung fallen, wobei er mich in seinen Armen auffing und meine Beine um seine Hüften schlang. Sein Schwanz drang hart und schnell in mich ein, so dass ich bei dem plötzlichen Stoß keuchte. Er drückte mich mit dem Rücken gegen die Wand, die Hände auf beiden Seiten meines Kopfes und ich klammerte mich an seine Schultern. Seine Hüften stießen gegen meine, drückten mich mit dem Rücken gegen die Wand, sein Schwanz stieß in einem unerbittlichen Tempo tief in mich hinein. Er fickte mich, als ob er mit mir eins werden wollte, als ob er nicht aufhören konnte, bis er mich von innen und außen markiert hatte. Ich erkannte, dass er das genauso brauchte wie ich – diese Verbindung, diese Bestätigung, dass wir immer noch Gefährten waren, egal, was zwischen uns geschah. Ich spürte, wie das Band der Zusammengehörigkeit zwischen uns pochte, unsichtbar und doch so stark, dass es sich nicht verleugnen ließ und ich warf meinen Kopf zurück und gab mich Luzifer völlig hin.

Meine Muschi krampfte sich um seinen Schwanz, als ich kam und dann stieß er ein kehliges Grollen aus und rammte seinen Schwanz tief in mich hinein. Ich spürte, wie sein heißer Samen mich ausfüllte und er küsste mich heftig, als wir beide vor Erlösung erschauderten. Ich hielt ihn fest, erwiderte seinen Kuss und drückte meine Schenkel um seine Hüften, damit er mich noch nicht verlassen konnte.

Ich lehnte meinen Kopf zurück an die Wand und seufzte ihn an. „Das heißt nicht, dass ich dir verzeihe."

Luzifer trug mich hinüber zu seinem Bett und setzte mich

darauf ab. „Du brauchst mir nicht zu verzeihen. Aber von nun an wirst du in meinem Bett schlafen.“

Ich sträubte mich bei seinen Worten. „Ich habe mein eigenes Zimmer.“

„Das andere Zimmer steht dir weiterhin zur freien Verfügung. Und dann kommst du jede Nacht hierher zu mir. Wir wissen beide, dass du neben mir sowieso besser schläfst.“ Er drehte mich auf den Bauch und drang wieder von hinten in mich ein, seine Hände grob an meinem Arsch und sein Schwanz schon wieder hart. Er beugte sich vor und sagte direkt in mein Ohr: „Du kannst mich hassen. Du kannst mich bekämpfen. Du kannst mich bestrafen. Aber du wirst es an meiner Seite tun. Als meine Königin.“

Jeglicher Protest, den ich hätte vorbringen können, ging verloren, als er mich die ganze Nacht lang immer wieder einforderte.

15

HANNAH

Mit einem Seufzer ließ ich mich in meinen Lieblingssessel in der Bibliothek fallen. Das war mein Lieblingsplatz im Penthouse, um mich zu entspannen und nach dieser Trainingsrunde hatte ich mir verdammt noch mal eine Pause verdient. Ich hatte zum ersten Mal mit Azazel und Callan zusammen gekämpft und sie hatten mich fertig gemacht. Aber wir wussten alle, dass es kein wirklich fairer Kampf war – zumindest noch nicht. Es würde der Tag kommen, an dem ich es mit ihnen aufnehmen und sie besiegen würde, da war ich mir sicher. Leider war dieser Tag definitiv nicht heute.

Ich drehte mich um, stöhnte und wünschte, meine himmlische Heilung würde sich beschleunigen. Ich war dank Zels Enthusiasmus hart auf dem Dach gelandet und wäre ich ein Mensch gewesen, hätte ich mir wahrscheinlich etwas gebrochen. Zumindest hätte ich einen schönen blauen Fleck gehabt, aber da ich ein Engel war, hatte ich nur ein paar vorübergehende Beschwerden, während mein Körper sich selbst heilte. Sicherlich einer der größten Vorteile der Unsterblichkeit.

Es war eine Woche vergangen, seit ich nach Las Vegas

zurückgekehrt war, Zel und Callan mussten nun bei unserem Kampftraining wirklich hart für ihren Sieg arbeiten. Auch mein anderes Training lief gut. Olivia half mir, mich an verschiedene Aspekte der Geschichte und Kultur von Engeln und Dämonen zu erinnern und brachte mich gleichzeitig auf den neuesten Stand der Veränderungen, die in den letzten vierzig Jahren stattgefunden hatten. Bastien lehrte mich, die Kontrolle über meine Kräfte wiederzuerlangen und ich ärgerte alle, indem ich ihre Auren las, wann immer ich sie sah. Die von Luzifer faszinierte mich besonders, denn der Ring um seine Aura war schwarz wie die Nacht, bis auf ein paar Lichtspuren, die durchschimmerten.

Nach dieser Nacht mit Luzifer verwandelte ich das Gästezimmer in mein Büro und meinen persönlichen Bereich und in meiner Freizeit begann ich, Pläne für Persephones Garten zu entwerfen. Jedes Mal, wenn ich daran arbeitete, wuchs meine Vorfreude und ich konnte es kaum erwarten, Pflanzen zu bestellen und mit der Arbeit zu beginnen. Mein wahres Ich kam allmählich zum Vorschein und ich fühlte mich so vollkommen wie seit mehreren Jahren nicht mehr – wahrscheinlich seit Jophiel das letzte Mal mein Gedächtnis gelöscht hatte. Ich war Haniel, vermischt mit Lenore, Persephone, Eva und vielen anderen. Eine neue Hannah, die ich selbst erschaffen hatte.

Ich stand auf und ging durch den Raum, fuhr mit den Fingern über die Buchrücken der vielen Bücher, aber heute rief keines nach mir. Ich blieb vor dem Schwert stehen, das ich von der Wand genommen und gegen die Gargoyles eingesetzt hatte, die vor nicht allzu langer Zeit in diesen Raum eingedrungen waren. Das Muskelgedächtnis hatte in jener Nacht eingesetzt und ich hatte sie bekämpft und besiegt, als sei ich dazu geboren. Damals hatte ich noch nicht gewusst, dass ich tatsächlich dazu geboren war.

Das Schwert schien nach mir zu rufen als ich es ansah. Ich nahm es von der Wand, genoss das Gewicht und die Handwerkskunst, die perfekte Balance, als ich es in der Hand hielt, so vertraut aus den Hunderten von Jahren, in denen ich es in der Hand gehalten hatte. Morningstar. Luzifers Schwert aus der Zeit, als er ein Engel war.

Während ich das Gewicht des Schwertes austarierte und die Haltung einer Kämpferin einnahm, drängte sich etwas an den Rand meiner Gedanken und ich studierte das Schwert, drehte meine Hand so, dass es schimmerte und die Lichter im Raum reflektierte. Auf einen mentalen Anstoß hin, einen bloßen Drang, pulsierte es mit Dunkelheit, das einzige Schwert, das sowohl von heller als auch von dunkler Macht durchdrungen war.

Es reagierte auf Luzifers Macht. Nur er konnte es schwingen. Luzifer ... und ich.

Während ich mit dem Schwert übte, mit ihm die Luft durchschnitt, die vertrauten Übungen ausführte und mich daran zurückerinnerte, wie es sich anfühlte, mit dem Schwert zu kämpfen, verlor ich das Zeitgefühl. Bis Kassiel den Raum betrat.

Mein jüngster Sohn blieb kurz stehen und starrte mich mit so etwas wie Schock an.

„Kassiel! Es ist so schön, dich wiederzusehen." Ich ließ die Klinge sinken und schenkte ihm ein Lächeln. Ich hatte ihn seit dem ersten Treffen nicht mehr gesehen und wollte unbedingt wieder mit ihm reden, aber er sah misstrauisch aus. Fast so, als wolle er mich nicht sehen. „Geht es dir gut?"

„Ja, tut mir leid. Es ist nur seltsam, dich in diesem Körper zu sehen, mit dem Schwert in der Hand, das meine Mutter gegen die Engel geführt hat." Er strich sich mit der Hand durch sein fast schwarzes Haar. „Ich kannte dich nur als Lenore und obwohl Vater mir von dem Fluch und deiner Reinkarnation erzählt hat, habe ich es nie selbst erlebt. Ich habe dich nie als Haniel kennengelernt. Jedenfalls bis jetzt."

Mir brach ein wenig das Herz bei seinen Worten. Ich war im

Grunde eine Fremde, die ihm sagte, ich sei seine Mutter. Er hatte mich seit über einem Jahrhundert nicht mehr gekannt. Wie konnte ich es ihm verübeln, dass er zögerte? Ich hatte die letzten vierzig Jahre gelebt, ohne mich daran erinnern zu können, Kinder zu haben, also fühlte ich mich auch nicht gerade wie eine Mutter. Im Stillen zürnte ich dem Fluch, Adam und Jophiel. Sie hatten mich nicht nur von Luzifer ferngehalten. Sie hatten mich auch von meinen Söhnen getrennt.

Ich wollte Kassiel die Hand reichen, aber ich hielt mich zurück. Er schien dazu noch nicht bereit zu sein. Ich seufzte und setzte Morningstar ab. „Als ich Haniel war, wollte ich dich unbedingt sehen, mehr als du dir vorstellen kannst, aber meine Beziehung zu Luzifer musste damals geheim gehalten werden. Wir hatten vor, es dir zu sagen, aber dann hat Adam mich gefunden."

„Ich verstehe." Er lächelte, aber es sah ein wenig gezwungen aus.

Ich setzte mich auf einen der Stühle und gab ihm ein Zeichen, sich zu mir zu setzen, in der Hoffnung, dass er mir ein paar Momente gewähren würde, in denen ich versuchen konnte, unsere Beziehung wieder aufzubauen. „Wie geht es dir? Wie ist es dir ergangen? Es tut mir leid, dass ich so viele Jahre verpasst habe."

„Es ist nicht deine Schuld." Kassiel setzte sich langsam auf den anderen Stuhl, seine Bewegungen waren anmutig, jeder Aspekt von ihm erinnerte mich so sehr an seinen Vater. „Nach Mutters – deinem – Tod habe ich meine Meinung über den Krieg geändert. Ich flehte Vater um einen Waffenstillstand mit den Engeln an, aber er war noch nicht bereit, auf mich zu hören. Der Krieg endete erst viele Jahre später, aber ich habe nie aufgehört, darauf hinzuarbeiten, auch wenn ich als Spitzel für Luzifer tätig war."

Ich ließ Kassiel weiterreden, wollte ihm zuhören, einfach nur seiner Stimme lauschen. Meine Liebe zu meinem Sohn war so überwältigend, dass ich das Gefühl hatte, sie könnte mir aus der Brust quellen. Wie hatte ich die letzten vierzig Jahre ohne dieses Gefühl auskommen können? Und wie konnten Mütter jeden Tag mit diesem Gefühl leben, ohne verrückt zu werden? Vielleicht waren wir alle ein bisschen verrückt, aber das spielte keine Rolle, denn das war es wert. Das alles war es wert.

„Kürzlich wurde ich Professor an der Seraphim-Akademie im Auftrag Luzifers und mit Olivia und den Anderen habe ich geholfen, ein Komplott gegen Dämonen zu verhindern", sagte er.

„Ja, Olivia hat mir alles darüber erzählt." Ich griff nach Kassiels Hand und zu meiner Erleichterung wich er nicht zurück. „Ich bin so stolz auf dich."

„Und du?", fragte er und schien sich jetzt etwas wohler zu fühlen. „Erzähl mir von diesem Leben. Luzifer hat mir einen kurzen Abriss gegeben, aber ich will es von dir hören."

Ich stieß ein trauriges Lachen aus. „Da gibt es wirklich nicht viel zu erzählen."

Wir unterhielten uns eine Stunde lang über unser Leben als wären wir alte Freunde und ich war erfreut zu hören, dass Kassiel meine Liebe zum Lesen und zur Geschichte teilte. Er war sogar Professor für die Geschichte der Engel an der Seraphim-Akademie gewesen, was uns beide sehr amüsierte. Ich erzählte ihm von meinem Blumenladen und was Jophiel mir angetan hatte und er erzählte mir, wie sehr er und Callan einander lange Zeit gehasst hatten. Natürlich hatten sie damals nicht gewusst, dass sie im Grunde Cousins waren.

„Was ist mit deinen Brüdern?" fragte ich, begierig darauf, mehr von meinen Söhnen zu erfahren. „Siehst du sie oft?"

Kassiel rutschte in seinem Sitz hin und her und sah wieder unbehaglich aus. „Nicht sehr oft. Damien und ich treffen uns, wenn wir können, aber er ist im Feenreich und Außenseiter sind dort nicht willkommen. Und Belial ... Ich habe schon seit Jahren nicht mehr mit ihm gesprochen. Das Letzte, was ich gehört habe, ist, dass er als Barkeeper in New Orleans arbeitet und sich bedeckt hält. Wahrscheinlich ist das auch gut so."

Ich runzelte ein wenig die Stirn bei dieser Aussage. Ich begann zu begreifen, dass meine Familie größer war, als ich es mir als Hannah jemals vorgestellt hatte, aber ich spürte, dass unsere Familie sich voneinander entfernt und entfremdet hatte, vielleicht eine Begleiterscheinung des Fluchs. Aber da mir der Verlust meiner Tochter noch so frisch im Gedächtnis war und ich das Versprechen eines langen, ungebrochenen Lebens vor mir hatte, wollte ich unbedingt wieder Kontakt zu all meinen Söhnen aufnehmen und sie wieder zusammenbringen.

Als die Nacht anbrach, beschloss ich, ein kurzes Bad im Infinity-Pool zu nehmen. Er war schon die ganze Zeit über auf dem Balkon und lockte mich mit seinem kühlen Wasser, aber aus verschiedenen Gründen war ich noch nicht schwimmen gegangen. Bei meinem Einkaufsbummel mit Luzifer – der mir wie eine Ewigkeit vorkam – hatte er mir ein paar knappe Bikinis ausgesucht, für die ich normalerweise zu schüchtern gewesen wäre, aber jetzt trug ich selbstbewusst einen davon. Zu wissen, wer man wirklich war, stärkte das Selbstbewusstsein ungemein.

Luzifer kam nach draußen und hatte zwei Drinks dabei, die fruchtig und verspielt aussahen und kleine rosa Regenschirme trugen. „Ich dachte, du könntest eine kleine Erfrischung gebrauchen."

Ich schwamm an den Rand und nahm einen Drink von ihm. „Danke."

„Du hast es dir verdient. Du hast die ganze Woche über hart mit den Engeln gearbeitet." Ein schelmisches Grinsen umspielte seine Lippen. „Und ich habe dich danach auch noch hart bearbeitet."

Ich bespritzte ihn ein wenig und rollte mit den Augen, obwohl seine Worte Hitze über meine Haut jagten. Er lachte nur und wich zurück, um dem Wasser auszuweichen, dann begann er, langsam sein Hemd aufzuknöpfen. Als er Zentimeter für Zentimeter perfekte Haut und harte Muskeln enthüllte, war es schwer, sich auf seine nächsten Worte zu konzentrieren.

„Morgen will ich zwei der Erzdämonen – Baal und Lilith – in diplomatischer Mission besuchen, um herauszufinden, ob die Lilim und die Vampire mit den anderen Dämonen gegen mich im Bunde sind."

Ich nahm einen Schluck von meinem Getränk, schmeckte den Alkohol und die Ananas. „Wahrscheinlich eine gute Idee."

Als Nächstes knöpfte er seine Hose auf, aber sein Blick blieb die ganze Zeit auf mich gerichtet. „Ich möchte, dass du mir Gesellschaft leistest."

„Ich bin mir nicht sicher, ob ich von Nutzen sein werde." Schließlich war ich immer noch dabei, meinen Platz in der Dämonenwelt zu finden und ich war mir nicht sicher, ob es Luzifers Sache helfen würde, wenn er mit einem Engel am Arm auftauchte.

„Du bist dir vielleicht nicht sicher, aber ich schon. Ich bin stärker mit dir an meiner Seite. Ich habe deinen Rat und deine Weisheit immer zu schätzen gewusst." Seine Hose fiel zu Boden und ließ ihn in engen schwarzen Boxershorts zurück, die sein beeindruckendes Paket nicht verbergen konnten. „Wir sind ein Paar. Dunkel und hell, falsch und richtig, Tag und Nacht. Für alle Ewigkeit."

Er tauchte in den Infinity-Pool auf der anderen Seite, wo das Wasser über der Seite des Celestial zu verschwinden schien. Es war ein Luxus, ihm dabei zuzusehen, wie sich seine Taille aus den breiten Schultern verengte und sich sein straffer Bauch vor

Muskeln spannte. Er tauchte unter das Wasser und seine Gestalt wogte unter der Oberfläche, während er in meine Richtung schwamm.

Er tauchte vor mir auf, warf den Kopf zurück und sein dunkles Haar schimmerte im Licht der Sterne. Das Wasser rann in Rinnsalen über seine breiten Schultern und seine harte Brust und ich konnte meinen Blick nicht von seinem Körper abwenden. Alles an Luzifer rief nach mir und machte es mir unmöglich, ihm zu widerstehen.

„Nun?“ Seine tiefe Stimme klang an meinem Ohr und seine feuchte Haut strich über meine.

Ich holte tief Luft, als mich ein Anflug von Verlangen überraschte. Worüber hatten wir gesprochen? Ach ja, richtig. Wir wollten uns ein paar Erzdämonen ansehen. „Ja, ich werde dich begleiten.“

„Gut. Ich brauche dich bei mir, Hannah.“ Er rückte näher und fasste meine Hüfte an. „Und ich will dich. Jetzt.“

Verlangen durchfuhr mich und das Feuer in Luzifers Augen verstärkte es nur noch. Er hob mein Kinn an, dann kam sein Mund auf mich zugestürzt. Ich drückte mich gegen ihn, die Erregung erzeugte einen zweiten Herzschlag in meinem Körper und trieb unablässige Wellen des Verlangens durch mich. Er atmete scharf ein, als meine Zunge seine Lippe berührte und ich drückte mich weiter in seinen Mund und berührte die zarte Haut dort.

Er schlang seine Arme um mich und drückte mich an sich, und der Träger meines Bikinioberteils lockerte sich, bevor er wegfiel. „Ups“, murmelte er gegen meinen Mund.

„Herr und Meister der Hölle, was fällt dir ein?“ fragte ich.

„Ich brauche dich ... ich will dich ...“ Er lockerte die Bänder an beiden Seiten meines Bikinihöschens. „Dich besitzen.“

Seine Augen verdunkelten sich vor Lust, als seine Hand über meinen Hintern glitt, um die linke Backe zu umfassen, und er knetete sie leicht. Ich schmolz fast mit ihm zusammen, während ich immer schwerer atmete.

„Berühre mich, Hannah", befahl er, während er seinen Kopf senkte und seine Lippen auf meinen Hals presste, weiche Küsse mit offenem Mund, die mich versengten, seine Berührung auf mich übertrugen und mich zu seiner machten.

Ich zitterte und das Wasser umspielte uns, als ich meine Hand zwischen unsere Körper gleiten ließ. Mein Bikini trieb weiter weg, aber das war mir egal. Ich berührte Luzifers Bauchmuskeln, strich über die Vertiefungen und Erhebungen der Muskeln dort und er keuchte leise, keineswegs unbeeindruckt von meiner Berührung. Ich hielt inne, lauschte dem stockenden Rhythmus seines Atems, und er gab ein unzufriedenes Knurren von sich.

„Hör nicht auf." Er schob seine Hüften auf mich zu und die harte Beule in seinen Boxershorts stieß gegen meinen Bauch. Ich wölbte meinen Hals, damit er mich besser küssen konnte. Seine Zunge zog eine träge Spur zu meinem Schlüsselbein.

Ich fuhr mit den Fingern an seinem Hüftbund entlang und schob sie unter ihn, während er an meiner Haut knabberte und kniff. Seine Hand glitt zu meinem Oberschenkel und ich weitete automatisch meinen Stand, als mein Körper nach mehr verlangte. Ich stöhnte auf, bevor ich meine Lippen auf seine presste und seinen Schwanz durch den dünnen Stoff hindurch packte.

Er stöhnte und reagierte, indem er seine Hand zwischen meine Beine drückte, seine Finger streiften meinen Kitzler nur flüchtig, bevor er diesen mit seiner Handfläche bearbeitete. Er zog sich zurück und sah mir in die Augen. „Meins. Es war schon immer meins."

Ich nickte und hoffte, dass sich meine Lust nach ihm nicht in meinem Gesicht abzeichnete. Ich konnte kaum noch stillhalten. Ich wollte mich an ihm reiben und schob seine Boxershorts von seinen Schenkeln herunter, so dass sein prächtiger Schwanz frei lag.

„Dein Stolz ist wieder zu sehen", sagte ich.

Er lachte, als er zwischen uns hinunterschaute. „Dagegen sollte ich besser etwas tun."

Er packte meine Lippen und hob mich gegen sich, das Wasser trieb mich an, so dass ich meine Beine um seine Hüften schlingen konnte. Ich drückte mich gegen ihn und drückte nur ein wenig nach unten. Frische Hitze loderte in seinen Augen auf, als er sich gegen meine Öffnung presste. Dann stieß er nach oben, die Bewegung war so schnell, dass ich vor Überraschung aufstöhnte.

Ich drückte mich wieder nach unten und stieß einen Seufzer aus, als sich mein Körper um ihn herum ausdehnte. Er stöhnte und stieß tief in mich hinein, füllte mich vollständig aus, bevor er einen gleichmäßigen Rhythmus einstellte, der mich an allen richtigen Stellen rieb. Das Wasser, das um uns herum schwappte, war seltsam erotisch und bewegte sich im Takt mit unseren Körpern, als wir uns in diesem uralten, ursprünglichen Tanz vereinten.

Luzifer beugte sich vor und stützte meinen Hintern mit einer Hand, während er sich mit der anderen am Beckenrand hinter mir festhielt. Irgendetwas an seiner veränderten Position veränderte seinen Winkel und ich stöhnte auf, als sich die Hitze in meinem Unterleib aufbaute.

Mein Keuchen wurde schneller und heftiger, während ich versuchte, mich gegen den Ansturm der Gefühle zu stemmen, die sich in mir aufbauten, bis ich mich nicht mehr dagegen wehren konnte. Ich umklammerte ihn mit meinen Schenkeln, während ich in seinen Armen zu einem Nichts verschmolz und mich fühlte, als sei ich das Wasser aus dem Pool, das über die Seiten des Gebäudes herabstürzte. Ich ritt meinen Orgasmus so lange, wie ich konnte, bis das Pulsieren meines Körpers auch Luzifer zum Höhepunkt brachte.

Luzifer ließ seinen Kopf nach vorne fallen, seine Stirn ruhte auf der meinen. „Hast du mir schon verziehen?"

„Nein", antwortete ich, obwohl ich nicht viel Nachdruck auf dieses Wort legte. Ich war mir immer noch nicht sicher, ob Vergebung möglich war, aber ich hatte aufgehört, ihn zu hassen und meine Wut war abgeklungen. Ich verstand besser, warum er mich getötet hatte und ein Teil von mir war insgeheim dankbar. Er hatte mir mein wahres Ich zurückgegeben und den Fluch gebrochen, was uns zum ersten Mal in unserem alten Leben die Chance auf wahres Glück gab. Ich wünschte nur, es wäre anders gekommen. Aber das war bei so vielen Dingen in meiner Vergangenheit so.

„Das wirst du." Luzifer grinste, während er mit seinen Händen langsam über meine Arme fuhr. „Du kannst mich als nächstes töten, wenn du dich dann besser fühlst."

Ich stieß ihn lachend zurück. „Bring mich nicht in Versuchung, sonst komme ich vielleicht auf dich zurück."

16

LUZIFER

Ich stieg aus der Limousine vor Baals Anwesen in Upstate New York als die Sonne hinter dem Gebäude versank. Das dunkle, gotische Herrenhaus war im schwächer werdenden Licht beeindruckend, die Türmchen reichten hoch zu den aufgehenden Sternen, die schmiedeeisernen Tore waren einladend und abweisend zugleich. Es war genau das, was man von einem König der Vampire erwarten konnte. Die Art von Ort, an dem sich eine Seele verlieren könnte. Es hätte mich nicht im Geringsten überrascht, einen Friedhof im hinteren Bereich und einen Fledermausglockenturm in der Nähe zu finden.

Ich richtete meine Manschetten und schaute mich um, dann reichte ich Hannah die Hand, um ihr aus der Limousine zu helfen. Sie trug ein langes silbernes Kleid mit der smaragdenen Halskette und den Ohrringen, die ich ihr bei unserem ersten Einkaufsbummel geschenkt hatte und es freute mich, dass sie sie endlich trug. Ein Zeichen dafür, dass sie ihren Platz als meine Königin akzeptiert hatte.

Sie sah zum Schloss hinauf und biss sich nervös auf die Lippe, aber ich hatte volles Vertrauen in sie. In ihren vielen

Leben als meine Königin hatte sie immer diplomatische Fähigkeiten und einen guten Geschäftssinn bewiesen. Das waren keine Eigenschaften, die sie verlieren würde, nur weil sie in ihren Erinnerungen gerade erst wieder die richtigen Verbindungen herstellte.

Ein gut aussehender männlicher Vampir im Anzug öffnete uns die Tür und winkte uns mit einer tiefen Verbeugung herein. Ein anderer Vampir in einem Anzug holte unsere Taschen aus der Limousine und brachte sie dann in unser Gästezimmer. Ich musste den älteren Vampiren zumindest Anerkennung für ihre Gastfreundschaft zollen.

Lilith trat ins Foyer, um uns zu begrüßen. Sie trug ein langes, blutfarbenes Kleid mit einem hohen Schlitz an den Oberschenkeln, und ihre Kurven waren verführerisch, weil sie sie nicht anders tragen konnte. „Herzlich willkommen! Ich freue mich sehr, dass ihr uns Gesellschaft leisten könnt. Es ist schön, euch beide zu sehen."

Sie ging zuerst zu Hannah und küsste sie auf die Wangen. Meine Gefährtin lächelte warm und sagte: „Danke, dass du uns in dein Haus eingeladen hast. Es ist wunderschön."

Lilith lachte darüber, als sie auf mich zuging. „Es ist zwar nicht mein Zuhause, aber ich weiß den Dank dennoch zu schätzen."

„Lilith." Ich beugte mich vor, um ihren Wangenkuss anzunehmen und berührte kurz ihre Schulter. „Ich bin überrascht, dass du mit Baal zusammenwohnst. Du hast noch nie lange an einem Ort gelebt."

„Ich bleibe nur wegen Lena hier. Sie brauchte uns, nachdem sie und Ekariel vor dieser schrecklichen Sekte gerettet worden waren." Lilith schauderte ein wenig und ich spürte den tiefen Schmerz in ihrer Stimme. Sie hatte jahrelang nach ihrer Tochter gesucht, die als Kind verschwunden war, aber als sie sie fand, war das Mädchen in schlechter Verfassung, nachdem es so lange in

Gefangenschaft war. Baal hatte sogar seinen Posten als Direktor der Hellspawn Academy aufgegeben, um sich um sie zu kümmern.

„Wie geht es ihr jetzt?" Ich nahm Hannahs Hand in meine und erinnerte mich daran, dass sie an meiner Seite war und schöpfte etwas Kraft aus ihrer Gegenwart.

„Besser." Lilith führte uns einen langen Flur entlang, der nur unwesentlich weniger prunkvoll war als die große Eingangshalle. „Sie schreit nicht mehr jede Nacht. Kleine Erfolge."

„Freut mich zu hören." Ich spürte, dass die Stimmung etwas aufgelockert werden musste und schenkte ihr ein teuflisches Grinsen. „Und sag mir, entfachst du deine alte Flamme mit Baal wieder, während du hier bist?"

Liliths leises Lachen hallte durch den Saal. „Ich muss mich natürlich ernähren."

Ich hob eine Augenbraue. „Und Gabriel?"

Sie hob ihr Kinn mit einem geheimnisvollen Lächeln. „Der Erzengel kommt mich von Zeit zu Zeit besuchen."

„Ich wusste es." Ich beugte mich zu Hannah hinüber und sprach mit leiser Stimme, als würde ich ein Geheimnis teilen. „Lilith und Gabriel hatten vor Jahren eine heimliche Affäre, aus der Olivia hervorging. Es scheint wieder angefangen zu haben."

Hannahs Augen funkelten amüsiert. „Wie skandalös. Ich frage mich, wie viele andere geheime Beziehungen es im Laufe der Jahre zwischen Engeln und Dämonen gab."

„Oh, reichlich." Lilith zwinkerte Hannah zu. „Gabriel war sicher nicht mein erster Engel, aber wir Sukkubi probieren gerne eine Vielzahl von Wonnen aus."

„Wenn du dich mit Baal und Gabriel triffst, brauchst du nur noch ein oder zwei weitere, um befriedigt zu werden", sagte ich. „Darf ich Samael für eine der offenen Stellen vorschlagen?"

Lilith seufzte. „Samael ist wütend auf mich, weil ich Asmodeus seinen Wunsch, sterblich zu werden, gewährt habe."

Ich hob eine Schulter und zuckte lässig mit den Schultern. „Er wird darüber hinwegkommen.“

„Er versteht nicht, dass es auch für mich schwierig war. Ich will nicht, dass mein Sohn alt wird und stirbt.“ Lilith schlenderte über den fein gefliesten Boden, während sich über uns ein beeindruckender Wintergarten erhob, dessen Bleiglasfenster zu dieser Tageszeit dunkel waren und in dem eine Mischung aus blumigen und fruchtigen Düften in der Luft hing. „Aber letztendlich will ich das, was Asmodeus glücklich macht und ich muss seine Entscheidungen respektieren.“

„Wenn du mich fragst, scheint er sehr glücklich mit Brandy und ihrer Familie zu sein“, sagte Hannah.

„Ach, was wir nicht alles für unsere Kinder tun“, sagte Lilith mit einem traurigen Lächeln.

Wir gingen durch ein letztes Tor und traten in einen beeindruckenden Garten hinaus. Gewundene Pfade führten zwischen alten Büschen hindurch, die von winzigen Lichterketten beleuchtet wurden. Nachtblüten erfüllten den Raum mit süßem Duft und winzige weiße Blüten fielen in Kaskaden über einen Pavillon.

Hannah drückte meine Hand fest, als sie sich umsah. „Es ist zauberhaft.“

Lilith lächelte nur kurz zustimmend, bevor sie uns in den Pavillon führte, wo ein Tisch und vier Stühle aufgestellt waren und der Wein bei Kerzenlicht bereits auf uns wartete. Wir nahmen alle um den Tisch herum Platz und ich schenkte jedem von uns ein Glas Wein ein.

„Wie geht es dir, Hannah?“ fragte Lilith. „Wie ich sehe, bist du ein Engel geworden, seit wir uns das letzte Mal gesehen haben, aber ich werde das nicht gegen dich verwenden, ich verspreche es.“

Hannah errötete. „Ja, es war eine Überraschung, aber ich finde mich langsam zurecht.“

Lilith lehnte sich vor und legte ihre Hand auf Hannahs. „Ich habe keinen Zweifel, dass du das tun wirst. Ich bin sicher, du hast mitbekommen, dass dein Sohn und meine Tochter jetzt ein Paar sind. Das macht uns praktisch zu einer Familie."

„Ja, Kassiel und Olivia scheinen sich gut zu ergänzen", sagte Hannah, doch dann biss sie sich auf die Lippe. „Ich hoffe, dass ich mehr mit meinen Söhnen in Kontakt komme. Es ist schon so lange her, dass ich sie das letzte Mal gesehen habe, dass ich das Gefühl habe, sie gar nicht mehr zu kennen. Und sie kennen mich auch nicht."

„Ich verstehe", sagte Lilith. „Ich habe erst vor kurzem wieder Kontakt zu meinen Töchtern aufgenommen, nachdem ich jahrelang von ihnen getrennt war." Sie hielt inne, als ob sie nach den richtigen Worten suchte und ihr Blick schweifte in die Ferne, als sie in die Dunkelheit jenseits des Pavillons hinausschaute. „Es wird einige Zeit dauern und es wird schwierig sein, aber es wird sich lohnen."

Bevor Hannah das Gespräch fortsetzen konnte, kam Baal aus dem Haus und zog unsere Aufmerksamkeit auf sich. Er sah aus wie ein Vampir aus einem alten Film, mit langen schwarzen Haaren, kalten blauen Augen und scharfen Wangenknochen.

„Willkommen in meinem Haus", sagte er mit förmlich britischem Akzent, seine Geste war ausladend und umfasste das Haus und den Garten, sein Lächeln war breit. Er machte eine leichte Verbeugung vor mir. „Ich freue mich, dich hier zu begrüßen."

Ich nickte. „Und wir danken dir für deine Gastfreundschaft, Baal."

Als er sich setzte, machte er eine weitere Handbewegung und ein Mann im Smoking brachte einen Wagen mit gedeckten Tellern heraus, als hätte er die ganze Zeit hinter einem Rhododendron gewartet. Das Aroma von sorgfältig zubereitetem Essen verdrängte die zarten Blumendüfte und der Kellner servierte eine Mischung aus perfektem Gemüse und Steak, ehe er sich leise zurückzog.

Als wir mit unseren Tellern voller köstlicher Speisen wieder allein waren, räusperte ich mich. „Es hat keinen Sinn, sich zu verstellen. So schön dieser ganze Prunk und die Feierlichkeiten auch sind, ich bin hier, um herauszufinden, ob du mit den anderen Erzdämonen an der Verschwörung beteiligt bist, mich zu stürzen. Ich weiß, dass du schon lange mit dem Gedanken spielst, meinen Platz als Dämonenkönig einzunehmen.“

Baal stieß ein leises Lachen aus. „Ah, Luzifer. Ich weiß es zu schätzen, dass du so direkt zur Sache kommst. Ja, in der Vergangenheit hatte ich vor, gegen dich vorzugehen, aber jetzt nicht mehr. Dein Sohn hat mir bei der Rettung meiner Tochter geholfen. Das werde ich nicht vergessen.“ Sein Blick wanderte zurück zu Lilith, voller offensichtlicher Liebe. „Außerdem würde Lilith mir nie verzeihen.“

„Und ich würde mich nie gegen meine ältesten und liebsten Freunde stellen“, sagte Lilith und blickte zwischen mir und Hannah hin und her.

Ich warf Hannah einen Blick zu und sie nickte, um zu bestätigen, dass sie die Wahrheit sagten. Ich versuchte, mir meine Erleichterung nicht anmerken zu lassen. Wenn ich zusätzlich zu den anderen Dämonen auch noch gegen die Vampire und die Lilim hätte kämpfen müssen, hätte ich die Schlacht vielleicht sogar verloren. Wahrscheinlich nicht, aber warum es riskieren?

„Ich schätze deine Ehrlichkeit und Loyalität“, sagte ich. „Was weißt du über ihren Aufstand?“

Lilith nahm einen langsamen Schluck von ihrem Wein. „Wir wissen, dass sich alle anderen Erzdämonen gegen dich gewendet haben. Wir glauben, dass Nemesis sie anführt.“

„Nemesis?“ fragte Hannah. „Die Erzdämonin der Kobolde?“

„Ja, sie war schon immer sehr neidisch“, sagte Lilith. „Machthungrig. Wusstest du, dass sie im Laufe der Jahre immer wieder versucht hat, Luzifer zu verführen?"

„Und immer gescheitert ist", schnauzte ich. Nemesis war mir schon lange ein Dorn im Auge, aber ich hätte nie gedacht, dass sie so tief sinken würde, tatsächlich einen Putsch zu planen. „Warum hast du mir das nicht früher gesagt?"

Lilith und Baal tauschten einen Blick aus, ehe Lilith sich wieder mir zuwandte und mit gesenkter Stimme gestand: „Sie haben gedroht, unseren Kindern etwas anzutun, wenn wir dir helfen. Selbst wenn ich dir nur so viel sage, ist das ein großes Risiko. Aber ich kann nicht länger schweigen."

„Wir haben uns geweigert, uns ihnen anzuschließen ... aber wir können euch auch nicht helfen", sagte Baal.

Ich tippte mit den Fingern gegen mein Weinglas und blickte zwischen den beiden hin und her. Ich verstand ihre Sorge, aber ich wusste auch, was kommen würde. „Sie planen die Entfesselung der Vier Reiter."

„Nein", sagte Lilith, wobei ihr Wort eher wie ein Röcheln klang.

„Das ist ... unerfreulich." Baal war schon immer ein Meister des Understatements gewesen.

„Ich vermute, du willst genauso sehr, dass die Hungersnot wieder auftaucht, wie ich den Tod sehen will", sagte ich zu Baal. Ich hatte das Thema auf den Punkt gebracht und wir beide wussten es.

„Du hast Recht", sagte er. „Ich würde es vorziehen, keinen unserer Elternteile auf dieser Welt wandeln zu sehen. Aber mir sind die Hände gebunden."

„Was wäre, wenn ..." Hannah sprach von nebenan, ihre Stimme war leise und nachdenklich.

„Erzähl weiter." Ich kannte diese Stimme. Es war ein Ton, der mir in der Vergangenheit schon oft geholfen hatte.

„Was wäre, wenn Baal so tun würde, als würde er sich den

anderen Erzdämonen anschließen?" Sie sah mich an, als sie sprach. „Dann könnte er Informationen an dich zurückspielen."

„Wie ein Spion", sagte ich und legte meine Hand leicht auf die von Hannah, weil ich mich freute, dass sie das Wort ergriffen hatte. Dann wandte ich mich wieder Baal zu. „Sie werden es glauben, denn du hast nie ein Geheimnis aus deinem Wunsch gemacht, meinen Thron zu besteigen."

Baal kaute sein Essen und nippte an seinem Wein. Wir alle taten dasselbe, um ihm Zeit zu geben, über die Idee nachzudenken. Nach ein paar Augenblicken stellte er sein Glas ab und nickte einmal. „Ich mache es. Aber du wirst mir einen Gefallen schulden, Luzifer."

„Das werde ich noch bereuen, nicht wahr?" Ich lachte, dunkel und leise. Ich mochte es nicht, jemandem einen Gefallen zu schulden und zog es vor, wenn sich die Machtverhältnisse in meine Richtung neigten. Doch dieser Gefallen würde es wert sein. „Aber abgemacht."

17

———

HANNAH

„Hannah, hast du Lust auf einen Spaziergang mit mir?" fragte Lilith, als Luzifer und Baal das Gespräch über ihren Plan fortsetzten. Es hatte sich verselbständigt, nachdem Luzifer das Wort Spion gesagt hatte und ich hatte das Gefühl, dass sie noch stundenlang an den Details feilen würden.

Ich stand auf. „Sehr gerne."

Lilith und ich gingen den nächstgelegenen gewundenen Pfad hinunter, wobei winzige Stücke weißen Kieses unter unseren Füßen knirschten. Der Garten war eine weitläufige Oase voller Pflanzen und Blumen, von denen ich die meisten auf den ersten Blick erkannte und ich war neugierig darauf, ihn weiter zu erkunden. Außerdem fühlte ich mich hier inmitten des Grüns viel wohler als irgendwo sonst.

Wir wanderten eine Weile auf verschiedenen Spazierwegen, bis Lilith das Wort ergriff. „Ich hoffe, wir können wieder Freundinnen sein", sagte sie, als ich stehen blieb, um eine besonders schöne Nachtkerze zu bewundern. „So wie wir es früher waren."

Sie tat so, als wäre sie von den überhängenden, gefiederten Blättern einer Trauerweide abgelenkt, aber sie hatte nie eine besondere Liebe zur Natur gehabt, so viel wusste ich noch. Jedenfalls nicht für die Natur, in der es nicht um nackte Menschen ging.

Ich strich mit den Fingern über die zarten Blütenblätter und überlegte mir eine höfliche Antwort, bevor ich sie ansah. „Ich bin noch dabei, meine zurückgekehrten Erinnerungen zu ordnen. Du warst Adams erste Frau, nicht wahr?"

„Das war ich, ja." Sie sah den Weg hinunter, tiefer in den Garten, der scheinbar kein Ende hatte. „Ich wurde gegen meinen Willen gezwungen, Adam zu heiraten als ich noch ein Mensch war. Aber ich liebte ihn nicht und ich sah die Finsternis in seinem Herzen. Ich bin weggelaufen, so wie du es getan hast."

„Du warst einmal ein Mensch?" fragte ich.

„Vor langer Zeit, ja." Sie schnitt eine Grimasse bei der Erinnerung. „Und genau wie du war auch ich verflucht. Ich wurde in einen Sukkubus verwandelt, weil ich Adam verlassen hatte. Die Altgötter liebten ihn. Wahrscheinlich, weil er so schrecklich ist wie sie selbst."

„Deshalb nennt man eure Art 'Lilim' ... sagte ich.

„Ja, aber bitte glaube jetzt nicht, dass ich die ganze Sippe gezeugt habe." Sie stieß ein leises Lachen aus. „Sie haben viele andere nach mir erschaffen. Ich war einfach die Erste."

Ich stand von meinem Platz am Blumenbeet auf und dachte über ihre Worte nach, die wahr waren. „Langsam erinnere ich mich an diese Dinge, aber es ist schwierig, alle meine Erinnerungen zu sortieren."

„In diesem Fall gibt es etwas, das du vielleicht über mich wissen solltest, bevor du dich selbst daran erinnerst und auf falsche Gedanken kommst", sagte sie zögernd, als sie meinen Arm berührte, um meine volle Aufmerksamkeit zu bekommen. „Ich habe mit Luzifer geschlafen. Vor Urzeiten. Nachdem ich Adam getroffen hatte, bevor Luzifer dich als Eva kennenlernte, als ich zum ersten Mal ein Sukkubus wurde und meinen neu entdeckten Hunger kaum kontrollieren konnte. Aber es bedeutete nichts. Eine einfache Affäre, um meinen unstillbaren Durst zu stillen. Sobald er dich traf, hatte er kein Interesse mehr an jemand anderem."

Es bedeutete nichts. Hatten das nicht alle gesagt? Aber Lilith sprach die Wahrheit. Obwohl ich einen kurzen Anflug von Eifersucht verspürte, konnte ich mich nicht über etwas aufregen, das vor so langer Zeit geschehen war, bevor Luzifer mich überhaupt kennengelernt hatte.

Sie fuhr fort, bevor ich antworten konnte. „Zuerst war ich eifersüchtig auf dich und darauf, wie du sein Interesse wecktest, aber schon bald habe ich dich als eine meiner engsten Freundinnen betrachtet. Außerdem wissen wir beide, dass Luzifer nicht der Typ ist, den man teilt."

„Nein, ganz bestimmt nicht." Ich legte den Kopf schief. „Deine Tochter hat mir erzählt, wie schwierig es ist, den Hunger eines Sukkubus zu stillen."

Liliths Gesicht verzog sich zu einem breiten Lächeln. Vielleicht hatte sie eine wütendere Reaktion erwartet als die, die ich ihr gab. „Ist sie nicht reizend? Ich habe mich erst kürzlich wieder mit Olivia getroffen. Ich bin so stolz auf die Frau, die aus ihr geworden ist." Sie fuhr mit dem Finger leicht über ein Blütenblatt. „Ich musste Olivia aufgeben, als sie noch ein Kind war. Es war zu ihrer eigenen Sicherheit, denn sie war der einzige Engel-Dämonen-Hybrid und so etwas war damals verboten. Es war das Schwerste, was ich je getan habe."

„Wie hast du es geschafft, wieder Kontakt mit ihr aufzunehmen?" fragte ich.

Sie lächelte und schüttelte ihr dunkles Haar. „Ich habe mich zum Gespött der Leute gemacht. Ich bin eines Tages in ihrem Leben aufgetaucht und dann bin ich immer wieder aufgetaucht. Das ist alles, was du tun musst."

„Sie so lange ärgern, bis sie dich wieder lieben?" fragte ich lachend. „Ich frage mich, ob das bei Belial funktionieren könnte. Ich weiß, dass er und Luzifer sich irgendwie überworfen haben."

„Ich glaube, es ist das Beste, wenn du dich selbst an diese Geschichte erinnerst." Lilith zog mich dicht an sich heran und verschränkte ihren Arm mit meinem, während sie mich einen anderen Weg hinunterführte. Das Licht des Pavillons leuchtete am Ende des Weges sanft, ab und zu wehte ein männliches Lachen im Wind in unsere Richtung. „Aber auch wenn Belial und Luzifer sich entfremdet haben, heißt das nicht, dass sie sich nicht wieder versöhnen können. Solange sie beide noch leben, ist nichts zu spät."

Wir traten aus dem Garten zurück zum Pavillon, doch bevor wir zu unseren Männern zurückkehrten, blieb sie stehen und sah mir in die Augen. „Wenn du deinen Sohn wieder in deinem Leben haben willst, solltest du einen mutigen Schritt wagen."

Einen mutigen Schritt ... Mein Atem blieb mir im Hals stecken. Sie hatte Recht. Ich musste Belial finden und die Dinge mit ihm ins Reine bringen.

Ich musste nach New Orleans gehen.

⸻

L uzifer schloss die Tür des Gästezimmers mit einem leisen Klicken, als ich den Raum in Augenschein nahm. Ein riesiges Himmelbett aus Holz war mit hauchdünnen Vorhängen behängt, während in der Ecke ein kleines Feuer in einem Kamin knisterte, der von zwei kleinen Stühlen flankiert wurde. Jedes Möbelstück sah aus, als sei es mit Liebe gefertigt worden und ich spürte, dass sie alle eine imposante Geschichte hatten. Kissen und Überwürfe waren kunstvoll über das Bett und die Stühle verteilt und ich wollte mich einfach nur hinlegen, um den Komfort zu genießen.

„Du warst heute Abend brillant." Luzifer löste seine

Krawatte, das Geräusch des Stoffes schallte durch den Raum, seine Finger bewegten sich schnell, als er die maskuline Bewegung machte. „Ich wusste, dass du keine Schwierigkeiten haben würdest, deine Rolle als meine Königin wieder aufzunehmen.“

„Ich freue mich, dass ich dir in irgendeiner Weise helfen konnte.“ Ich setzte mich in einen der Stühle am Kamin und fummelte an der weichen Decke herum, die über der Lehne hing. „Aber es gibt etwas, worüber ich mit dir sprechen möchte.“

Seine Brauen zogen sich tief. „Was ist es?“

„Ich möchte, dass wir Belial besuchen.“

Luzifer schüttelte den Kopf. „Das ist im Moment keine gute Idee, bei all dem, was mit den Erzdämonen passiert. Sobald sich die Lage beruhigt hat, können wir ihn besuchen.“

„Nein.“ Ich stand auf und zögerte nicht länger, meine Stimme war fest, als ich die Kontrolle über die Situation übernahm. „Ich will nicht warten. Was ist, wenn Adam mich umbringt, diesmal für immer? Was ist, wenn ich meine Söhne nie wieder sehen kann?“

„Adam wird nicht ...“, begann er, aber dann presste er die Lippen zusammen, als ich meine Augen zu einem starren Blick verengte.

„Das können wir nicht mit Sicherheit wissen.“

Luzifer ging zum großen Fenster mit Blick auf den Garten und stützte seine Hände auf die Fensterbank, während er nach draußen blickte. Sein Rücken war angespannt, seine Muskeln drückten gegen sein Hemd. Nach einiger Zeit seufzte er und drehte sich wieder zu mir um. „Nun gut. Aber es ist besser, du gehst allein.“

„Was ist zwischen dir und Belial passiert?“ Meine Erinnerungen an Eva und meine anderen früheren Leben waren am schwersten zugänglich und durch die Zeit am meisten verblasst, im Gegensatz zu späteren Leben wie Lenore. Ich erinnerte mich an Belial, aber nur in kurzen Blitzen und

Gefühlsausbrüchen. Liebe. Stolz. Enttäuschung. Schuldgefühle. Trauer.

Luzifer blickte finster drein. „Er hat sich gegen uns aufgelehnt, wie alle Kinder es irgendwann tun."

Es war etwas passiert, worüber niemand sprechen wollte, aber es hatte unsere Familie eindeutig entzweit. Das wollte ich nicht hinnehmen. „Du solltest mit mir kommen."

„Das ist keine gute Idee. Ich werde dich nicht daran hindern, aber du wirst mehr Glück haben, wenn du mit Belial ohne mich sprichst. Nimm einfach Azazel mit. Und Morningstar."

Ich griff nach meiner Bürste und fuhr mir langsam durchs Haar, während ich über seine Worte nachdachte. „Ich danke dir."

Er setzte sich auf die Bettkante und krempelte die Ärmel seines Hemdes hoch, sodass seine männlichen Unterarme zum Vorschein kamen. „Wofür?"

Ich legte meine Bürste auf dem Waschbecken ab und sah ihm in die Augen. „Dafür, dass du meine Wünsche respektierst. Dafür, dass du mich wie eine Gleichgestellte behandelst."

Er legte den Kopf leicht schief. „Ich gebe mein Bestes."

Ich stand auf, öffnete den Reißverschluss meines Kleides und ließ es auf meine Schultern sinken. „Ich weiß."

„Außerdem weißt du, was das Beste daran ist, dass du allein reist?" Luzifers Augen bekamen ein verruchtes Funkeln.

„Und das wäre?" Ich ließ mein Kleid den Rest des Weges bis zum Boden fallen und enthüllte einen dünnen Slip darunter und sonst nichts.

„Abschied nehmen." Er griff nach mir, als ich auf das Bett zuging. Ohne zu zögern, ließ ich meine Hand in seine gleiten und er zog mich an sich, sodass ich mich auf ihm niederließ.

„Mmm ..." Er drückte seine Lippen auf meinen Hals und schob einen der dünnen Riemen meines Slips von meiner Hüfte. „Ich glaube, das könnte ein sehr langer Abschied werden."

Ich entspannte mich völlig unter seinen Berührungen und sein Mund hinterließ eine glühende Spur auf meiner Haut. Ich wölbte meinen Hals, um ihm den Zugang zu erleichtern.

„Versprich mir einfach, dass du zu mir zurückkommst", sagte er. „Ich will dich nicht wieder verlieren." Seine Worte brannten sich in mich ein, sanken tief in meine Seele, ehe er uns herumwarf. Die Bewegung war so schnell, dass er über mir war, bevor ich die Bewegung überhaupt registriert hatte.

„Immer." Ich streckte die Hand aus, um sein Gesicht zu berühren und wurde von meinen Gefühlen überwältigt. Tief in seinem Inneren musste er Angst haben, dass ich weggehen und nie wiederkommen würde. Ich fragte mich, ob er diese Angst immer schon gehabt hatte, ob er sich jedes Mal, wenn er sah, wie ich von Adams Hand getötet wurde, fragte, ob ich wiedergeboren werden würde.

Ich krallte meine Finger in das Haar an seinem Hinterkopf und zog ihn an mich, um seinen Mund zu erreichen und seine Lippen in einem tiefen Kuss zu vereinnahmen. Seine Zunge berührte meine und ich war gierig nach ihm, öffnete meinen Mund, wölbte meinen Rücken und presste meinen Körper an seinen, um seine Berührung zu suchen.

Er stöhnte, als er meinen Mund erforschte, meine Hand krallte sich fester in sein Haar, als er sich gegen mich stemmte und die Beule in seiner Hose genau die richtige Stelle traf. Eine Hitzewelle nach der anderen durchflutete mich und ich grub meine freie Hand in seinen Hintern, während ich mich gegen ihn stemmte und nach schneller Befriedigung suchte, obwohl das Bedürfnis, ihn in mir zu spüren, geradezu überwältigend war.

Seine Hand glitt seitlich an meinem Körper hinauf und strich über den glatten Stoff, der ihn von meiner Haut trennte. „Ich mag das sehr, aber es muss weg."

Ich öffnete einen Knopf an seinem Hemd. „Du hast recht. Unsere Kleider sind im Weg."

Er hob sein Hemd hoch und zog es aus, dann warf er es quer durch den Raum. Auch seine Hose verschwand und ließ mich mit einem nackten Teufel zurück, der sich über mich beugte. Seine Augen glühten rot, als er mich durch seine schweren Lider ansah, Lust war in seinem Blick zu erkennen, aber auch etwas anderes flackerte in den feurigen Tiefen. Liebe.

Mit einem verschmitzten Lächeln griff er nach dem Saum meines Slips, aber ich hielt seine Hand fest, bevor er fortfahren konnte.

„Zerreiß ihn nicht!" Der Mann hatte schon viel zu viele meiner Kleider zerstört. „Es ist der einzige, den ich besitze."

Er schlug meine Hand auf das Bett und drückte mich an sich, sein Körper ragte über mir auf, während seine Lippen meinen Hals wie ein Brandzeichen verbrannten. „Wenn wir zurück sind, kaufe ich dir eine ganze Garderobe an Dessous, damit ich das Vergnügen habe, sie jede Nacht zu zerstören.

Seine Worte lösten eine Welle dunkler Vorfreude in mir aus. Als er den Slip über meine Oberschenkel schob, strich der Stoff leicht über meine Haut, und ein Schauer durchfuhr mich. Er wanderte meinen Körper hinunter und küsste mich oberhalb des Knies, dann wieder in der Mitte meines Oberschenkels. Als er meinen Slip nach unten schob, küsste er die neu entdeckte Haut, bis er innehielt.

„Wie laut soll ich dich meinen Namen rufen lassen?", murmelte er, während er mit seinen Händen über meine Haut strich. „Laut genug, damit jeder in diesem Haus weiß, was ich mit dir mache?"

Ich presste die Lippen aufeinander, während sich Glut in meinen Wangen sammelte. Ich bin mir sicher, dass die Leute in diesem Gebäude schon Schlimmeres gehört haben, seit Lilith hier ist.

„Ja." Er drückte meine Schenkel auseinander. „Lass uns dich zum Schreien bringen."

Er küsste die Innenseite meines Oberschenkels, saugte sanft an der weichen Haut dort, bevor er sich weiter vortastete. Höher. Meine Hände waren wieder in seinem Haar und er stöhnte leise als meine Fingerspitzen in seine Kopfhaut drückten. Zuerst nahm ich nur die warme Luft seines Atems wahr, aber er ließ schnell seine ebenso warme Zunge folgen und ich krallte mich fester in sein Haar, als er damit in mein Inneres fuhr.

Seine Finger umkreisten meine Klitoris und ich hob meine Hüften vom Bett und versuchte, mich so zu winkeln, dass er näher an die Stelle kam, wo ich seine Berührung am meisten wollte. Dann senkte er seinen Kopf und seine Zunge streifte meinen Kitzler. Ich verkrampfte mich und versuchte, einen unerwarteten Schrei zu unterdrücken, indem ich meine Hand fest über meinen Mund hielt. Er saugte meinen Kitzler in seinen Mund und ich stieß bei der Andeutung von Zähnen sinnlose Laute aus.

„Luzifer!" Sein Name war wie ein Lufthauch und ich drückte seinen Kopf näher an mich, während er kaum merklich an meiner Klitoris knabberte und sie dann mit seiner Zunge beruhigte, während einer seiner Finger meinen Eingang erforschte.

Dann vertauschte er seine Finger mit seinem Mund, seine Zunge tauchte in mich ein, während er meine Klitoris mit einer Trägheit umspielte, die mich am Rande des ... Wahnsinns hielt. Ich jagte ihm hinterher, dem schwer greifbaren Gefühl der Befriedigung, aber es war immer nur eine Sekunde weiter weg. Er stieß seine Zunge wieder in mich hinein und ich drückte meine Schenkel um ihn herum zusammen, aber ich wollte immer noch mehr.

„Luzifer, ich brauche dich in mir." Ich schob meine Träger von den Schultern und entblößte meine Brüste, als wolle ich ihn noch weiter in meinen Körper locken.

Ich dachte, er würde meine Worte ignorieren, aber dann begann er sich langsam an meinem Körper hinaufzubewegen und jedes Stückchen Haut, an dem er vorbeikam, mit seinem Mund zu verwöhnen. Er küsste jede meiner Brüste, saugte an meinen Brustwarzen und streichelte sie mit seiner Zunge, bevor er sich über mich legte und seinen harten Schwanz zwischen meine Schenkel schob. Dann hielt er inne.

Ungeduldig nutzte ich meine neu gewonnene Engelskraft, um uns beide auf dem Bett umzudrehen, so dass ich auf ihm lag. Ich starrte auf meinen Schicksalsgefährten hinunter, meine Bestimmung und schlang meine Hände um den Ansatz seines Schwanzes. „Jetzt hole ich mir, was ich will."

Er verschränkte die Hände hinter seinem Kopf und grinste zu mir hoch. „Ich gehöre ganz dir."

Langsam sank ich auf seinen Schwanz und genoss jeden einzelnen Zentimeter, den er mir gab. Mein Körper spannte sich an, dann entspannte er sich wieder, als das Gefühl, ihn in mir zu spüren, Erinnerungen an all die Male weckte, die wir das schon einmal getan hatten.

Ich begann mich zu bewegen, ohne nachzudenken und schaukelte auf Luzifer, während sein Schwanz so tief wie möglich in mir steckte. Mein Kitzler drückte gegen ihn, während seine Hände meine Hüften packten und mich vorwärts trieben. Ja, das war genau das, was ich brauchte – die Kontrolle zu haben. Um mir von ihm zu nehmen, was ich brauchte.

Ich änderte meinen Rhythmus, lehnte mich nach vorne und stützte mich auf dem Bett ab, die Arme zu beiden Seiten seines Kopfes und wiegte mich weiter. So konnte ich mich hochziehen und ihn fast ganz aus mir herauslassen, dann fiel ich wieder zurück und stieß mit meinem Körper so fest ich konnte auf seinen Schwanz.

Aber das war noch nicht genug. Ich wölbte meinen Rücken und ritt ihn hart und schnell, drückte mich gegen ihn, während er meine Hüften festhielt und sich von mir auf seinem Schwanz ficken ließ. Ich verlangte mehr und mehr, er gab es mir ohne zu zögern.

Er griff nach oben und neckte meine Brustwarzen mit seinen Fingern und ich brach zusammen, bockte wild und schrie meine Lust, als der Höhepunkt mich durchschüttelte. Ich hatte keinen Zweifel, dass jeder im Haus genau wusste, was wir taten und es war mir egal.

Als ich da saß und nach dem letzten Stoß keuchte, ergriff Luzifer meine Hüften und drehte uns in einer einzigen sanften Bewegung um, ohne seinen Schwanz aus mir herausgleiten zu lassen. Verbunden. Wie es für uns bestimmt war.

Luzifer begann, seine Hüften zu bewegen. „Ich bin dein, Hannah. Ich werde immer dein sein."

Aber seine Bewegungen waren zu langsam. „Mehr", bettelte ich.

„Ich will es genießen", stieß er hervor.

„Es wird noch viele Male geben."

„Und ich werde jedes Mal genießen", erwiderte er, bevor er meinen Mund eroberte, seine Zunge zwischen meine Lippen schob und mein lustvolles Keuchen erstickte, während sein Körper einen Rhythmus vorgab, dem ich mich anpasste.

Luzifer bewegte sich in mir und aus mir heraus und entlockte mir mit jeder Bewegung seines Schafts neues Vergnügen. Er stieß härter zu, ohne seinen Blick von mir zu nehmen. Seine Muskeln verschoben und bewegten sich unter meinen Händen und er kannte meinen Körper so gut, verlangsamte und beschleunigte sich, winkelte sich an, um genau dort zu drücken, wo ich ihn brauchte.

„Luzifer", flüsterte ich. „Ich bin dein."

Schreiend stieß er tief in mich hinein und blieb dort, als ein zweiter Orgasmus über mich hereinbrach. Ich schrie erneut seinen Namen, während sich meine Muskeln anspannten und sich mein Körper um ihn schloss. Dieser Orgasmus kam tief aus meinem Inneren, halb Emotion und halb Erlösung. Ich umklammerte meinen Teufel und zog ihn an mich.

Schon lange hatte sich nichts mehr so perfekt angefühlt. Ich hatte mich seit Jahren nicht mehr so vollkommen gefühlt. Mein Herz kannte ihn, wusste, dass er der fehlende Teil meiner Seele war. Das fehlende Stück, das mich nachts immer wach gehalten hatte. Meine andere Hälfte.

Er presste seine Lippen auf meinen Hals und wanderte über meinen Nacken, während sein Schwanz in mir zuckte, fast so, als wäre er bereit für eine weitere Runde.

Mein Körper pulsierte und zuckte weiter und ich lachte. „Genug."

„Niemals." Sein Tonfall war scherzhaft, aber seine Augen waren ernst. „Es wird nie genug sein, Hannah. Nicht für mich."

18

HANNAH

Als Luzifers Privatflugzeug in New Orleans landete, wartete gleich an der Landebahn ein Wagen auf uns und ich stieg die Stufen aus dem Flugzeug hinunter in die Novembersonne und die Wärme. Ich hielt inne und wandte mein Gesicht dem Himmel zu, wobei mein engelhaftes Wesen das helle Licht aufsaugte. Engel brauchten Licht, um zu überleben und unsere Kräfte zu stärken, während Dämonen und Gefallene die Dunkelheit brauchten. Deshalb stieg Azazel aus dem Flugzeug, zog den Kopf ein, setzte ihre Sonnenbrille auf und grummelte vor sich hin.

Der Fahrer starrte geradeaus, als wir auf die cremefarbenen Ledersitze glitten und ich kramte in meiner Handtasche nach der Adresse der Bar, in der ich Belial zu treffen hoffte. Kassiel hatte sie mir vorhin gegeben, mit der Warnung, dass Belial mich vielleicht nicht so herzlich empfangen würde.

Ich reichte den Zettel über die Schulter des Fahrers. „Fahren Sie bitte direkt hierher."

Zel zog eine Augenbraue hoch. „Wir sollten zuerst zum Hotel fahren."

„Nein." Ich sträubte mich, weil ich mich über die Frage ärgerte. „Wir gehen zuerst in die Bar."

Zel hob kapitulierend die Hände, ich wandte mich von ihr ab und starrte aus dem Fenster. Ich war nicht wirklich sauer auf sie, sondern nur nervös wegen dieser Reise. Besonders jetzt, wo wir da waren. Ich versuchte, meine blank liegenden Nerven zu ignorieren und mich auf die Landschaft von New Orleans zu konzentrieren: die charmanten alten Gebäude, die farbenfrohen Straßenbahnen, die die Straßen entlangfuhren, die Menschen, die auf dem Bürgersteig zur Musik tanzten. An jedem anderen Tag hätte ich das alles für unglaublich gehalten. Aber ich wollte meinen Sohn treffen, und es fühlte sich verdammt noch mal nicht wie das erste Mal an.

Ich wischte meine schweißnassen Handflächen an der Seite meiner Hose ab. Vielleicht wäre es einfacher gewesen, wenn Zel gesprächiger gewesen wäre, aber als ich einen Blick in ihre Richtung warf, starrte sie aus ihrem eigenen Fenster und hatte den Mund zu einem schmalen Strich zusammengekniffen. Wahrscheinlich war sie sauer auf mich, weil ich sie einfach übergangen hatte, aber daran musste sie sich wohl erst einmal gewöhnen. Immerhin war ich nicht mehr der ahnungslose Mensch Hannah. Ich war jetzt ihre Chefin.

„Warst du schon einmal in New Orleans?" fragte ich.

Sie richtete ihren Blick wieder auf mich und sah mich an, als sei ich eine Idiotin. „Natürlich war ich das."

Okay, dann würden wir uns wohl irgendwann mal über ihre Einstellung unterhalten müssen.

Die Limousine hielt schließlich vor einer Häuserreihe an. Ich zögerte, die Hand am Türgriff, als wartete ich auf eine Art Zeichen, bevor ich ausstieg.

„Bringen Sie bitte unsere Taschen ins Hotel", sagte ich zum Fahrer. „Wir gehen von hier aus zu Fuß."

Ich stieg aus dem Auto und schnappte mir Morningstar und

schnallte ihn mir auf den Rücken. Nicht, dass ich erwartet hätte, ihn zu brauchen, aber Luzifer hatte darauf bestanden, dass ich ihn mitnehme, falls ein Erzdämon seine Schergen auf mich hetzen würde. Ich fühlte mich damit sicherer und atmete tief durch, während ich die Häuserreihe in dieser engen Straße betrachtete. Viele der Gebäude sahen aus, als ob sie in einer Reihe zusammengepfercht wären, und ihre zweiten Stockwerke wiesen alle wunderschöne Balkone mit schmiedeeisernen, filigranen Mustern vor, von denen einige mit Grünpflanzen bewachsen waren. Ich verbrachte eine Minute damit, die Architektur zu bewundern, die sich so sehr von allem in Kalifornien oder Nevada unterschied, aber ich musste mir eingestehen, dass ich nur versuchte, Zeit zu gewinnen.

„Warum bin ich so nervös?" fragte ich mit einem unbeholfenen Lachen. „Er ist mein Sohn."

Sie warf mir einen strengen Blick zu. „Weil er Belial ist."

Das machte es auch nicht besser, aber ich ging weiter. Die Bar, die wir suchten, befand sich am Ende der Straße, in einem zweistöckigen Steingebäude mit blauen Fensterläden an den vielen hohen Fenstern. Die großen roten Türen an der Ecke trugen ein Schild mit der Aufschrift Outcast Bar und einem Logo aus zwei schwarzen Flügeln, das mich sehr an das Gemälde in Luzifers Penthouse erinnerte.

„Ich warte hier draußen", sagte Zel. „So hast du etwas Zeit allein mit ihm. Er und ich haben … Differenzen."

Na toll. Ich war also auf mich allein gestellt.

Von außen schien das Lokal geschlossen zu sein, aber die Tür öffnete sich als ich versuchte einzutreten. Ich trat in das dunkle Innere der Bar und sah mich um, ließ meinen Augen Zeit, sich daran zu gewöhnen, während ich den Geruch von frisch gewachstem Holz und verschüttetem Bier einatmete. Es war noch früh, sodass der Laden leer war, kein Barkeeper und kein Personal in Sicht. So hatte ich Zeit, die Reihen edelsteinfarbener

Flaschen vor dem riesigen Spiegel und die sauberen Gläser zu betrachten, die alle in ihren Reihen hingen, bereit für die Kunden, die heute Abend kommen würden.

„Hallo, Mutter", sagte eine tiefe Stimme. „Lange nicht gesehen."

Ich drehte meinen Kopf herum und sah einen muskulösen, breitschultrigen Mann aus der Tür kommen, eine Holzkiste im Arm, die Ärmel seines grauen T-Shirts hochgekrempelt, die seinen großen, tätowierten Bizeps zeigten. Er hatte das markante Kinn seines Vaters und fast schwarzes Haar und die dunkelbraunen Augen und die olivfarbene Haut meiner Eva. Wie alle unsere Söhne sah er Luzifer sehr ähnlich, nur dass Belial den Regler für böse Jungs auf Maximum gestellt hatte. Die Art von Mann, von der man erwarten würde, dass sie eine Harley fährt und mit der man nicht allein in einer Gasse erwischt werden möchte. Aber er war immer noch mein Sohn und meine Brust zog sich zusammen, als ich ihn sah.

„Woher wusstest du, wer ich bin?" Ich ging langsam nach vorne, während er die Kiste hinter den Tresen stellte, sich einen Lappen schnappte und ihn sich über die Schulter warf.

Belial lehnte sich mit dem Rücken gegen die verspiegelte Thekenwand und verschränkte die Arme. „Ich habe dich jetzt schon hunderte Male in verschiedenen Körpern gesehen. Ich weiß es immer."

Er winkte mir zu, an der Bar Platz zu nehmen – eine beiläufige Handbewegung in Richtung des Hockers vor ihm. Der Schreck ließ meine Bewegungen kantig werden, als ich auf den Barhocker glitt und mich leicht zurechtrückte, um das Schwert auf meinem Rücken unterzubringen. Ich hatte nicht erwartet, dass er mich erkennen würde. Während des gesamten Fluges hatte ich mir den Kopf darüber zerbrochen, wie ich mich ihm vorstellen sollte und jetzt war es völlig egal.

„Du scheinst nicht überrascht zu sein, mich zu sehen", sagte ich, während ich meine Hände unbeholfen auf der Theke abstützte.

Er hob eine Schulter, die Arme immer noch verschränkt und stellte seine Tätowierung zur Schau. „Du tauchst immer auf. Ich bin nur überrascht, dass es so lange gedauert hat.“

„Es gab ein paar ... Komplikationen.“ Ich konnte meine Augen nicht von meinem Sohn abwenden. So gut aussehend, so stark und so ... unnahbar. Verschlossen. Obwohl die Sehnsucht, ihn in die Arme zu nehmen, mich fast körperlich schmerzte, wollte er eindeutig keine Umarmung von mir.

Schweigen machte sich zwischen uns breit. Ich war mir nicht sicher, was ich sagen sollte und schaute mich eine Minute lang in der Bar um, wobei mir auffiel, dass sie zwar gepflegt war, aber einen älteren Eindruck machte. Wie etwas, das es schon eine Weile gab. „Wie lange arbeitest du schon hier?“

„Der Laden gehört mir schon seit vielen Jahren. Möchtest du einen Drink?“

„Sicher. Irgendwas.“ Ich bezweifelte, dass ich im Moment überhaupt etwas schmecken würde.

Er schnappte sich ein Glas und schenkte Scotch aus dem obersten Regal ein, dann schob er ihn vor mich hin. „Das letzte Mal habe ich dich gesehen, als du Lenore warst, um 1800. Damals besaß ich eine andere Bar. Du hast mich oft mit Kassiel besucht als er noch ein Kind war.“ Er grinste. „Du versuchst immer, die Familie zusammenzuhalten.“

Es hatte sich also nicht viel geändert. Ich nahm einen langen Schluck von der großzügigen Portion Scotch. „Und? Funktioniert es?“ fragte ich, obwohl ich die Antwort schon kannte.

Er schenkte sich einen Schluck von irgendetwas Klarem ein und kippte ihn hinunter, seine Miene war mürrisch. „Nein.“

Mit dieser Einstellung war der Junge definitiv eines meiner Kinder, obwohl er sie wahrscheinlich eher von Luzifer als von mir hatte. Alle hatten sie ihre schlechten Angewohnheiten von ihrem Vater. Zumindest sagte ich mir das.

„Was hast du all die Jahre gemacht?" fragte ich und versuchte, *etwas* aus ihm herauszubekommen, obwohl es eher danach aussah als hätte er überhaupt kein Interesse daran, mit mir zu reden.

Er breitete seine Arme weit aus. „So ziemlich das, was du hier siehst. Mir gehört eine Bar. Ich halte mich bedeckt. Ich halte mich aus der übernatürlichen Welt heraus."

Bei dieser Aussage wurde ich ein wenig hellhörig. „Warum das?"

Belial stieß ein raues Lachen aus. „Weil ich der Exilprinz bin."

Ich wollte gerade den Mund aufmachen, um zu fragen, was passiert war, als die roten Türen aufbrachen und das Holz durch die Wucht an den Scharnieren zersplitterte. Ich hatte gerade noch Zeit, mich zu ducken, ehe ein riesiger Mann auf schwarzen, fledermausartigen Flügeln hereinstürzte.

Ein Gargoyle.

„Hannah!" Pass auf!" Zels Stimme hallte durch die Bar, als sie dem Gargoyle folgte.

Verflucht. Gargoyles waren verdammt schwer zu töten, weil ihre Haut zu Stein wurde, wenn sie kämpften. Einzig lichtdurch-tränkte Schwerter konnten sie verletzen. Gut, dass ich Morningstar mitgenommen hatte. Ich riss das Schwert von meinem Rücken und es flammte augenblicklich in gleißend weißem Licht auf, so als würde es auf die Anwesenheit der Dämonen reagieren. Meine Flügel breiteten sich weit aus und schirmten Belial ab. Mein Beschützerinstinkt lief auf Hochtouren.

Aber ich hätte mir keine Sorgen machen müssen. Belial sprang auf den Tresen und sandte leuchtend blaues Feuer aus seinen Händen, das die Gargoyles traf, als sie durch die Tür strömten. Ihre steinerne Haut zersprang, und das Geräusch klang wie ein Donnerschlag, der durch den Raum hallte. Mir blieb der Mund offen stehen, als ich ihn dabei beobachtete, wie er das Höllenfeuer schwang – der Einzige, der außer seinem Vater über diese Macht verfügte.

Ich löste mich aus meinem stolzen Starren und stürmte nach vorne, meine Flügel trugen mich, während ich Morningstar schwang und mein jüngstes Training mit Callan und Zel auf die Probe stellte. Morningstar funkelte, während es die Schulter eines Gargoyle durchschlug. Und um mich herum ertönte das Scheppern von Zels Waffen, als sie ein paar andere abwehrte. Das Höllenfeuer loderte und die Luft war erfüllt vom kehligen Stöhnen der verletzten und sterbenden Gargoyles.

Als ich herumschwang und die Klinge durch die Brust eines Gargoyle stieß, griff ein anderer nach meinen Flügeln. Er zerrte kräftig, so dass ich bei dem plötzlichen, stechenden Schmerz aufschrie. Schattenhafte Tentakel umschlangen den Wasserspeier, zogen ihn von mir weg und schleuderten ihn gegen die verspiegelte Wand, so dass sie zerbarst und Schnapsflaschen umherflogen. Ich nahm an, dass es Belial oder Azazel war, aber beide waren damit beschäftigt, auf der anderen Seite des Raumes zu kämpfen.

Dann wurde mir klar, dass die Schatten von mir kamen.

Ich starrte auf die Finsternis, die um mich herum waberte. Unmöglich. Ich war ein Engel, keine Gefallene.

Eine Frau mit langem schwarzem Haar und schwarzen ledernen Flügeln erschien im Raum, gefolgt von anderen ihrer Art. Ich erkannte sie als Bella alias Belphegor, die Erzdämonin der Gargoyles.

„Genug gekämpft, Kinder", säuselte sie mit leichtem französischen Akzent. „Zeit für ein Schläfchen."

Sie hob eine Hand, Zel schloss die Augen und fiel zu Boden, gefolgt von Belial. Ich hob Morningstar, um meinen Sohn und meine Freundin zu verteidigen, aber Belphegors Augen waren auf mich gerichtet und ich spürte, wie mich der Schlaf zu Boden zwang. Ich versuchte, dagegen anzukämpfen und stürzte auf sie zu, aber meine Knie wurden schwach. Zwei Gargoyles packten meine Arme, als sich schwere Erschöpfung über mich legte und ich knirschte mit den Zähnen, als sich meine Augen schlossen und ich mich der Dunkelheit hingab.

19

LUZIFER

Während Hannah mit dem Privatflugzeug zu unserem Sohn flog, versuchte ich, mich mit Arbeit an meinem Schreibtisch in der Bibliothek abzulenken. Ich hatte so eine Ahnung, dass Hannah enttäuscht zurückkehren würde, aber ich konnte sie nicht von dem Versuch abhalten, sich mit Belial zu treffen. Auch wenn ich wusste, dass es nicht gelingen würde. Manche Dinge ließen sich nicht wieder gutmachen.

Schließlich gab ich es auf, irgendetwas zu tun und schlenderte durch meine Bibliothek, wobei ich mir die riesige Sammlung von Büchern ansah, die ich im Laufe der Jahre gemeinsam mit einigen Bildern und Artefakten zusammengetragen hatte. Eines meiner Lieblingsbilder war das Gemälde von Eva, die von Luzifer verführt wird, ein Auftragswerk Michelangelos von mir während der Renaissance.

Auf einem der Beistelltische neben dem Sessel, in dem Hannah gerne saß, hatten sich ein paar Bücher gestapelt, die ich aufhob und wegzuräumen begann. Als ich dieses Hotel bauen ließ, hatte ich ausdrücklich darum gebeten, diese Bibliothek in das Penthouse einzubauen, weil ich wusste, wie sehr meine

Gefährtin sie lieben würde, wenn sie erst einmal den Weg zu mir zurückgefunden hatte. Und das tat sie auch. Ich freute mich jedes Mal, wenn ich sie hier fand, zusammengerollt unter einer Decke mit einem Buch. Ich hatte einst Paläste für sie gebaut, um sie zu beeindrucken, aber später merkte ich, dass sie eigentlich nur Gärten und Bibliotheken wollte.

Samael betrat die Bibliothek, seine dunklen Brauen verkniffen. „Wie war Euer Treffen mit Baal und Lilith?"

Sein Ton war schärfer als sonst und ich hob die Augenbrauen. „Ist da wieder jemand mit verheddeten Flügeln aufgewacht?" Ich setzte mich an meinen Schreibtisch und verschränkte meine Arme darauf, wobei ich das alte Holz unter meinen Handflächen spürte. „Das Treffen ist gut verlaufen. Sie können uns nicht direkt helfen, weil die anderen Erzdämonen ihre Kinder bedroht haben, aber Baal wird als Spion für uns agieren und uns Informationen liefern, wenn er kann. Sie haben mir bereits den Namen des Erzdämons genannt, der die Rebellion anführt – Nemesis."

Samael schüttelte den Kopf. „Du hättest mich mitnehmen sollen. Oder Azazel."

Ich warf ihm im Gegenzug einen ernsten Blick zu. Samael war nicht wirklich wütend, weil ich ihn – oder Azazel – nicht mitgenommen hatte, egal mit welchen Worten er protestierte, aber ich wartete, bis er fertig war.

„Du weißt, dass man Baal nicht trauen kann", fügte er hinzu. „Woher wissen wir, dass er bei all dem nicht lügt?"

Ich verschränkte meine Finger hinter meinem Kopf und lehnte mich zurück. „Ich denke, wir wissen beide, dass die wahre Person, auf die du sauer bist, nicht ich bin oder sogar Baal. Es ist Lilith." Seine Augen funkelten wieder und ich unterdrückte ein Grinsen. An manchen Tagen war es so einfach Samael zu ärgern. Es war kaum noch eine Herausforderung. „Immerhin wohnt sie jetzt schon seit einem Jahr dort. Ich habe noch nie erlebt, dass sie so lange bei einem Mann geblieben ist."

Samael ballte seine Hände zu Fäusten, seine Knöchel spannten sich unter der olivfarbenen Haut. „Das ist mir egal. Mit uns beiden war es schon vor Jahrhunderten aus. Aber sie hat Asmodeus sterblich gemacht, ohne mich zu fragen. Mein Sohn wird altern und sterben. Er wird *sterben*, Luzifer. Und ich kann nichts tun, um es zu verhindern."

Der Schmerz in seiner Stimme erinnerte mich an meinen eigenen Kummer über den Verlust eines Kindes, obwohl ich mich bemühte, ihn tief zu verbergen. Ich erhob mich, ging um den Schreibtisch herum zu ihm und legte ihm die Hand auf die Schulter. „Das tut mir leid, alter Freund. Vielleicht würde es dir gut tun, dich mit Lilith zusammenzusetzen und darüber zu reden. Sie ist genauso traurig, wie du es bist. Oder noch besser, besuche Asmodeus und seine Gefährtin. Dann verstehst du vielleicht, warum er seine Entscheidung getroffen hat."

Samael ärgerte sich. „Als ob ich dafür Zeit hätte, angesichts der bevorstehenden Apokalypse."

„Falls sie überhaupt stattfindet", sagte ich. „Gibt es irgendein Zeichen von Adam oder irgendeine Bewegung bei den Erzdämonen?"

„Noch nicht, aber unsere Leute sind auf der Suche nach ihm. Ich habe auch gefallene Soldaten geschickt, um die Gruft der Pestilenz zu bewachen."

„Gut." Die Pest würde zuerst befreit werden müssen, bevor die anderen erweckt werden konnten. Das war eine der Sicherheitsvorkehrungen, die wir getroffen hatten, als wir die Reiter eingeschlossen hatten. Die Zerstörung, die auch nur einer von ihnen über die Welt bringen konnte, war unvorstellbar – alle vier würden das Ende von allem bedeuten. Deshalb habe ich Hannah Belial besuchen lassen, obwohl ich wusste, dass es nicht gut ausgehen würde. Und warum Samael auch nicht warten sollte.

„Weißt du, wenn es schlecht läuft, könntest du es bereuen, dass du dir nicht die Zeit genommen hast, mit deiner Familie Kontakt aufzunehmen."

Samael runzelte die Stirn und verschränkte die Arme. „Ich bezweifle, dass Lilith mich überhaupt sehen will."

Ich hob eine Augenbraue, während ich mich auf die Kante meines Schreibtisches setzte. „Da wäre ich mir nicht so sicher."

Es klopfte an der Tür der Bibliothek und ich forderte die Person auf, einzutreten. Eine schöne Gefallene namens Einial trat ein und verbeugte sich tief vor uns, wobei ihr langes blondes Haar über ihre Schultern fiel. „Mein Fürst", murmelte sie.

„Ah, gut", sagte Samael. „Luzifer, ich glaube, du kennst Einial. Ich habe sie als meine neue Assistentin ausgewählt."

Ich nickte. „Eine gute Wahl."

Einial war ein paar hundert Jahre alt und war als Gefallene geboren worden, im Gegensatz zu Samael und Azazel, die den Himmel vor langer Zeit mit mir verlassen hatten. Sie war jahrhundertelang eine von Samaels Kundschafterinnen gewesen und war mit einer temperamentvollen Frau namens Anig verheiratet, einer uralten Vampirin, die sich im Allgemeinen nicht um die übrigen Dämonenangelegenheiten kümmerte.

Sie reichte Samael einen Aktenumschlag. „Der Bericht, den Sie bestellt haben, über das Kommen und Gehen am Standort der Pest."

„Ausgezeichnet." Er öffnete die Mappe, während mein Telefon eine eingehende Nachricht meldete.

Ich warf einen Blick auf den Bildschirm. Spam. Verdammt – warum bekam der König der Unterwelt immer noch Spam? Aber als ich die Nachricht löschen wollte, fiel mein Blick auf die Uhr.

„Warum hat sich Hannah noch nicht gemeldet? Sie hätte schon vor Stunden ankommen müssen." Sorge machte sich in meiner Brust breit. Ich rief sie sofort an. Sie ging nicht ran. Dann versuchte ich es bei Azazel. Nichts.

Samael griff zum Telefon, nachdem ich es ein zweites Mal bei Azazel versucht hatte. „Ich rufe den Piloten an."

Zwei Minuten später legte er das Telefon auf den Tisch und schüttelte den Kopf, sein Gesicht war von Sorge gezeichnet. „Er hat sie nicht gesehen und sie haben auch nicht im Hotel eingecheckt."

Irgendetwas stimmte nicht. Die Erzdämonen mussten hinter ihr her sein. Ich hatte es im Gefühl. Aber warum jetzt? Warum nicht, als sie Jophiel oder Brandy besuchen wollte?

Belial.

Ja, natürlich.

Ich richtete meinen Blick auf Samael. „Verdammte Scheiße. Sie sind hinter Belial her. Und Hannah hat sie direkt zu ihm geführt."

„Ich werde umgehend veranlassen, dass wir uns auf den Weg nach New Orleans machen", sagte Samael.

„Moment mal. Aber warum wollen sie Belial?" fragte Einial mit gerunzelter Stirn.

Ich schnappte mir die Jacke von meinem Anzug und war schon auf dem Weg zur Tür. „Weil er der Einzige ist, der die Pest befreien kann."

20

HANNAH

Mein Kopf schlug gegen etwas und ein dumpfer Schmerz durchdrang meinen Schädel. Ich versuchte, meine Augen zu öffnen, aber sie bewegten sich nur langsam, so als wären sie verklebt oder zugedrückt worden. Meine Kehle schmerzte und ich schluckte gegen die Trockenheit an, wobei ich ein wenig stöhnte. Ich war in ständiger Bewegung, meine Wange schrammte über eine staubige, kiesbedeckte Oberfläche, während mein Körper hin und her schwang. Ich stöhnte leise auf.

„Mutter?"

Beim Klang von Belials Stimme versuchte ich, meine Augen wieder zu öffnen und spähte schließlich durch zwei schmale Schlitze in einen schummrigen, metallverkleideten Raum. Nur, nein. Das war nicht richtig. Der ganze Raum bewegte sich und das leise Brummen eines Motors vibrierte durch meinen Körper.

„Heiß", murmelte ich. Verdammt, es war so trocken und heiß hier. Als hätte mich jemand in einen Backofen gesteckt. Das war nicht das Wetter von New Orleans. Waren wir wieder in Nevada?

„Mm." Belial brummte zustimmend.

Die Erinnerung kehrte zu mir zurück. Die Bar. Die Gargoyles. Belphegor.

„Zel?" Ich konnte nur Fragen mit einem Wort stellen, meine Stimme war heiser. Ich versuchte, mich umzusehen, aber meine Augen taten mir weh. Ich konnte sie nicht sehen.

„Nicht hier."

Verdammt. Hatten sie sie irgendwo anders hingebracht? Was, wenn sie tot war?

Ich zog eine Grimasse angesichts der Angst und der Schmerzen in meinem Körper, als ich mich mühsam aufsetzte. Ich konnte im Moment nichts für Zel tun. Ich musste mich darauf konzentrieren, mich und meinen Sohn zu retten. Was ich wirklich brauchte, war etwas zu trinken, etwas, um meine Kehle zu befeuchten. Die Haare fielen mir in die Stirn und Schweißperlen klebten in meinem Nacken. Der Boden unter mir ruckelte erneut und ich stöhnte auf, als mein Kopf gegen die Metallwand stieß.

„Wir fahren durch die Wüste", sagte Belial. „So eine Art Truck."

„Nevada?" Fragte ich.

„Ich glaube nicht."

Meine Arme fühlten sich schwer an und ich blickte auf das seltsame Gewicht hinunter. Um jedes Handgelenk hing eine silberne Manschette, wie eine altmodische Fessel, nur dass ich an nichts gekettet oder anderweitig gefesselt war. Jede Manschette war vollkommen nahtlos, bis auf eine Stelle, an der man Ketten anbringen konnte, ohne dass es offensichtlich war, wie man sie öffnen konnte.

„Gefallen dir unsere neuen Accessoires?" fragte Belial, in seinem Tonfall lag eine gewisse Gereiztheit.

„Was ist das?" Sie sahen gar nicht so übel aus. Ich schüttelte versuchsweise ein Handgelenk.

Belial rollte seinen Kopf gegen die geriffelte Innenseite des Umzugswagens. „Sie machen unsere Kräfte unwirksam."

Ich hielt inne. „Keine Kräfte?"

Er schüttelte den Kopf. „Und es ist unmöglich, sie loszuwerden. Ich habe es versucht."

„Scheiße." Dafür gab es tatsächlich kein anderes Wort. Meine Kehle schmerzte immer noch. Aber zumindest wehte in dieser sitzenden Position eine Art Brise über mich hinweg. Es war warm, aber sich bewegende Luft war besser, als in der Hitze zu ersticken. Ich versuchte, nach meinen Flügeln zu greifen oder nach einer meiner Engelskräfte, aber es war, als wäre ich wieder ein Mensch. Es war einfach nichts da.

Ich betrachtete meinen Sohn, der sich mit dem Rücken gegen die Metallwand lehnte. Schweiß färbte seine Stirn und sein dunkles Haar hing schlaff herunter. Ein Riss lief an der Seite seines grauen T-Shirts hinauf. Seine Augen waren erschöpft, aber wach und aufmerksam. Wenn er sich verletzt hatte, war es bereits verheilt.

Es war meine Schuld, dass er überhaupt in diesem Schlamassel steckte. Jahrelang hatte er ein ruhiges Leben als Betreiber seiner Bar geführt und ich hatte ihm das alles vermiest.

„Es tut mir leid", sagte ich. „Dass ich dich da hineingezogen habe."

Er schenkte mir ein schiefes Lächeln. „Ich bin nicht böse auf dich. Obwohl diese Art von Scheiße genau der Grund ist, warum ich mich in den letzten paar Jahrhunderten aus der übernatürlichen Welt herausgehalten habe."

Ich nickte. Es gab keine weiteren Worte, um mein Bedauern auszudrücken.

Wir saßen eine Weile schweigend da. Die Geschwindigkeit des Lastwagens schien gleichmäßig zu sein, die Straße mehr oder weniger eben, die Temperatur konstant. Als sich nichts änderte, beschloss ich, meinen Plan, wieder Kontakt mit meinem Sohn herzustellen, fortzusetzen. Vielleicht bleibt uns ja nicht mehr viel Zeit.

„Erzähl mir, was mit deinem Vater passiert ist." Ich hatte eine ungefähre Vorstellung, aber die Erinnerungen waren noch nicht sehr deutlich. Ich musste wissen, womit ich es zu tun hatte, ehe ich den Riss in unserer Familie kitten konnte.

Belial hob die Augenbrauen, als sei er von meinen Worten überrascht. „Da gibt es nicht viel zu erzählen."

Ich hob die Schultern und zuckte ein wenig mit ihnen. „Dann wird es nicht lange dauern, bis du mich aufgeklärt hast. Es ist ja nicht so, als hätten wir sonst viel zu tun, als hier die Zeit totzuschlagen."

Er legte den Kopf in den Nacken und starrte ins Leere, sein Gesicht war hart. Ich dachte schon, er würde meine Bitte ignorieren, als er schließlich sagte: „Nachdem du als Persephone gestorben bist, hat Damien beschlossen, im Feenreich zu bleiben."

Damien. Mein mittlerer Sohn. Halb-Fee. Halb Gefallener. Sobald ich aus diesem Schlamassel heraus war, würde ich ihn als nächsten finden. „Warum?"

Belial breitete seine Hände aus. „Was soll ich sagen? Wir gaben Vater die Schuld an deinem Tod. Für *alle* deine Tode. Für den Fluch selbst. Aber als du damals gestorben bist, hat uns das sehr getroffen. Als Persephone hast du lange gelebt und wir hatten eine …" Er senkte seine Stimme und sah weg. „Wir waren eine Zeit lang eine richtige Familie."

Meine Brust verkrampfte sich bei seinen Worten. „Es tut mir leid. Das muss sehr schwer für euch Jungs gewesen sein."

Er warf mir einen irritierten Blick zu. „Ich bin Tausende von Jahren alt. Schwerlich ein Junge."

Ich gebe zu, es war seltsam, diesen Mann meinen Sohn zu nennen, wenn er hunderte von Jahren älter war als mein jetziger Körper. Aber gleichzeitig hatte ich Erinnerungen, die bis zu seiner Geburt zurückreichten. Ich erinnerte mich dunkel daran, wie ich ihn als Baby in meinen Armen gehalten hatte. Verdammt, er war schon damals ein Kämpfer gewesen. Er kämpfte gegen den Schlaf. Weigerte sich, irgendetwas zu tun, was wir verlangten. Er war viel zu klug und beharrlich auf sein eigenes Wohl. Ich schloss die Augen, als mich die Erinnerung an ein braunäugiges, dunkelhaariges Kleinkind, das mich trotzig anfunkelte, zum Lächeln brachte.

Dieses Lächeln richtete ich auf Belial. „Frag jede beliebige Mutter. Ihr werdet immer Jungs für mich sein. *Meine* Jungs."

Er schüttelte den Kopf und verzog den Mund, aber er wusste genau, dass er darauf nichts zu entgegnen hatte.

Ich gab ihm ein Zeichen, dass er weiterreden sollte. „Was ist passiert, nachdem Damien ins Feenreich gezogen ist?"

„Die Kurzversion?" fragte Belial mit einem dunklen Grinsen. „Ich habe mein Ego zu stark werden lassen und dachte, ich könnte Vater zu Fall bringen." Er stieß ein raues Lachen aus. „Ich führte einen Aufstand gegen ihn an, um den Thron der Hölle zu erobern. Als Ältester der Nephilim hatte ich sie auf meiner Seite, ebenso wie einige Gefallene und Dämonen. Aber ich scheiterte und wurde aus der Hölle vertrieben. Seitdem halte ich mich auf der Erde versteckt."

Ich nickte langsam, während ich zuhörte. „Nephilim?"

„Menschen wie ich. Halb Mensch. Halb Engel oder Gefallener."

„Genau." Ich kramte in meinen Erinnerungen an diese Zeit, aber sie waren so verschwommen. „Wo war ich während all dem?"

„Du warst noch nicht wiedergeboren worden."

Das war die Erklärung, warum ich mich nicht an die Schlacht erinnern konnte. Ich erinnerte mich vage daran, dass ich mit Luzifer in der Hölle über Belials Verbannung gestritten hatte, aber das war Jahre später gewesen. Ich hatte dafür gekämpft, dass Luzifer Belial begnadigte, aber er hatte sich geweigert. Er sagte, der Aufstand habe zu viele Menschenleben gekostet und es müsse ein Exempel statuiert werden. Er konnte nicht zulassen, dass unser Sohn versuchte, ihn zu stürzen und den Thron der Hölle für sich zu beanspruchen, ohne bestraft zu werden. Wäre es jemand anderes als unser Sohn gewesen, wäre die Strafe der Tod gewesen. Die Verbannung war Luzifers Art, Gnade walten zu lassen. Ich hatte eingewendet, dass Belial schon genug bestraft worden war, aber Luzifer hatte nicht nachgegeben, es sei denn, Belial hätte sich in irgendeiner Form entschuldigt oder Wiedergutmachung geleistet, was Belial natürlich ablehnte. Und jetzt stand ich hier, viele Jahrhunderte später und versuchte immer noch, dieses Schlamassel zu klären.

Dumme, starrköpfige Männer. Ich liebte sie, doch manchmal waren sie nutzlos, wenn nicht eine Frau dafür sorgte, dass die Dinge tatsächlich erledigt wurden.

Da war noch etwas anderes. Etwas, das ich bei dem Streit mit Luzifer gesagt hatte, dass Belial etwas verloren hatte ... Nein. Jemanden.

„Du hast bei dem Aufstand jemanden verloren, den du geliebt hast, nicht wahr?" fragte ich.

„Ja." Er knurrte und wandte den Kopf ab. „Tatra. Eines der vielen Opfer von Vater. Etwas, das ich ihm nie verziehen habe."

„Es tut mir leid." Ich fühlte mit ihm, das tat ich wirklich. Ich wusste, wie schwer der Verlust der Person, die ich liebte, für mich wäre. Aber ich verstand auch Luzifers Position. Wie auch jetzt, war Luzifer damals gezwungen gewesen, seinen Thron zu verteidigen. Der Verlust von Belial hatte mich schwer getroffen, aber ich hatte zu Luzifers Strafe gestanden, weil unser Sohn für seine Taten zur Rechenschaft gezogen werden musste.

Ich stieß einen leisen Seufzer aus. „Das ist schon sehr lange her. Meinst du nicht, dass es an der Zeit ist, zu sehen, ob sich die Dinge zwischen dir und deinem Vater klären lassen?"

„Nein", sagte er mit fester Stimme und in seinem Tonfall war kein Platz für Widerspruch.

Ich presste die Lippen zusammen, um mich selbst daran zu hindern, weiter zu reden. Ich spürte, dass ich, wenn ich meine Familie wieder zusammenbringen wollte, vorsichtig vorgehen musste, um Belial nicht komplett zu vergraulen. Außerdem mussten wir zuerst aus dieser Situation herauskommen. Ich hatte keinen Zweifel daran, dass Luzifer bereits nach uns suchte, aber ich hatte nicht vor, hier herumzusitzen und auf Rettung zu warten. Wenn es eine Möglichkeit gab, zu entkommen, dann würden wir sie nutzen.

Der Lastwagen wendete und holperte ein paar Mal, ehe das leise Quietschen der Bremsen die Luft in dem Box-Container, in dem wir uns befanden, durchschnitt. Belial schob sich vor mich und wandte sich der Hintertür zu, seine Jeans kratzten im Kies, als er sich bewegte. Ich konnte sein Gesicht nicht sehen, aber ich umklammerte locker seinen Oberarm, während wir schweigend dasaßen und die Anspannung wuchs, während wir warteten.

Nach einigen langen Minuten erklang das knirschende Geräusch von sich lösenden Riegeln und die Tür sprang auf. Ich erhaschte einen kurzen Blick auf einen dunklen, sternenübersäten Himmel, bevor zwei riesige Gargoyles mit steinerner Haut in den Container sprangen und Belial packten. Mein Sohn schrie und kämpfte, als er aus meiner Umarmung gerissen wurde. Sie zerrten ihn nach draußen und warfen ihn kurzerhand auf den Boden, dann packten sie mich und taten dasselbe, ohne dass ich überhaupt reagieren konnte.

Wir befanden uns mitten in der Wüste, der Mond beleuchtete die weite, offene Fläche. Überall nur Sand, abgesehen von unserer Lastwagenkolonne. Das Land war unheimlich in seiner Blässe und ein kalter Schauer lief mir über die Haut. Die Sonne war verschwunden, die Luft wurde von Sekunde zu Sekunde kälter, da wir nicht mehr im Inneren des fahrenden LKWs abgeschirmt waren. Als Engel machte mir die Kälte mehr zu schaffen als zuvor. Hätte ich meine Kräfte gehabt, hätte ich das Licht nutzen können, um mich zu wärmen, aber die Fesseln verhinderten das. Wenigstens würde es Belial gut gehen – als halb Gefallener würde er die Kälte kaum spüren, ebenso wie die anderen Dämonen hier.

Ich musterte rasch die Umgebung. Es standen mindestens dreißig Leute um uns herum, die meisten sahen wie Krieger aus. Ich entdeckte Belphegor, die Befehle bellte, neben ihr stand eine wunderschöne Frau mit feuerrotem Haar. Nemesis. Die Erzdämonin der Kobolde ... und diejenige, die hinter dem Komplott gegen Luzifer steckt. Zumindest nach Ansicht von Belial und Lilith.

Dann tauchte Gadreel-Adam – aus einem anderen Lastwagen – auf und eiskalte Angst lief mir den Rücken hinunter, gemischt mit glühender Wut. Ich sah zu wie er sich näherte, ohne zurückzuweichen und der Hass zog sich in mir zusammen wie eine Schlange, die auf den richtigen Augenblick wartet. Ich wollte dieses Arschloch für alles, was er mir und meiner Familie über die Jahrtausende hinweg angetan hatte, umbringen. Ich brannte vor Verlangen, ihn zur Strecke zu bringen, aber als ich nach meinen Kräften suchte, spürte ich nichts.

Verdammt. Ich konnte nichts tun, während ein Schwarm bewaffneter Gargoyles mich und meinen Sohn umzingelte, uns am Boden hielt und uns auf die Knie zwang. Adam hatte all seine Kraft und seine Fähigkeiten als Gefallener und Belial und ich trugen Fesseln, die unsere Kräfte unterdrückten. Außerdem wusste ich immer noch nicht, wo Zel war.

„Hallo, Eva", sagte Adam, während er über mir thronte. In diesem Leben als Gadreel hatte er sandfarbenes blondes Haar und blaue Augen, mit einem hübschen, jungenhaften Gesicht, welches das Monster in seinem Inneren verbarg. „Ich bin so froh, dass wir wieder zusammen sind."

Ich sah zu ihm auf, obwohl ich außer mir vor Angst war. Um mich selbst. Um meinen Sohn. „Es gibt kein 'zusammen'. Du hast mich entführt. Was willst du?"

Adams Grinsen wurde breiter. „Ausnahmsweise will ich nicht dich, sondern deinen Sohn. Wobei ich auch dich gerne nehme."

Ich sah zu Belial, der jetzt wirklich Angst hatte. Was wollten sie von ihm?

Bevor ich fragen konnte, fesselten einige der Gargoyles meine Knöchel mit weiteren dieser Manschetten und befestigten dann einige silberne Ketten an meinen Knöcheln und meinen Handgelenken. Das Gleiche taten sie mit Belial an meiner Seite, dann wurden die Ketten an dem Lastwagen befestigt. Ich versuchte, mich mit meiner Engelskraft dagegen zu wehren, aber das Metall steckte voller Zauberkraft und widersetzte sich allen Anstrengungen. Von den Feen erschaffen, erinnerte ich mich vage.

„Was tust du da?" Ich stellte die Frage, ohne eine Antwort zu erwarten, aber Adam begegnete meinem Blick, seine Augen waren amüsiert.

Er wies auf einige Soldaten, die hinter ihm ihre Zelte aufbauten. „Ich schlage das Nachtlager auf. Wir haben morgen wieder einen langen Tag vor uns."

Ich warf einen Blick hinter uns auf den Lastwagen. Fast wäre es mir lieber gewesen, in der Box zu schlafen, eingesperrt, weit weg von dem Mann, der dafür lebte, mich zu töten. Wenn ich doch nur Morningstar hätte, aber von dem hatte ich seit dem Kampf keine Spur mehr gesehen.

„Hast du Zel getötet?" Meine Worte waren fest und emotionslos, obwohl es sich so anfühlte, als würde ich sie mir aus der Brust reißen.

„Aber nein, natürlich nicht", sagte Adam und das Aufflackern von Emotionen in seiner Stimme überraschte mich. „Azazel und ich waren lange Zeit Freunde. Wir haben Seite an Seite gekämpft, uns gegenseitig den Rücken freigehalten ..." Er richtete sich auf und grinste mich in der Dunkelheit an. „Sie hat sich entschieden, sich uns in unserem Kampf gegen Luzifer anzuschließen."

„Was?" Ich schüttelte den Kopf. „Sie würde Luzifer niemals verraten. Oder mich."

„Überzeuge dich selbst." Er ergriff meinen Arm und richtete mich auf, so dass ich über die Vorderseite des Lastwagens sehen konnte. Auf der anderen Seite hockte Zel, ihr dunkles Haar zurückgebunden, ihre Dolche an die Seite geschnallt. Sie unterhielt sich mit einem Grünhaarigen mit spitzen Ohren, einem Feenmann, der mir vage bekannt vorkam, obwohl ich ihn nicht einordnen konnte. Als sie sah, dass ich sie anstarrte, warf sie mir einen finsteren Blick zu und ging weg.

Adam lachte, als er mich zurück auf den Boden warf. „Du weißt nicht, wie tief die Loyalität und Kameradschaft zwischen uns ist. Oder ihren heimlichen Hass auf Luzifer. Ich wusste, dass sie leicht zu bekehren sein würde."

Mein Herz raste bei dem Gedanken, dass Zel noch lebte, aber ich konnte nicht glauben, dass sie sich gegen uns wenden würde. Sie war immer loyal gewesen. *Immer.*

Belial drehte sich um und musterte den Horizont. „Sind wir da, wo ich denke, dass wir sind?"

Adam schien erfreut zu sein, dass Belial es bemerkt hatte. „Ja, wir kommen morgen an. Die Schergen Luzifers sind schon da, aber es sollte kein Problem sein." Er ließ uns im Staub zurück und verschwand in einem der größeren Zelte. Belphegor gesellte sich ein paar Sekunden später zu ihm.

„Wo sind wir?" fragte ich und wandte mich nach Antworten suchend an meinen Sohn.

Belial richtete sich auf und stützte seine Hände auf die Knie. „Wir sind mitten in Palästina. In der Nähe des Turms von Jeri-

cho." Er warf mir einen prüfenden Blick zu. „Wo die Pest eingeschlossen ist."

Angst stieg in meinem Herzen auf. Luzifer hatte Recht.
Adam und die Erzdämonen hatten vor, die Vier Reiter freizulas-
sen, obwohl sie wussten, dass dies die Apokalypse auslösen
konnte. Vielleicht war es das, was sie wollten. „Aber warum brauchen sie uns hier? Oder besser gesagt, dich?"

„Sie brauchen mein Blut, um die Gruft zu öffnen, in der die
Pest derzeit eingesperrt ist."

„Dein Blut?" Ich runzelte die Stirn als ich meine düsteren
Erinnerungen an Evas Vergangenheit durchforstete. „Luzifer
sagte, die Reiter seien von ihm, dem Erzengel Michael, dem
Feenkönig Oberon und mir eingeschlossen worden."

„Ja, von dir – als Eva." Belial stieß einen langen Atemzug aus,
während er versuchte, es sich auf dem harten Boden bequem zu
machen. „Jeder Reiter ist in einem anderen Reich verborgen, die
Pest hier auf der Erde, der Krieg im Himmel, der Hunger im
Feenreich und der Tod in der Hölle. Um sie zu befreien, brauchen die Erzdämonen jemanden, der zwei Kriterien erfüllt." Er
zählte sie an seinen Fingern ab. „Erstens müssen sie von einem
der Menschen abstammen, die die Gruft versiegelt haben. Und
zweitens müssen sie in dem Reich geboren worden sein, in dem
der Reiter eingesperrt ist."

„Klingt kompliziert", murmelte ich.

„Absichtlich kompliziert", sagte Belial. „Es soll nicht irgendjemand in der Lage sein, die Vier Reiter zu befreien."

„Stimmt."

„Um die Pest zu befreien, brauchen sie also einen Menschen,
der auf der Erde geboren wurde und das Blut eines der vier
ursprünglichen Reiter in sich trägt." Belial breitete seine tätowierten Arme weit aus. „Da du nicht mehr Eva bist, bleibe nur
ich."

Ich ging meine Erinnerungen durch – ja, Damien war im

Feenreich geboren worden und Kassiel in der Hölle, aber Belial hatte ich auf der Erde bekommen. Ich war mir nicht sicher, wie viele Kinder Michael und Oberon hatten, aber sie waren wahrscheinlich im Himmel oder im Feenreich geboren worden, nicht hier.

Und ich hatte Adam und die Erzdämonen direkt zu meinem Sohn geführt.

Wut und Angst stiegen in meiner Kehle auf und meine Hände zitterten, als ich auf das Zelt starrte, in dem Adam und Belphegor verschwunden waren. Ich musste sie davon abhalten, die Pest zu entfesseln und Belials Blut dafür zu verwenden.

Adam hatte mir schon viel zu oft wehgetan. Ich würde auf keinen Fall zulassen, dass er meinen Sohn verletzte.

21

HANNAH

Nach einer ungemütlichen Nacht, in der Adam kaum mehr tat, als eine Decke über mich zu werfen – und das auch nur, damit ich nicht vorzeitig in der kalten Nachtluft erfror – war ich mit steifen Muskeln aufgewacht und begann bereits, in der unerbittlichen Wüstensonne zu überhitzen. Unsere Entführer gaben uns ein paar Müsliriegel und Wasser, wir durften uns erleichtern, dann warfen sie uns kurzerhand zurück in den Lastwagen. Belial versuchte, sich zu wehren, aber Belphegor setzte ihre Schlafkräfte ein, um ihn außer Gefecht zu setzen und ich beschloss, meine Kräfte zu schonen. Entschlossenheit brannte in meinem Inneren, als sie die Tür zuwarfen und uns darin einsperrten.

Das unaufhaltsame Vorwärtsfahren des Lastwagens und das leise Brummen des Motors, kombiniert mit der Wärme des Tages, wiegten mich fast in den Schlaf. Ich verbrachte den Vormittag erschöpft dösend, zusammengerollt neben meinem Sohn. Das war nicht gerade das Wiedersehen, das ich mir erhofft hatte.

Wir wachten auf als sie uns ein paar feuchte Sandwiches

hinwarfen, die wir gierig verschlangen. Sie waren scheußlich, aber wir brauchten unsere Kraft.

„Wenn wir das nächste Mal anhalten, müssen wir versuchen zu fliehen", sagte ich zu Belial, als sich der Lastwagen wieder in Bewegung setzte. Er lachte bitter. „Na klar. Ohne Waffen und ohne Zauberkräfte. Gegen Dutzende von übernatürlichen Soldaten und zwei Erzdämonen."

„Wir müssen etwas tun." Ich seufzte und lehnte mich zurück. „Wir können nicht zulassen, dass sie die Pest entfesseln."

Belial rieb sich das Kinn, seine dunklen Bartstoppeln waren in der Gefangenschaft ausgeprägter geworden. „Also gut. Wenn wir einen Moment finden, in dem sie abgelenkt sind, werden wir ihn nutzen."

„Vielleicht hilft uns Zel", murmelte ich. Sie konnte uns nicht verraten haben. Ich weigerte mich, das zu glauben.

„Azazel?" Belial brach in schallendes Gelächter aus. „Niemals. Sie würde nie einen Finger rühren, um mir zu helfen."

Es vergingen Stunden, bis der Ton des Motors die Tonlage änderte und wir rumpelnd zum Stillstand kamen. Ich löste mich von Belial und war sofort hellwach. Schritte schlurften an der Seite des Lastwagens entlang und wieder schlug Metall auf Metall, als die hintere Tür entriegelt wurde. Ich wartete auf einen Lichtschimmer, als sie sich öffnete; doch als sie sich öffnete, war es bereits Nacht und der weite schwarze Himmel über uns war voller Sterne.

Adam grinste, als die Soldaten mich von der Ladefläche des Lastwagens zerrten, aber ich sah an ihm vorbei. Beim Anblick einer seltsamen, kegelförmigen Ruine, deren Mauerwerk zerklüftet und bröckelig war, zog sich meine Brust zusammen. Eine Reihe von Déjà-vus überkamen mich, als ich den Turm von Jericho erblickte und dann erinnerte ich mich an ihn, wie er einst gewesen war – ein wunderschönes Bauwerk aus verschiedenen Steinen mit einer massiven Treppe, um das man mich wegen seiner Höhe und des Fortschritts, den er verkörperte, beneidete. Jetzt war er nur noch eine Ruine. Die Menschen konnten nichts Schönes bewahren.

Nemesis näherte sich von einem der anderen Lastwagen, ihre rubinroten Lippen verzogen sich zu einem boshaften Lächeln, während sie ihr feuerrotes Haar über die Schulter warf. Als sie näher kam, betrachtete ich ihre Kurven und ihre hautenge Kleidung. Sie hatte sich über die Jahre kaum verändert – sie trug ihre Reize wie ein Lieblingsoutfit. Sie war immer eifersüchtig auf mich gewesen, erinnerte ich mich. Sie hasste mich, weil ich an ihrer Stelle Luzifers Königin geworden war.

Sie und Belphegor berieten sich leise, während ich Zel beobachtete, die im Hintergrund stand, die Hände in die Hüften gestemmt und in die Ferne starrend. Mir wurde schlecht bei dem Gedanken, dass sie uns verraten hatte und ich wünschte, ich könnte ihre Aura lesen, um die Wahrheit zu erkennen. Verdammt seien diese Handschellen.

Eine Gargoyle-Wache schubste mich vorwärts und ich stolperte überrascht, als sich unsere gesamte Gruppe in Bewegung setzte. Als wir uns dem Turm näherten, sah ich Leute um ihn herum und auf ihm patrouillieren. Eine dunkle Gestalt flog über uns hinweg und verdunkelte das Sternenlicht. Zuerst dachte ich, es sei ein Rabe, doch dann erkannte ich, dass es ein Gefallener mit schwarzen Flügeln war. Hatten sie uns nicht kommen sehen?

Nemesis stand in der Mitte unserer Gruppe, mit ausgebreiteten Armen und ich erkannte, dass sie ihre Illusionskraft einsetzte, um uns zu verbergen. Belphegor und einige ihrer Gargoyles führten den Angriff an und ich konnte nur entsetzt zusehen, wie sie sich den Gefallenen näherten, die den Turm bewachten.

Mit Nemesis' Kräften, die sie verhüllten, schritt Belphegor auf Luzifers Wachen zu, so nah, dass sie sie hätten riechen können und winkte ihnen mit der Hand, um sie in Schlaf zu versetzen. Sie schien sich an ihrer Ahnungslosigkeit zu erfreuen, während sie mit einem dumpfen Aufschlag im kalten Wüstensand zusammenbrachen. Ich wollte rufen, um sie zu warnen, aber eine Hand wurde mir auf den Mund gepresst. Ich wehrte mich, konnte aber nichts gegen den Angriff unternehmen und die Fesseln an meinen Handgelenken waren eine ständige Erinnerung an meine Hilflosigkeit. Ich drehte meinen Kopf in Richtung Zel und flehte sie mit meinen Augen an, aber sie ignorierte mich und starrte vor sich hin, die Lippen zu einem schmalen Strich zusammengepresst. Wie konnte sie nur dastehen und nichts tun?

Die Soldaten, von denen ich annahm, dass es sich um Kobolde und Gargoyles handelte, stürmten vor und begannen, Luzifers Wachen mühelos zu töten, während diese schliefen. Das war kein Kampf. Das war Mord.

Belial bäumte sich plötzlich gegen seine Entführer auf, wirbelte herum und trat nach ihnen, während die Haupttruppe mit den Gefallenen abgelenkt war. Ich begann, mich gegen die beiden Gargoyles zu wehren, die mich ebenfalls festhielten, aber gerade als ich mich losreißen konnte, hörte ich Adams fürchterliches Lachen. Ich drehte mich um und sah, wie Belial mit dem Gesicht nach unten im Dreck lag, während ein Gargoyle mit Steinhaut auf seinem Rücken kniete und Adams Schwert an seine Kehle hielt. Ich senkte besiegt den Kopf und ließ mich wieder von den Gargoyles packen.

Adam grinste mich an und erfreute sich an meinem Elend, so wie er es immer getan hatte. „Du warst schon immer zu weich.“

Ich stellte mir vor, wie ich ihn für all das, was er getan hatte, auf unterschiedlichste Weise umbringen würde. Aber er täuschte sich – ich war alles andere als weich. „Güte und Mitgefühl machen mich nicht weich. Sie geben mir den Willen, für das zu kämpfen, was richtig ist.“

Adam rollte mit den Augen, steckte sein Schwert in die

Scheide und wandte sich ab, als Belphegor auf ihn zukam. „Sind alle tot, Bella?"

„Ja. Philomelus hat jetzt mit der Freilegung begonnen", sagte sie. „Es sollte nicht mehr lange dauern."

Moment, den Namen kannte ich doch. Ich durchforstete meine Erinnerungen und erinnerte mich an den grünhaarigen Mann, den ich gestern Abend mit Zel gesehen hatte – das war Philomelus. Ein Feenmann vom Hof des Herbstes, den ich in meiner Zeit als Persephone kennengelernt hatte. Er hatte einen Zwillingsbruder, Plutus ... der sich als die Reinkarnation von Adam herausgestellt hatte. Die beiden mussten immer noch ein starkes Band haben, wenn Philomelus jetzt mit Adam zusammenarbeitete.

„Gut." Adam senkte den Kopf und küsste Belphegor und aus dem Kuss wurde bald ein ausgiebiges Liebesspiel, mit wandernden Händen und viel mehr Zunge, als irgendjemand außerhalb ihrer Beziehung je zu sehen brauchte. „Lass uns meinem Bruder bei der Arbeit zusehen."

Sie hielten sich an den Händen, während sie auf den verfallenen Turm zugingen und viele der Soldaten folgten ihnen. Belial und ich mussten uns neben den Lastwagen auf den Boden setzen. Ich bat um etwas Wasser und wurde völlig ignoriert. Ich fror in der kalten Nachtluft, aber das kümmerte niemanden. Alles, was ich hören konnte, war ein leises Rumpeln am Turm.

Dann sackte der Wachmann neben mir plötzlich tot zu Boden, sein Hals war durchtrennt. Azazel wirbelte herum, trat und schlug mit ihrem lichtdurchfluteten Dolch zu und erledigte die anderen Wachen um uns herum mit Leichtigkeit. Es ging so schnell, dass ich kaum Zeit hatte zu blinzeln.

„Zel!" Ich atmete erleichtert aus. „Ich wusste, dass du uns nie verraten würdest."

„Natürlich nicht. Ich musste diesen Bastard austricksen, damit ich dich im Auge behalten kann." Sie warf ihr dunkles

Haar zurück, während sie ihre Klinge in die Scheide steckte. „Unglaublich, dass Adam dachte, ich würde mich ihm anschließen, nur weil wir Freunde waren, als er noch Gadreel war."

Belial stand auf und beäugte sie misstrauisch. „Aber du hast einfach nur dagestanden und zugesehen, wie sie deine Freunde unter den Gefallenen abgeschlachtet haben."

Zels Gesicht blitzte vor Zorn. „Meine Aufgabe ist es, Hannah zu beschützen. Ihr Tod wird gerächt werden, da bin ich mir ganz sicher."

„Kannst du mir die abnehmen?" fragte ich und hielt meine Fesseln hoch. Solange wir sie trugen, konnten wir unsere Flügel nicht benutzen, was die Flucht erheblich erschwerte.

„Ich habe den Schlüssel nicht. Adam hat ihn sorgfältig verschlossen." Zel durchsuchte die Wachen um uns herum und hielt einige Autoschlüssel hoch. Sie warf sie mir zu. „Steig in den Wagen und fahr los. Ich werde dich aus der Luft beschützen."

„Ich lasse dich nicht allein!" Ich rannte zum nächstgelegenen Lastwagen, die Schlüssel fest in meinen verschwitzten Händen.

Zels schwarze Flügel breiteten sich mit einem Schnappen hinter ihr aus. „Sie werden uns aus der Luft angreifen. Jemand muss sie zurückhalten."

Sie hob ab, ehe ich widersprechen konnte und Belial packte mich am Arm und zog mich die letzten Schritte zum Lastwagen. Unterwegs hatte er sich ein Schwert geschnappt. Daran hätte ich denken sollen. Ich stieg auf der Fahrerseite ein und probierte mit zitternden Händen die Schlüssel aus, während Belial neben mich rutschte. Der Motor sprang an und ich trat das Gaspedal durch.

Der Truck schoss davon und Dreck flog in alle Richtungen, während ich auf die Straße vor mir zusteuerte. Belial lehnte sich aus dem Fenster und blickte zurück zum Turm, sein gestohlenes Schwert einsatzbereit in der Hand. Zel konnte ich nicht sehen, aber ich nahm an, dass sie mit ihren Dolchen in Bereitschaft über uns hinwegflog. Das Herz schlug mir bis zum Hals, während ich das riesige Lenkrad steuerte, denn ich wusste, dass dies unsere einzige Chance war, zu entkommen und sie war nicht besonders gut. Um uns herum gab es meilenweit nichts außer Geröll, Sand und Sternen. Aber wir mussten es versuchen.

Der Lastwagen schlingerte auf die Straße und ich hätte fast vor Erleichterung gejubelt, bis ich einen Blick in den Rückspiegel warf und sah, dass er von dunkel geflügelten Gestalten erfüllt war, die schneller als menschenmöglich an Geschwindigkeit zulegten, wie in einem Horrorfilm.

Auch Belial sah es. Er griff nach dem Fenster, zog sich hinaus und kletterte auf das Dach. Mir blieb der Mund offen stehen, als ich ihm zusah und ich empfand trotz der Gefahr einen Hauch von Stolz. Ich wollte so gerne mit ihm gehen und ihn beschützen, aber ich musste uns auch in Bewegung halten.

Die Gargoyles erreichten uns und ich hörte das Klirren von Schwertern über mir und das Rauschen von Luft in mächtigen Flügeln. Ein weiblicher Gargoyle mit blondem Haar versuchte, durch das Fenster neben mir zu klettern und ich schlug ihr ins Gesicht, da ich während der Fahrt nicht viel anderes tun konnte. Bei ihrer steinernen Haut brachte das nicht viel, aber dann riss Zel sie weg und schnitt ihr die Kehle mit einem weißglühenden Dolch durch.

Plötzlich kam der Wagen ins Schleudern und hielt an, die Reifen quietschten, als ich versuchte, weiterzufahren. Ich warf einen Blick aus dem Seitenfenster und sah, dass Tentakel der Finsternis die Räder gepackt hatten. Sie kamen aus Adams Armen. Ich trat weiter auf das Gaspedal und brüllte vor Verzweiflung, als die Gargoyles unseren Lastwagen umzingelten.

Dann prallte Zel gegen die Scheibe vor mir, die auf der Stelle zerbrach und ich schrie auf. Sie rollte ab und fiel zu Boden, woraufhin ich eine Vollbremsung hinlegte. Wo war mein Sohn? Ging es ihm gut?

Belphegor landete mit schwarzen, fledermausartigen Flügeln

vor dem Fahrzeug. Adam ließ sich neben ihr nieder und hielt Belial, der ohnmächtig, aber ansonsten unverletzt zu sein schien. Es war ein kleiner Trost für mich, dass sie Belial nicht töten würden, jedenfalls noch nicht. Sie brauchten ihn.

Zel hatte nicht so viel Glück. Als die Gargoyles den Lastwagen aufbrachen und mich herauszogen, warfen sie mich neben ihr auf den Boden. Ich konnte nicht sagen, ob sie atmete oder nicht, aber sie hatte eine Wunde an der Schulter, die ziemlich stark blutete.

„Nicht schlecht", sagte Adam, als er meinen bewusstlosen Sohn zu Boden warf. „Aber es gibt für keinen von euch ein Entrinnen."

Das Letzte, was ich sah, war sein schreckliches Gesicht, bevor die Welt schwarz wurde.

22

HANNAH

„Die Grabkammer ist nicht da.“

Die Stimme von Nemesis weckte mich aus dem Schlaf und ich riss die Augen auf. Ich lag wieder auf dem Boden in der Nähe der Grabkammer, umgeben von weiteren Wachen und mit Ketten, die an meinen Fesseln befestigt waren. Die Nacht war hereingebrochen und die kalte Luft kribbelte auf meiner Haut. Belial saß neben mir. Er war bereits wach und aufmerksam, trug aber so viele Ketten, dass er sich kaum bewegen konnte. Zel lag immer noch ohnmächtig neben ihm. Zum Glück war sie nicht tot, aber sie blutete immer noch, obwohl die Wunden bei Unsterblichen schnell heilten.

Ich setzte mich ein wenig auf und bemerkte, dass Nemesis in einiger Entfernung mit Adam, Belphegor und Philomelus zusammenstand. Mein einziger Trost war, dass sie alle stinksauer aussahen.

„Was meinst du damit, sie ist nicht da?“ schnaubte Adam, bevor sie alle in Richtung der Gruft zurückstapften.

„Willkommen zurück“, sagte Belial mit leiser Stimme zu mir.

„Ich frage mich, was sie meinen", flüsterte ich. „Wie kann die Grabkammer weg sein?"

Er zuckte mit den Achseln, scheinbar gleichgültig gegenüber unserem Dilemma. Vielleicht war er aber auch nur genauso erschöpft und niedergeschlagen wie ich in diesem Moment. Unser Fluchtversuch war gescheitert und wir würden keine weitere Chance bekommen. Es sah verdammt düster für uns aus, abgesehen von der Tatsache, dass sie das Grab der Pest nicht finden konnten. Das könnte uns ein paar Stunden verschaffen. Das musste reichen.

Ich versuchte, Belial etwas Hoffnung zu machen. „Luzifer wird kommen."

Er grinste. „Soll ich mich jetzt besser fühlen?"

„Wir werden das durchstehen. Ich verspreche es." Ich lehnte mich dicht an meinen Sohn und obwohl ich wusste, dass er sich wahrscheinlich zurückziehen würde, legte ich meine Arme um ihn. Ich wollte mich mit diesen Worten selbst beruhigen und erwartete, dass er mit einem bissigen Kommentar antworten würde.

Zu meiner Überraschung ließ Belial sich von mir halten. Er war riesig, so viel größer als ich, dass es sich anfühlte, als würde ich einen Baum umarmen, aber ich atmete tief ein und ließ diesen Moment auf mich wirken. Sollte ich heute Nacht sterben, dann hätte ich wenigstens diese wenigen Sekunden gehabt, in denen wir uns wieder verbunden gefühlt hatten.

Adam und die anderen kamen zurück und ich konzentrierte mich wieder auf das Geschehen, während sie ihren Soldaten Befehle zubrüllten. Belial und ich wurden auf die Beine gezerrt, dann nach vorne geschleift und vor der Gruppe wieder auf den Boden gestoßen.

Nemesis beugte sich vor mir herunter, so nah, dass ich ihren heißen Atem an meinen Wangen spürte. „Wo ist die Grabkammer?"

„Ich weiß nicht, wovon du redest."

Nemesis verpasste mir eine schallende Ohrfeige, die so schnell und unerwartet kam, dass ich sie einfach nur hinnehmen konnte. „Ich sagte, wo ist die Grabkammer?"

Belial wehrte sich gegen die Männer, die ihn festhielten und schrie: „Fass sie verdammt noch mal nicht an!"

Adam zog Nemesis zurück. „Tu meinem Preis nicht weh. Das darf nur ich."

Sein Preis? Wenn er noch näher käme, würde ich ihm auf die Schuhe kotzen.

Als der brennende Schmerz in meinem Gesicht aufflammte, musste ich tatsächlich lachen. „Ich habe wirklich keine Ahnung. Meine Erinnerungen sind ein einziges Durcheinander."

„Vielleicht weiß der Sohn etwas", sagte Belphegor und schritt mit einem Messer in der Hand auf Belial zu.

„Wenn ihr das glaubt, seid ihr noch dümmer, als ich dachte", sagte mein Sohn mit einem bitteren Lachen. „Luzifer hat mich vor Jahrhunderten aus der Hölle geworfen. Ich weiß gar nichts."

„Nein, das weiß er nicht", bestätigte Adam. „Aber Eva weiß es. Ich kann sie zum Reden bringen."

Adam sah Belial einen Moment lang an, dann schlug er meinem Sohn mit der Faust in den Bauch. Ich spürte sein schmerzhaftes Aufstöhnen in meinem eigenen Leib und ich umklammerte meine Brust, als er sich vor Schmerz krümmte. Dann drehte sich Adam mit purer Niedertracht in seinen Augen zu mir um. „Ich werde ihn nicht töten. Das weißt du doch. Aber ich werde dafür sorgen, dass er so sehr leidet, dass er um den Tod betteln wird. Es sei denn, du sagst mir, wo die Grabkammer ist."

„Ich weiß es wirklich nicht!" Ich zerrte an meinen Ketten, wollte unbedingt zu meinem Sohn. „Ich lüge nicht. Ich erinnere mich an nichts, ich schwöre es."

„Dann solltest du dich besser schnell erinnern." Adam schnappte sich Belphegors Messer und schlitzte Belial damit die

Oberarme auf. Zwei schnelle Hiebe, die ihn bluten ließen, obwohl sein Gesicht nichts verriet.

„Nein!" schrie ich, als das Blut auf die Tätowierungen meines Sohnes tropfte.

„Sag ihnen nichts, Mutter", sagte Belial mit zusammengebissenen Zähnen.

Adam schlitzte als nächstes Belials Oberschenkel auf, durch seine dreckigen, zerrissenen Jeans, und heiße Tränen liefen mir über die Wangen. Ich schrie sie an, sie sollten aufhören und kämpfte, bis mir Arme und Beine wehtaten. Adam hielt inne und sah mich an.

„Hör auf", schrie ich. „Ich versuche, mich zu erinnern! Lass mich nur nachdenken." Ich durchforstete meine Erinnerungen, Bilder kamen und verflüchtigten sich in meinem Kopf, während ich sie hervorholte und verwarf. Ich erinnerte mich vage daran, dass ich als Eva im Turm gewesen war und mein Blut auf die Grabkammer vergossen hatte, aber das erklärte nicht, was danach mit ihr geschehen war.

„Das dauert zu lange", sagte Nemesis. „Stich nochmal zu."

Adam schlitzte Belial als Nächstes mit dem Dolch den Rücken auf und zerfetzte sein bereits zerrissenes Hemd noch weiter. Dort, wo seine Flügel gewesen wären, hätte er sie herausziehen können.

„Warte, halt!" Ich schloss die Augen und suchte verzweifelt nach etwas, das mit der Grabkammer zu tun hatte. „Ich versuche es ja!"

Belial schrie, sein heiserer Schrei hallte von den Ruinen wider und ich riss die Augen auf und sah, wie Blut aus seinem Rücken floss.

„Warte!" rief ich. „Ich habe etwas. Hör auf, ihm weh zu tun." Mein Kopf schmerzte vor Anstrengung, um all die Erinnerungen zu erzwingen. „Luzifer ..."

„Luzifer *was*?" fragte Belphegor.

Bilder blitzten hinter meinen Augen auf als würde ich einen alten, verblassten Film sehen, in dem einige Szenen fehlten. „Er hat sie verlegt. Nach Belials Revolte. Er sagte, er tue es aus Vorsicht." Ich sank vor Erleichterung in mich zusammen, froh, dass ich mich an etwas erinnern konnte, damit sie aufhörten, Belial wehzutun.

Aber Nemesis stürmte vor; ihre manikürten Nägel wurden länger und verwandelten sich in Klauen. Sie hieb Belial in die Brust und er wimmerte erneut vor Schmerz. „Wohin?", fragte sie in einem so ruhigen Ton, als hätte sie nicht gerade das Blut meines Sohnes in den Wüstensand gespritzt.

„Ich weiß es nicht!" weinte ich. Ich schloss wieder die Augen und versuchte, das Tempo meines Herzschlags und die Raserei meiner Gedanken zu überspielen und so ruhig wie sie zu wirken. Ich konnte nicht vor ihnen zusammenklappen. Nicht, wenn ich Belial beschützen wollte. Und ich musste so viele andere Sinne wie möglich ausblenden, damit ich mich konzentrieren konnte.

Ich fasste mir an den Kopf und versuchte, mich zu erinnern. „Ich war ein Mensch", flüsterte ich. „Auf einem Schiff. Mit Luzifer." Ich konzentrierte mich, so gut ich konnte und war bereit, alles zu tun, um zu verhindern, dass sie Belial etwas antaten. Es war ein älteres Schiff mit großen Masten und Segeln und das Holz ächzte, als wir über die stürmische See segelten. Luzifer trug ein wallendes weißes Hemd und eine Hose, die in große schwarze Stiefel gesteckt war. Er drehte sich um und deutete über die Wellen.

Belial schrie wieder, sein bisher lautester Schrei. Ich konnte meine Augen nicht öffnen. Ich musste weitergehen. Ich kämpfte mich durch den Nebel der Erinnerungen. Das Schiff legte an und die massive Grabkammer wurde mit Seilen in eine Kutsche gehievt. Wir fuhren durch strömenden Regen und mitten in der Nacht zu einem Ring aus Steinen im Gras.

„Stonehenge!" Ich öffnete meine Augen. „Sie ist in Stonehenge!"

Adam grinste und trat nahe heran, um mein Gesicht zu berühren, fast zärtlich, aber ich wandte den Kopf ab. „Ich wusste, dass du dich erinnern würdest."

„Macht euch sofort bereit", sagte Nemesis zu der nächsten Wache.

Oh, verdammt, was hatte ich getan? Ich hatte sie direkt zum Versteck der Pestilenz geführt.

Ich drehte mich zu Belial um, der mich mit seinen unergründlichen Augen ansah, wahrscheinlich enttäuscht von mir, weil ich den Ort verraten hatte. Ich begann, auf ihn zuzukriechen, entsetzt über den Anblick seines Blutes. Ich wollte nichts weiter, als ihn festhalten. „Es tut mir leid", sagte ich zu ihm. „Ich musste es tun."

Doch dann wandte sich Adam an Belial und reichte ihm die Hand. Ich hielt inne und starrte mit offenem Mund, während Belial sie nahm und sich erhob. Adam löste die Fesseln an seinen Handgelenken und mein Sohn stieß einen erleichterten Seufzer aus und rieb sich die Haut. Dann reichte ein Gargoyle Belial ein kleines Handtuch, um das Blut abzuwischen. Seine Wunden heilten bereits, jetzt, da die Fesseln abgenommen worden waren und ich stellte fest, dass sie nicht sehr tief waren.

„Danke, Mutter", sagte Belial, während er sich schnell säuberte. Dann warf er den blutigen Lappen einem der Männer in der Nähe zu.

„Was ..." Ich blickte zwischen Belial und den anderen hin und her, die begonnen hatten, ihre Sachen zusammenzupacken und in die Lastwagen zu laden. Belial bewegte sich nun frei zwischen ihnen, als sei er einer von ihnen.

„Macht den Jet bereit", befahl Belial. „Wir fliegen nach England."

„Belial, was geschieht hier?" fragte ich und griff nach ihm.

Ich wollte nicht glauben, was ich sah – mein eigener Sohn verriet mich. „Belial!"

Seine Augen begegneten meinem Blick wieder und sie waren hart. Er sah mich an wie ein Fremder. Nein – wie ein Feind.

„Schaltet sie aus."

„Nein!" schrie ich, während er davonging und mein Herz brach noch stärker als damals, als Luzifer mich getötet hatte.

Belphegor stellte sich vor mich und es wurde wieder dunkel um mich.

23

LUZIFER

Ich betrat Belial's Bar zum ersten Mal. Ich war schon oft hier gewesen, aber ich hatte sie immer aus der Distanz beobachtet und mir gesagt, dass ich jetzt endlich hineingehen und mit meinem Sohn sprechen würde. Jetzt fürchtete ich, es könnte zu spät sein.

Der Laden war ein einziges Chaos. Zerbrochene Fenster. Zersplitterte Stühle. Kaputte Tische. Die verspiegelte Wand hinter der Bar war zertrümmert und zerschlagene Schnapsflaschen lagen überall herum, so dass der Raum nach Alkohol stank. Ich hob eine der auf dem Boden verstreuten Speisekarten auf und starrte auf das Logo der Outcast Bar. Zwei winzige Blutflecken beschmutzten die schwarzen Flügel, die über dem Logo prangten. War das Hannahs Blut? Das von Belial? Das eines ihrer Angreifer?

Ich ließ die Speisekarte fallen und suchte den dunklen Raum ab, der nur durch ein wenig Magie meiner himmlischen Engelsfreunde erhellt wurde. Offensichtlich hatte hier ein Kampf stattgefunden, aber die Sieger hatten gute Arbeit geleistet, um die Spuren zu beseitigen. Falls es Besiegte gegeben hatte, waren ihre

Körper bereits entfernt worden. Nur diese winzigen Blutstropfen waren noch zurückgeblieben.

Gut, dass ich jemanden hatte, der mir bei der Spurensuche helfen konnte. Ich hatte Samael, Kassiel, Olivia und ihre anderen Helfer mitgebracht, als wir aus Las Vegas abgereist waren. Die meisten von ihnen waren draußen und durchkämmten die Umgebung nach Hinweisen, aber Bastien war derjenige, an den ich mich jetzt wandte. Als Sohn eines Erzengels verfügte er über eine zusätzliche Kraft, die ich brauchte – die Kraft, Gegenstände zu lesen und durch sie hindurch die Vergangenheit zu sehen.

Bastien trat an den Tresen und legte seine Hände auf das glatte Holz, dann schloss er die Augen. Als er sie öffnete, wandte er sich mir zu. „Gargoyles.“

„Ich wusste es“, murmelte Samael.

„Was ist mit Hannah passiert?“ fragte ich.

„Belphegor hat sie eingeschläfert und sie wurde weggebracht“, sagte Bastien. „Zusammen mit Azazel.“

Ich fluchte leise vor mich hin. Das war nicht das erste Mal, dass Belphegor und ihre Leute Hannah angegriffen hatten. Wenn ich die Erzdämonin noch einmal sah, würde ich sie in Stücke reißen, Stück für Stück. „Und Belial?“

Bastiens dunkle Brauen legten sich in Falten. „Er schien zunächst von Belphegor außer Gefecht gesetzt worden zu sein, aber als Hannah eingeschlafen war, stand er auf und rappelte sich auf. Er ist mit Belphegor aus der Bar gegangen.“

„Nein.“ Das Wort entwich mir, auch wenn mich die Offenkundigkeit wie ein Schlag in die Magengrube traf. Belial arbeitete mit den Erzdämonen zusammen. Natürlich tat er das. Er hatte schon einmal versucht, mich zu stürzen und es hatte nicht geklappt. Jetzt war er Teil des Plans, es erneut zu versuchen. Ich hätte wissen müssen, dass er einen neuen Anlauf nehmen würde. Wie töricht war ich nur gewesen, zu glauben, dass wir vielleicht bereit waren, die alten Streitigkeiten zu begraben und zu hoffen, dass Hannah endlich kitten konnte, was so grundlegend zerstört worden war.

„Irgendein Hinweis darauf, wohin sie gegangen sind?" fragte Samael. „War Adam bei ihnen?"

„Nein", sagte Bastien. „Zu beiden Eurer Fragen."

Ich fand eine halb leere Bourbon-Flasche, nahm sie in die Hand, trank den letzten Schluck aus und warf sie dann mit voller Wucht gegen die Wand. Als sie zerschellte, hallte das Geräusch von berstendem Glas durch die Bar. Höllenfeuer züngelte an meinen Fingern entlang, während ich durch den Raum starrte. Ich wollte diesen ganzen Ort niederbrennen. Damit Belial auch nur einen Hauch von dem Verrat erfuhr, den ich jetzt empfand.

Samael legte mir eine Hand auf die Schulter. „Wir werden sie finden. Wenigstens können wir uns damit trösten, dass Belial Hannah nicht wehtun wird."

Nicht körperlich, nein. Aber seelisch? Belial könnte ihr mehr wehtun, als irgendjemand es zuvor getan hatte. Ich wusste das, weil er es mit mir getan hatte. Ich würde alles tun, um Hannah diese Art von Schmerz zu ersparen, vor allem, nachdem sie schon so viel gelitten hatte.

Von draußen ertönte ein Schrei und ein Knurren und dann sah ich, wie Callans stämmige Gestalt einen großen Wolf durch das bereits zerbrochene Fenster der Bar schleuderte. Der Wolf schlug gegen die Wand und krachte zu Boden und alle um mich herum griffen nach ihren Waffen und stürmten hinaus in die Nacht.

Gestaltenwandler. Ich hätte wissen müssen, dass auch sie in diese Sache verwickelt waren. Was für ein Pech für sie, dass sie sich einen wirklich schlechten Moment ausgesucht hatten, um sich mit mir anzulegen.

Ich verwandelte mich in die Finsternis und flog durch die offenen Türen, um mich dann draußen inmitten des Gefechts neu zu formieren. Riesige Bären und riesige Wölfe kämpften auf der dunklen Straße gegen meine engelhaften Verbündeten, während Kassiel und Olivia es mit einer Gruppe riesiger Falken in der Luft über uns aufgenommen hatten. Ich entfachte das Höllenfeuer, das unter meiner Haut brodelte, seit ich von Belials Verrat erfahren hatte, die Luft war erfüllt von dem Geruch verbrannten Fells und dem gutturalen Brüllen und Heulen sterbender Gestaltwandler.

Dann stürzte ein schwarzer Wolf, so groß wie ein Bus, auf mich zu und warf mich zu Boden. Augen, die wie Magma glühten, starrten mich an, während zwei riesige Pranken mich festhielten. Die brennenden Krallen gruben sich in mich und zerrissen meinen Anzug. Die schwarzen Lippen des Wolfes verzogen sich zu einem allzu menschlichen Grinsen, als er knurrte: „Unterwirf dich, Luzifer."

„Fenrir", sagte ich mit einem kalten Lachen. „Es ehrt mich sehr, dass du dich entschlossen hast, deine kleine Hütte mitten in Montana zu verlassen, um mich zu besuchen, selbst wenn deine Umgangsformen etwas besser sein könnten. Aber das war ja auch schon immer so."

Der Erzdämon der Wandler schnappte daraufhin mit seinen riesigen Reißzähnen nach mir, aber ich beschoss ihn mit Höllenfeuer und er musste ausweichen und von mir herunterspringen, um nicht getroffen zu werden. Er landete auf Belials Bar, so groß, dass er fast das ganze Dach einnahm und als er brüllte, schleuderte er glühendes Magma auf mich. Ich nutzte die Finsternis, um es zu ersticken und er erhob sich wieder in die Luft. Er war so groß und schnell, dass ich seinen gewaltigen Klauen kaum ausweichen konnte. Ich schwang mich mit ausgebreiteten Flügeln in die Höhe und drehte mich zu ihm um. Er schlug mit einer riesigen schwarzen Pranke nach mir, ich wich aus und schoss mehr Höllenfeuer auf ihn. Er vernichtete es mit Magma und wir setzten den Kampf auf dem Dach von Belials Bar und anderen Gebäuden in der Nähe fort, um zu sehen, wer als Erster einen Fehler machen würde.

Plötzlich hob Fenrir seinen Kopf und stieß ein lautes Brüllen aus, das die Fenster aller Gebäude in der Straße zum Bersten brachte und einige Autoalarme auslöste. Auf sein Signal hin eilten die Gestaltwandler auf schnellen Pfoten und Flügeln davon, ihre Toten und Verletzten im Schlepptau.

„So schnell schon wieder weg?" rief ich.

Fenrir sprang auf das Dach eines anderen Gebäudes und knurrte mich an. „Wir sehen uns wieder – sobald die Pest auf der Erde wandelt."

Er stürmte davon und ich überlegte, ob ich ihm folgen sollte, entschied mich aber dagegen. Wir würden später miteinander abrechnen, da war ich mir sicher. Im Moment musste ich mich darauf konzentrieren, Hannah zu finden.

Obwohl es mitten in der Nacht war, mussten einige Menschen den Kampf gesehen haben, denn ich hörte Schreie und den Klang von Sirenen. Verdammte Scheiße. Die Erzdämonen scherten sich einen Dreck darum, unsere Art vor den Menschen zu verstecken. Zweifellos dachten sie, sie würden wie Könige über die Menschen herrschen, sobald ich von der Bildfläche verschwunden war. Diese Dummköpfe. Sie ignorierten die Tatsache, dass wir den Menschen zahlenmäßig weit unterlegen waren und wenn sie sich gegen uns verbündeten, würde das nicht gut ausgehen. Für keinen von uns.

Ich landete auf der Straße, wo sich die anderen versammelt hatten und erschrak ein wenig. Fenrirs Klauen hatten zwei tiefe Wunden in meine Brust gerissen, die nun brannten, als sei ich von Magma berührt worden. Einige der anderen waren auch verletzt worden, aber der Angriff war nicht ernsthaft gewesen, sonst hätte Fenrir nicht so schnell aufgegeben.

Wenigstens hatte er eine Sache bestätigt – sie waren hinter der Pest her.

„Was sollte das denn?" fragte Olivia und starrte in die Richtung, aus der die Gestaltwandler geflohen waren.

„Es war ein Ablenkungsmanöver", sagte Samael, der aus dem Hintergrund auftauchte. „Ich habe gerade einen Anruf von Einial erhalten. Die Gestaltenwandler haben das Flugzeug zerstört."

„Sie wollen uns aufhalten", sagte ich. Belial und die Anderen mussten inzwischen auf dem Weg zur Grabkammer der Pest sein. Er musste Hannah entführt haben, weil er vermutete, dass ich die Grabkammer verlegt hatte und sie war der Schlüssel, um diese zu finden. Hannah und ich waren die einzigen beiden noch lebenden Wesen auf der Welt, die wussten, wo sie war. Ich hatte nur Menschen für den Transport benutzt, um besonders vorsichtig zu sein. Nicht einmal Azazel oder Samael kannten den neuen Ort. Da Belial mir viel zu sehr ähnelte, musste er das geahnt haben. Ich hatte ihn zu gut ausgebildet, als er noch der Thronfolger der Hölle war.

„Ich kann uns ein anderes Gefährt besorgen, aber das wird einige Zeit dauern", sagte Samael. „Das Hotel Immortelle ist ganz in der Nähe. Wir können uns dort frisch machen, während ich die Vorbereitungen treffe."

Ich nickte, während ich mir die ruinierte Jacke vom Leib riss und noch wütender wurde, als ich sah, wie Fenrir meinen Armani-Anzug ruiniert hatte. Das Hotel Immortelle gehörte zu meiner Gesellschaft, Abaddon Inc. Ich hasste diese erneute Verzögerung, aber es blieb uns tatsächlich keine andere Wahl, als dorthin zu gehen und die nächsten Schritte zu planen.

Marcus betrachtete die tiefen Wunden auf meiner Brust. „Du solltest mich das heilen lassen."

„Keine Zeit", sagte Kassiel als die Sirenen lauter wurden. „Wir müssen sofort von hier verschwinden."

Alle auf der Straße blickten auf mich, um den nächsten Befehl zu erhalten. Ich musste eine Entscheidung treffen – nach

Palästina zum alten Standort der Grabkammer gehen und hoffen, dass wir sie einholen konnten – oder nach England reisen und versuchen, sie aufzuhalten, wenn sie in Stonehenge ankamen. *Falls* sie nach Stonehenge fuhren.

Ich hüllte uns in Finsternis, um unsere Gruppe besser zu verbergen. „Geht zum Hotel und bereitet euch auf einen langen Flug vor. Wir reisen nach London."

24

HANNAH

Als ich erwachte, hörte ich ein leises Brummen und hatte das Gefühl, in Bewegung zu sein, ohne mich selbst zu bewegen. Ich hielt meine Augen geschlossen, damit niemand merkte, dass ich aufgewacht war. Ich versuchte, mir über meine Lage klar zu werden. Offenbar befand ich mich in einem Flugzeug und wenn ich meine Arme bewegte, klimperten sie leise, so wie sie es über Nacht in der Wüste getan hatten, sodass die kleinen Silberfesseln wieder da zu sein schienen.

Sonst hörte ich nichts, also öffnete ich langsam meine Augen und sah mich um. Ich befand mich im Frachtraum des Flugzeugs, eingezwängt zwischen Kisten. Ich reckte meinen Nacken und versuchte, die Verrenkung zu beseitigen, die ich mir beim Schlafen in einem so ungünstigen Winkel zugezogen hatte, während ich meine Umgebung in Augenschein nahm. Zwei bewaffnete Männer standen an einer Tür in der Nähe, die wahrscheinlich zu einem anderen Teil des Flugzeugs führte. Ansonsten war ich allein.

Belial betrat den Durchgang mit einem Tablett mit Essen in der Hand. Er stellte es auf eine der Kisten neben mir und hockte sich dann auf die Kante einer anderen Kiste. „Hallo, Mutter. Ich bin froh, dass du wach bist."

Ich starrte ihn an, während ich versuchte, eine Antwort zu formulieren. Der Schmerz über seinen Verrat war größer als alles, was ich bisher erlebt hatte. Schlimmer als damals, als Jophiel mir meine Erinnerungen und meine Kräfte genommen hatte. Schlimmer als damals, als Luzifer mir das Leben genommen hatte. Zumindest hatten sie mit den besten Absichten gehandelt. Das konnte ich von Belial nicht behaupten.

„Wo ist Azazel?" Ich schaffte es zu fragen. „Geht es ihr gut?"

„Es geht ihr gut."

Ich beobachtete ihn genau, während ich die Frage aussprach, die ich mich nicht zu stellen traute. „Arbeitest du wirklich mit den anderen Erzdämonen zusammen? Um Luzifer zu stürzen?"

„Mit ihnen zusammenarbeiten? Nein." Ein finsteres Lächeln breitete sich auf seinem Gesicht aus und für eine Sekunde sah er seinem Vater viel zu ähnlich. „Sie arbeiten für *mich*."

Zorn mischte sich mit Enttäuschung und Schuldgefühl, die Emotionen schnürten mir die Kehle zu, sodass ich nicht sprechen konnte. Wie konnte mein eigener Sohn so etwas tun? War es meine Schuld?

Nein. Belial hatte seine eigenen Entscheidungen getroffen, wie er es immer getan hatte. Ich mochte als Mutter versagt haben, aber ich konnte nicht die volle Verantwortung dafür übernehmen, dass mein Sohn irgendwann in seinem langen Leben sein Gewissen verloren hatte.

Er deutete auf das Essen, das er vor mich gestellt hatte. „Iss."

„Was? Und mich von dir vergiften lassen?" Ich schob das Tablett weg, als wollte ich meinen Standpunkt unterstreichen, aber verflucht, es roch so verdammt gut. Ich war absolut am Verhungern. Wie lange war ich bewusstlos gewesen?

Er sah mich stirnrunzelnd an, als ob unsere Rollen vertauscht und er der von seinem bockigen Kind enttäuschte Elternteil wäre. „Natürlich nicht. Du sollst bei all dem nicht verletzt werden."

Ich hob die Augenbrauen und dachte an die Zeit zurück, als ich noch geglaubt hatte, ein Mensch zu sein. Ich konnte die Angst von damals noch immer schmecken und jetzt, wo ich wusste, dass er hinter all dem steckte, war es noch schlimmer. „Ach? Und was ist mit den Kobolden, die mich vom Dach geworfen haben?"

Sein Gesicht verfinsterte sich, seine Augenbrauen zogen sich zu einem grimmigen Blick zusammen. „Das hätten sie nicht tun dürfen und die Beteiligten wurden dafür bestraft.

Seine Worte bestätigten, dass er wirklich von Anfang an hinter all dem steckte. „Und die Gargoyles, die mich in Luzifers Bibliothek töten wollten? Oder die Drachen, die mich im Grand Canyon angriffen?"

Er winkte abweisend mit der Hand. „Sie haben lediglich versucht, dich zu entführen, mehr nicht."

„Und Adam?" Ich kniff die Augen zusammen. „Du arbeitest mit dem Mann zusammen, der mich immer und immer wieder ermordet hat. Wie kannst du das tun? Oder ist das eine Kleinigkeit, die du lieber vergessen möchtest?"

„Manchmal müssen wir uns mit unseren Feinden verbünden, um unser großes Ziel zu erreichen." Er seufzte und lehnte sich an die Kiste. „Glaub mir, ich liebe Adam nicht, aber er kam vor Jahren als Gadreel zu mir und schlug mir vor, Luzifer zu stürzen. Ich stimmte unter einer Bedingung zu – dass dir kein Leid zugefügt wird."

Ich schüttelte den Kopf, immer noch ungläubig. Oder vielleicht wollte ich die schreckliche Wahrheit über meinen eigenen Sohn einfach nicht wahrhaben. Ich hatte geglaubt, dass wir endlich zueinander finden würden. Ich hatte geglaubt, unsere Beziehung könne gerettet werden. Und es war alles ein abgekartetes Spiel.

„Du hast mich ausgetrickst", sagte ich mit einem Kloß im Hals. Ich würde nicht weinen. Nicht vor ihm. „Du hast so getan, als wärst du entführt worden. Du hast unseren Fluchtversuch vorgetäuscht. Du hast sie dazu gebracht, dich zu foltern. Alles, damit ich dir vertraue."

„Es tut mir leid, Mutter. Es war der einzige Weg. Ich habe immer vermutet, dass Luzifer die Grabkammer der Pest verlegt hat, um sie vor mir in Sicherheit zu bringen."

„Aus genau diesem Grund", murmelte ich.

„Richtig. Er kennt mich gut." Belials Tonfall betonte, dass ich das nicht tat und in diesem Punkt stimmte ich ihm zu. Ich kannte meinen Sohn überhaupt nicht. „Meine Quellen sagten mir, dass nur du und Luzifer in den Transport verwickelt wart, was bedeutete, dass ich deine Hilfe brauchte, um ihn zu finden."

Ich erinnerte mich an alles, was in den letzten Tagen passiert war. „Woher wusstest du, dass ich dich besuchen würde?"

„Oh, du bist sehr durchschaubar. Ich wusste, dass du, sobald du wiedergeboren bist und deine Erinnerungen wiedererlangt hast, nach mir suchen und versuchen würdest, mit mir Frieden zu schließen. Das tust du immer. Ich musste nur darauf warten, dass du wiedergeboren wirst und dass Gadreel dich findet. Es hat länger gedauert als ich erwartet hatte, aber sobald er dich gefunden hatte, waren wir bereit zu handeln."

„Aber warum?" Meine Stimme wurde brüchig. „Warum hast du das alles getan?"

„Du meinst, warum ich wieder versuche, Vater zu stürzen?" fragte Belial. „Aus demselben Grund, aus dem ich es schon einmal versucht habe. Es ist an der Zeit, dass jemand anderes die Hölle regiert."

Ich schnaubte. „Und dieser Jemand solltest du sein."

„Im Idealfall ja, aber das ist nicht so wichtig, wie du vielleicht denkst." Er verschränkte seine tätowierten Arme. „Sieh dir all die Demokratien auf der Welt an. Sie bekommen alle paar Jahre neue Anführer, um zu verhindern, dass eine einzelne Person zu mächtig wird und wie ein Tyrann regiert. Luzifer hat den Thron seit Tausenden von Jahren inne... Die Dämonen sind bereit für einen Wechsel."

„Aber Luzifer war die ganze Zeit über ein guter Herrscher!"

„War er das?" Belial zog eine Augenbraue hoch. „Es gibt viele, die dem nicht zustimmen würden. Hast du nicht bemerkt, dass er die Gefallenen begünstigt und sie damit beauftragt hat, die anderen Dämonen in Schach zu halten? Als ob Dämonen beaufsichtigt und gegängelt werden müssten wie widerspenstige Kinder. Und was ist mit seiner Entscheidung, alle aus der Hölle zu vertreiben und sie zu zwingen, auf der Erde zu leben?"

„Er musste es tun, um die Dämonen vor dem Aussterben zu bewahren. Der Krieg musste beendet werden und die Hölle war unbewohnbar geworden."

„Viele der Erzdämonen sehen das anders. Sie wollen zurückkehren und mit dem Wiederaufbau beginnen, um eine neue Welt für alle Dämonen zu schaffen."

„Und du glaubst, sie lassen dich über sie herrschen?" fragte ich mit einem spitzen Lachen. „Haben sie etwa noch nicht gemerkt, dass du kein echter Dämon bist?"

Er sah mich finster an, als hätte ich ihn beleidigt. „Ich habe kein Interesse daran, in der Hölle zu leben. Ich habe vor, über diejenigen zu herrschen, die auf der Erde bleiben – Nephilim wie ich und jene Dämonen und Gefallenen, die es vorziehen, hier zu bleiben. Die Erzdämonen können sich untereinander darüber streiten, wie sie die Hölle regieren, wenn sie erst einmal dort sind."

Ich konnte ihn nur entsetzt anstarren. „Und was passiert mit mir in deinem großen Plan? Und mit Luzifer?"

„Natürlich wirst du in Sicherheit sein. Jedenfalls sicherer als Luzifer, durch die Abmachung, die ich mit Adam getroffen habe. Und was Vater betrifft ..." Er zuckte mit den Schultern, aber seine Augen blieben hart. „Das hängt sehr von ihm ab. Ich will ihn nicht verletzen. Ich will nicht, dass er stirbt. Aber manchmal gibt es Opfer bei einer Revolution. Wenn er nicht friedlich abtritt, wird er beseitigt werden müssen.“

Seine gefühllosen Worte erschütterten mich zutiefst. War es ihm wirklich egal, ob sein Vater lebte oder starb? Oder sprach da nur sein Stolz aus ihm? Natürlich hatte er das schon einmal versucht. Der einzige Grund, warum er jetzt nicht auf dem Thron der Hölle saß, war, dass er gescheitert war. Damals hatte ich Luzifers Strafe für zu hart gehalten. Jetzt war ich mir nicht mehr sicher, ob sie hart genug war.

Ich richtete mich auf, so gut es in meinen Ketten ging und nahm einen herausfordernden Tonfall an. „Luzifer ist mein Gefährte und ich bin seine Königin. Wenn du glaubst, ich würde mich zurücklehnen und zulassen, dass du ihn stürzt – und möglicherweise tötest – dann irrst du dich gewaltig.“

„Wie kannst du auf seiner Seite stehen, nach allem, was er getan hat?“ Belial schlug mit der Faust auf die Kiste neben sich. „Ich habe dich so oft sterben sehen. Immer und immer wieder, seit Tausenden von Jahren. Ein endloser Kreislauf. Dich zu finden, nur um dich wieder zu verlieren. Und das ist alles seine Schuld. Du wärst nicht verflucht, wenn Luzifer nicht wäre.“

„Belial, nein.“ Mein Herz schmerzte wegen all dem, was er gesehen hatte und was ich nicht hatte verhindern können. „Du kannst Luzifer nicht für den Fluch verantwortlich machen, genauso wenig wie du mir die Schuld daran geben kannst. Es war alles *Adams* Schuld. *Er* ist derjenige, der mich all diese Male getötet hat. Er hat uns das alles angetan. Es war seine Hand, nicht die deines Vaters. Wie kannst du nur mit ihm zusammenarbeiten?“ Ich atmete tief durch und verspürte das dringende Bedürfnis, Belial die Wahrheit zu offenbaren und nicht die Lüge, die er in seinem Kopf ausgeheckt hatte. „Du sagtest, ihr zwei hättet eine Abmachung getroffen, aber erst letzte Woche hat er versucht, mich zu töten. Hat er das dir gegenüber erwähnt?"

Belials Mundwinkel fielen herunter, aber er antwortete nicht.

„Er hat auch deine Schwester getötet." Ich hatte nicht vorgehabt, einem meiner Söhne von diesem Verlust zu erzählen, zumindest noch nicht, solange er noch so frisch in meinem Gedächtnis war, aber Belial musste wissen, mit was für einem Mann er es zu tun hatte.

„Schwester?" fragte Belial.

Ich konnte die Worte kaum herausbringen, aber ich kämpfte mich weiter vor. „In meinem letzten Leben, als Adam mich tötete, war ich schwanger. Er nahm mir meine ungeborene Tochter weg. Deine Schwester. Ich wette, diese Tatsache hat er auch nicht erwähnt, als ihr den Pakt geschlossen habt."

„Außerdem ist der Fluch jetzt sowieso gebrochen." Ich lehnte mich an die Kiste hinter mir, fühlte mich leer und erschöpft nach meinem letzten Geständnis. „Wenn ich jetzt sterbe, sterbe ich für immer. Wenn Adam mich noch einmal tötet, gibt es diesmal kein Zurück mehr. Vertraust du ihm immer noch mit diesem Wissen?"

Die Augen meines Sohnes wurden größer. Nur ein wenig, gerade genug, um mich wissen zu lassen, dass dies für ihn eine Überraschung war. Aber dann erholte er sich schnell und schob mir das Tablett wieder zu. „Iss. Wir werden in ein paar Stunden in London sein."

Ich wandte mich ab, unfähig, mich weiter mit meinem verräterischen Sohn zu befassen. Nachdem Jophiel mir mein Gedächtnis zurückgegeben hatte und ich vom Tod meiner Tochter erfahren hatte, war die Verbindung zu meinen Söhnen für mich lebenswichtig geworden. Familie war das *Wichtigste*, das hatte ich erkannt und es war meine Aufgabe geworden, uns alle wieder zusammenzubringen. Vielleicht war ich zu optimistisch gewesen in der Hoffnung, dass ich uns alle so schnell in eine große, glückliche Familie verwandeln könnte. Jetzt aber wurde mir klar, dass es dafür nie eine Chance gegeben hatte. Belial hatte sich zu weit in die Finsternis begeben und seiner Familie und allen, die ihn liebten, den Rücken gekehrt.

„Niemand wird dir etwas tun. Du stehst jetzt unter meinem Schutz." Belial erhob sich und schwebte über mir, wartete darauf, dass ich ihn ansah, aber ich rührte mich nicht. „Und wenn Luzifer erst einmal weg ist, wirst du sehen, dass es nur zum Besten ist. Für alle."

25

LUZIFER

Die großen, grauen Steine umgaben mich, beleuchtet nur von der dünnen Sichel des Mondes. Ich berührte einen von ihnen mit der flachen Hand. Sie hielten sich gut, wenn man bedachte, wie groß das Interesse der Menschen an Stonehenge zu sein schien. Ein Zeitmesser? Ein außerirdischer Steinkreis? Wer zum Teufel wusste schon, welche Verschwörungstheorien sie sich sonst noch ausgedacht hatten. Es war mir egal. Je mehr, desto besser, solange sie nicht merkten, dass ich einen der Vier Reiter der Apokalypse in der Mitte dieser Steine versteckt hatte. Ich war mir ziemlich sicher, dass diese Verschwörungstheorie noch nicht aufgekommen war.

Natürlich hatte ich Stonehenge nicht erschaffen. Ich brauchte einfach einen anderen uralten Ort, der wie der Turm von Jericho von der Magie der Altgötter durchdrungen war, um alle Spuren der Energie und Macht der Pest zu verhüllen. Als ich vor Hunderten von Jahren diesen Ort als neuen Standort für die Grabkammer gewählt hatte, ahnte ich noch nicht, dass er sich zu einer seltsamen Touristenattraktion entwickeln würde. Die Menschen waren wirklich eigenartige, kleine Kreaturen.

Aber vielleicht spürten sie die latente Macht des Gottes, tief unter der Oberfläche. Vielleicht fühlten sie sich davon angezogen und strömten deshalb in Scharen an diesen Ort. Mehr als eine Million Besucher pro Jahr, so sagte man mir. Ich musste fast lachen, als ich daran dachte wie wütend die Pest werden würde, wenn sie wüsste, was über ihr vor sich ging.

Die kurze Schadensfreude war eine willkommene Ablenkung von meiner Angst und Wut. Ich hatte die Nachricht erhalten, dass alle meine Wachen im Turm von Jericho niedergemetzelt worden waren, dass die Angreifer jedoch schon kurz darauf verschwunden waren. Der Bericht enthielt kein Wort über Hannah, Belial oder Azazel – und über vieles andere auch nicht. Aber Baal hatte sich gemeldet und bestätigt, dass sie auf dem Weg nach England waren, um die Grabkammer zu suchen und dass Hannah noch am Leben war.

Hier waren wir also und warteten darauf, ihnen aufzulauern. Ich konnte mich nicht entscheiden, bei welchem Gedanken ich wütender war, Adam oder Belial zu sehen. Zu diesem Zeitpunkt ging es mir nur darum, Hannah zu retten und die Wiedererweckung der Pest zu verhindern. Verdammt sei alles andere.

Ich flog zu den anderen, die über mir am Nachthimmel kreisten. Samael und Kassiel hüllten das Gebiet in Dunkelheit, während Olivia ihre himmlische Kraft der Unsichtbarkeit einsetzte, um uns vor den Blicken Neugieriger zu verbergen. Callan und Marcus sahen kampfbereit aus, während Bastien die Gegend mit seinen Ofanim-Sinnen abtastete, die in der Lage sein würden, jede Illusion zu durchschauen, die Nemesis oder andere Kobolde einsetzten. Eine Gruppe von Verbündeten unter den Engeln zu haben, erwies sich in diesen Tagen als sehr nützlich.

„Sie kommen", sagte Bastien und deutete in Richtung Süden. Ich folgte seinem Blick, sah dort aber nichts. „Nemesis verbirgt ihre Ankunft, aber sie sind alle da. Belphegor. Adam. Belial. Ein grünhaariger Feenmann. Und etwa zwanzig oder dreißig Kobolde und Gargoyles wie es aussieht."

„Irgendein Zeichen von Hannah?" fragte ich. „Oder Azazel?"

„Nein."

Verdammt.

„Macht euch bereit", rief Samael und die Anderen machten ihre Waffen bereit. Auch die anderen loyalen Gefallenen, die meinem Aufruf zum Kampf gefolgt waren.

Bastien entsandte einen Lichtblitz und die Dämonen in der Luft und am Boden waren plötzlich für uns alle sichtbar. Ich erblickte Belphegor am Himmel, umgeben von Gargoyles und ich spürte, wie sie ihre erzdämonische Kraft des Schlafes gegen uns einzusetzen versuchte. Wir hatten uns jedoch darauf vorbereitet. Marcus setzte seine Heilkraft ein, um sie zu bekämpfen und unsere Gruppe zu schützen. Er flog hinter ihr her, mit Callan an seiner Seite, der glühendes Leuchten gegen die Gargoyles einsetzte.

Nemesis verwandelte sich plötzlich in Dutzende von Versionen ihrer selbst, die alle lange, tödliche schwarze Klauen schwangen. Bastien schoss mit dem Licht der Wahrheit auf die Illusionen, während Kassiel versuchte, die echte Nemesis auszuschalten. Meine Gefallenen kämpften gegen die Gargoyles und Olivia nutzte ihre Sukkubus-Verführung, um die Kobolde abzulenken und zu verwirren. Adam, Belial und der grünhaarige Feenmann befanden sich im hinteren Teil der Gruppe. Ich stürmte auf sie zu, während ich nach einem Zeichen von Hannah und Azazel suchte.

Da! Weit hinten, abseits des Gefechts, hielten einige Soldaten Hannah und Azazel gefangen. Ich wandte mich von Belial und Adam ab, da ich sie in dem Chaos verloren hatte und rief Samael zu, mir zu folgen.

Noch bevor ich dort ankam, rissen sich Hannah und Azazel

los, schlugen ihre Entführer nieder und rannten über das Gras auf mich zu. Um ihre Handgelenke waren silberne Handschellen gelegt wie die, die sie im Penumbra-Gefängnis benutzt hatten und die zweifellos ihre Kräfte unterdrückten.

„Hannah!" Ich stürzte herab und nahm meine Gefährtin in die Arme. Sie stieß einen überraschten Schrei aus und drückte dann ihr Gesicht an meinen Hals.

„Luzifer! Ich wusste, dass du kommen würdest!" Sie zog sich zurück und sah mich an. Ihre Augen waren groß und glasig, als stünde sie unter Schock. „Belial! Er ist es!

„Ich weiß."

„Er hat uns verraten", fuhr sie fort, als ob sie mich nicht gehört hätte. „Er steckt hinter all dem. Wir müssen ihn aufhalten!"

Ich begegnete ihrem Blick. Hannahs Worte bestätigten, was ich bereits geahnt hatte und ließen das Loch der Finsternis in mir nur noch größer werden. „Ich weiß."

Samael hob Azazel auf, die sauer aussah, weil sie wie ein Kind herumgetragen wurde, das noch keine Flügel hatte. Ich kümmerte mich um die Fesseln, die Hannahs Kräfte unwirksam machten – Adam wollte dieses Mal wirklich kein Risiko eingehen. Oder vielleicht sollte ich Belial die Schuld geben.

„Wer hat den Schlüssel?" fragte ich.

Hannahs Blick wurde hart. „Adam, glaube ich."

Das hatte ich mir schon gedacht. „Wir kümmern uns später um sie."

Wir flogen zurück zum Steinkreis und zur Schlacht, zum Klang der kehligen Schreie und des aufeinandertreffenden Metalls, zu den Lichtblitzen und den Eruptionen der Finsternis. Plötzlich ertönte ein lautes Grollen unter uns, als sich die Erde in der Mitte der Steine auftat. Der grünhaarige Feenmann stand neben der neu entstandenen Öffnung und setzte seine Erdenzauberei ein, um die Grabkammer aus der Tiefe des Bodens auszuheben. Verdammter Erdenhof – warum half einer von ihnen diesen verräterischen Dämonen?

Die uralte Grabkammer sah noch so frisch aus wie an dem Tag, an dem sie versiegelt worden war, mit silbernen und goldenen Symbolen – Worte der Macht und der Mahnung in Sprachen, die nicht mehr gesprochen wurden –, die die Außenseite vollständig bedeckten. Die Grabkammer war vor langer Zeit von den mächtigsten Zauberern des Feenreiches geschaffen worden, welche die Fähigkeit besaßen, Gegenstände mit den Kräften anderer zu belegen.

Ich setzte Hannah mit Samael und Azazel außerhalb der Gefahrenzone ab und eilte zur Grabkammer – doch ich kam zu spät. Belial stand darauf. Die Zeit schien stillzustehen, als er seine Hand mit einem Dolch auf schnitt und das Blut auf das Grabmal tropfen ließ. Die Symbole begannen zu leuchten und zogen alle Blicke auf sich.

Plötzlich öffnete sich der Deckel des Grabes. Auf ihn folgte ein gewaltiger Energiestoß, der alle zurückwarf, als wären wir von einer gewaltigen Druckwelle erfasst worden. Einige prallten auf die großen Steine, während andere aus dem Himmel stürzten und auf dem Gras landeten. Ich schaffte es, meine Flügel auszubreiten und mich aufzufangen, aber die extreme Wucht schleuderte mich trotzdem von Hannah und den Anderen weg.

Niemand rührte sich, als die Pest zum ersten Mal seit Jahrtausenden aus ihrer Grabstätte emporstieg. Ich konnte nur voller Entsetzen zusehen und wusste, dass es zu spät war, um das zu verhindern, was kommen würde.

Die Pest hatte natürlich keinen Körper mehr. Darum hatten wir uns schon vor langer Zeit gekümmert. Die Altgötter konnten nicht wirklich vernichtet werden, denn sie waren Urgottheiten, die die Grundbausteine des Universums bildeten. Sie konnten nur geschwächt und in Schach gehalten werden.

Die Pest sickerte mit einem fauligen Geruch aus dem Grab –

der Geruch einer unheilbaren Krankheit, die den Körper zerfrisst, bis nichts mehr übrig ist. Sie erhob sich wie ein Geisterwesen, eine gelbliche, stinkende Masse von Energie, die pulsierte und vibrierte und das absolute Böse und so viel Macht ausstrahlte, dass es beklemmend war. Jetzt, wo sie frei war, würde es fast unmöglich sein, sie wieder einzufangen, obwohl sie einen Körper brauchte, um ihre volle Kraft zu entfalten.

„Ich befehle dir, dich zu unterwerfen", sagte Belial mit harter Stimme, während er sich der bösartigen Essenz entgegenstellte. „Gib mir deine Kraft, damit ich meine Feinde besiegen kann."

Das stinkende Geistwesen lachte, ein Klang reinster Bosheit. Es kroch über meine Haut wie eine körperliche Berührung, ölig und schmerzvoll. „Wenn du meine Macht willst, verlange ich ein Opfer des Herzens. Etwas, das du liebst. Oder ... jemanden."

„Nein", schrie ich und stürmte nach vorne, aber ein halbes Dutzend Gargoyles stürzte sich auf mich, um mich aufzuhalten. Ich wehrte sie ab, indem ich Finsternis und Höllenfeuer auf sie richtete. Die Schlacht war zum Stillstand gekommen, als wir das Grauen vor uns sahen, aber jetzt schienen alle aus ihrer Betäubung zu erwachen und die Kämpfe gingen wieder los.

„Hör auf, Belial!" schrie Hannah und rannte auf ihn zu, die Hände immer noch in Fesseln, ihr blondes Haar flatterte hinter ihr.

Belial packte sie am Arm und zog sie gegen sich, hob einen Dolch an ihren Hals und mein Herz blieb stehen. Mit einem Gebrüll steckte ich alle um mich herum mit blauem Höllenfeuer in Brand und versuchte, zu meiner Gefährtin zu gelangen, ehe mein Sohn sie opfern konnte.

Belial blickte in Hannahs Augen und was er dort sah, ließ ihn innehalten. Sie griff nach seinem Gesicht und als sie ihn berührte, ließ er den Dolch fallen und wich zurück, seine Hände zitterten. Unfähig, die einzige Person zu opfern, die er noch liebte.

Eine Sekunde später krachte ich in ihn hinein und schleuderte uns beide so hart gegen einen der riesigen Steine, dass dieser tatsächlich umfiel. Er kämpfte mit mir und schleuderte mich von sich, gerade noch rechtzeitig, um Adam vor der Pest stehen zu sehen.

„Ich befehle euch, mir zu dienen", rief er.

Hannah war nur noch wenige Schritte entfernt und ich fürchtete, er würde nach ihr als Opfer greifen – doch dann packte Adam Belphegor von der Seite und stach ihr ein glühendes Messer in die Kehle. Sie sah ihn mit großen, bestürzten Augen an, während ihr das Leben aus dem Hals rann und sie im Gras zusammensackte.

„Nein!" brüllte Belial und viele der Gargoyles um uns herum schrien und weinten.

Die Pest kicherte. „Ein gewaltiges Opfer. Ja, du wirst in der Tat ein gutes Gefäß abgeben."

Das Geistwesen stürzte auf Adam zu und drang durch Augen, Ohren, Nase und Mund in dessen Körper ein. Er füllte Adam mit seiner Essenz aus, so dass sein Haar weiß und seine Haut gelblich wurde, während eine giftige, abstoßende Energie von ihm ausging. Selbst Adams Mitstreiter wichen zurück. Die Angst war deutlich in ihren Augen zu sehen. Schon zuvor war er gefährlich und böse gewesen, aber jetzt war er noch viel mehr. Ein Gott der Niedertracht und des grenzenlosen Leids, der Hannah mit glühend weißen Augen anstarrte.

Er griff nach ihr und ich bewegte mich so schnell ich konnte, aber Belial war näher dran. Unser Sohn stellte sich vor sie und wehrte Adams Berührung ab. Adam, der sich in die Pest verwandelt hatte, packte ihn am Hals und hauchte ihm eine Wolke aus grauenvoller Atemluft entgegen, dann warf er ihn zu Boden. Belial schlug vor seiner Mutter auf dem Boden auf, sein Gesicht färbte sich grün und seine Augen wurden trüb, während sein Körper zuckte und sich vor Schmerzen krümmte.

„Nein!" schrie ich, während ich Höllenfeuer in Richtung Adam schleuderte, um ihn von meiner Gefährtin und meinem Sohn abzulenken. Samael und Kassiel schlossen sich mir an und hüllten Adam in Ketten der Finsternis, während Callan Hannah und Belial mit einer Wand aus Licht abschirmte. Hinter uns flohen die Gargoyles. Ihr Erzdämon war besiegt und meine Verbündeten schalteten die restlichen Dämonen aus.

Adam zischte uns an und glitt davon, wie der glitschige Aal, der er immer schon gewesen war. Und mich hatten sie mit der Schlange verglichen? Sie hatten immer den Falschen erwischt.

„Adam!" schrie Nemesis, als Olivia sie auf der anderen Seite des Steinkreises mit einem glühenden weißen Dolch erstach.

Ein geisterhaftes weißes Pferd erschien, und Adam packte Nemesis um die Taille. Seine Bewegungen waren viel schneller und geübter, als ich sie je gesehen hatte. Ich rannte nach vorne und nutzte meine Flügel, um mich so schnell wie möglich voranzutreiben, aber er ritt davon, das Pferd galoppierte schneller, als jedes irdische Tier laufen konnte.

„Hilfe!" schrie Hannah.

Ich wandte mich nach dem Klang ihrer verzweifelten Stimme um und sah sie über Belial knien. Marcus ließ sich neben ihr auf die Knie fallen und legte eine Hand auf die Stirn unseres Sohnes. Belial war nicht tot, wie ich erleichtert feststellte, er litt nur unter der Krankheit der Pest. Strahlend weißes Licht umgab ihn, während Marcus sich bemühte, ihn zu heilen. *Konnte* er geheilt werden? Ich wusste es nicht.

Langsam verblasste der Grünstich auf der Haut meines ältesten Sohnes, ebenso wie der Schleier über seinen Augen. Er sah immer noch schwach aus, aber er blinzelte zu seiner Mutter auf, die sein Haar streichelte und seinen Kopf in ihren Schoß legte.

Kassiel hockte sich neben sie, seine Augen wurden schmal,

als er Belial fixierte. „Wie konntest du nur? Hast du eine Ahnung, was du getan hast?"

Belial starrte trotzig zurück, selbst in seinem geschwächten Zustand. „Du würdest es nicht verstehen. Du warst schon immer der Liebling."

Ich presste meine Lippen zusammen und starrte meine Söhne an. Es war keine Frage der Bevorzugung. Ich liebte alle meine Kinder, aber dies war das zweite Mal, dass Belial eine Revolte gegen mich angeführt hatte. Wie konnte ich ihm das verzeihen?

Belial schien sich besser zu fühlen, denn er stieß Marcus von sich, mit hochgezogenen Augenbrauen und wütender Miene. Er stürzte sich in die Luft und flog so schnell davon, wie ihn seine schwarz-weiß geflammten Flügel tragen konnten. Kassiel breitete seine Flügel aus, um ihm zu folgen, aber ich packte ihn am Arm.

„Lass ihn laufen."

Mein jüngster Sohn drehte sich zu mir und hob die Augenbrauen, während er seine Flügel zurückzog, sein Gehorsam stand außer Frage. „Wir können ihn nicht entkommen lassen! Nicht nach dem, was er getan hat!"

„Adam ist jetzt das größere Problem. Wir müssen ihn aufhalten." Ich wandte mich an Olivia und ihre Mitstreiter. „Ich brauche eure Gruppe, um ihn aufzuspüren."

Olivia nickte und Callan sagte: „Wir werden ihn finden."

Kassiel wandte sich an seine Gefährtin. „Ich bleibe bei meinen Eltern. Komm diesem Arschloch nicht zu nahe. Behalte ihn nur aus der Ferne im Auge."

Olivia drückte ihm einen Kuss auf die Stirn und flüsterte ihm ein paar Worte zu, dann stürzten sie und ihre Mitstreiter in die Luft in jene Richtung, in der Adam verschwunden war.

„Kommt." Ich drehte mich zu Kassiel, Samael und Azazel um, während ich meine Flügel ausbreitete. „Wir gehen nach Hause."

Hannah starrte auf die Stelle, an der Belial auf dem Boden gelegen hatte, ihr Gesicht war blass und ihre Augen blickten geschockt. Ich hob sie in meine Arme und schmiegte ihren Körper an den meinen, wo er hingehörte. Sie brauchte etwas Ruhe, um sich von dem zu erholen, was sie mit Adam und unserem Sohn durchgemacht hatte und wir mussten noch diese verdammten Fesseln lösen.

Dann würden wir herausfinden, wie wir die drohende Apokalypse aufhalten konnten.

26

HANNAH

Als Luzifer sagte, wir würden nach Hause fahren, hatte ich eine lange Rückreise über den Atlantik erwartet, nicht das hier. Mein Blick wanderte über das große Herrenhaus und das weitläufige Anwesen, das in mir das Gefühl von Vertrautheit auslöste.

„Willkommen in Blackwing Hall", sagte Luzifer, als er uns vor dem Haus absetzte.

Widerwillig ließ ich ihn los, immer noch aufgewühlt von allem, was geschehen war. Ich brauchte dringend eine Dusche und neue Kleidung, denn diese hatte ich schon seit Tagen an. Und dann würde ich vielleicht endlich verarbeiten können, was ich gerade gesehen hatte.

„Hier haben wir gewohnt, als du noch Lenore warst", sagte Luzifer, als er mich zum Eingang führte. „Erinnerst du dich?"

„Ich ... ich glaube ja." Die Erinnerungen waren flüchtig und ich war so verdammt müde. Nicht nur körperlich, sondern auch emotional. Ich hatte keine Lust mehr zu denken.

„Ich bin hier aufgewachsen", sagte Kassiel, der neben uns herging. „Hier und in der Hölle. Es war dir wichtig, dass ich auch

Zeit auf der Erde verbringe, damit ich mich in die Menschen einfühlen kann, da du so viele deiner früheren Leben als ein solcher verbracht hast."

Ja, das hörte sich richtig an. Hier zu stehen, vor diesem Haus – unserem Zuhause – kam mir so vertraut vor. Erinnerungen stiegen in mir auf, wie unsere Familie hier zusammen war. Sobald ich mich erholt hatte, würde ich sie gerne weiter erforschen, aber jetzt war nicht die Zeit dafür.

Eine blonde Frau in einem Hosenanzug trat aus der imposanten hölzernen Eingangstür am oberen Ende der Steintreppe. „Es ist alles für Sie bereit, Mylord." Sie drehte sich zu mir um und senkte den Kopf. „Mylady."

„Danke, Einial", sagte Luzifer, während er durch die Tür schritt und meine Hand hielt.

Ich stolperte vorwärts durch den großen Eingang und dann hielt Luzifer inne, hielt meine Hand hoch und betrachtete mein Handgelenk, an dem immer noch die silberne Fessel hing, die meine Kräfte hemmte.

„Wir müssen sie abnehmen", sagte Luzifer mit einem Knurren.

„Hier", sagte Kassiel, trat vor und hielt mir einen kleinen silbernen Stift hin, etwa so groß wie sein kleiner Finger. „Den habe ich Adam während des Kampfes abgenommen. Bevor er sich in dieses Wesen verwandelt hat."

„Gute Arbeit, mein Sohn." Luzifer nahm den Stift und führte ihn zu meinen Handgelenken. Die Handschellen öffneten sich augenblicklich und ein Rausch der Macht und ein Gefühl der Vollkommenheit erfüllten mich. Ich atmete tief ein und stellte mich ein wenig aufrechter hin, denn ich fühlte mich schon wieder wie ich selbst.

Er reichte den Schlüssel an Samael weiter, der Azazels Fesseln löste und fragte: „Ich nehme an, unsere Suite ist fertig?"

Einial nickte. „Ja, Samael bat mich, die Schlafzimmer und

den Hauptwohnbereich vorzubereiten. Das Personal hat sich in den letzten Jahren sehr gut um alles gekümmert."

„Gut." Luzifer legte mir eine Hand auf den Rücken, um mich zu stützen, während er sich an die Anderen wandte. „Wir werden alles besprechen, wenn Hannah sich erholt hat."

Wir ließen den Rest in der Haupthalle zurück und Luzifer führte mich durch lange Gänge, die ich kaum wahrnahm, bis wir eine Suite betraten. Die, in der wir vor so vielen Jahren gewohnt hatten. Ich erblickte dunkles Mobiliar und ein großes Himmelbett, konnte mich aber im Moment auf nichts konzentrieren.

Luzifer drehte sich zu mir und nahm mich in seine Arme. „Ich habe mir solche Sorgen gemacht."

Ich klammerte mich eng an ihn, so erleichtert, wieder bei ihm zu sein. Er drückte seine Lippen auf meine, der Kuss war sanft und süß – fast schon andächtig. Ich lehnte mich an seine Brust und genoss seine Gegenwart. Sein Duft war mir so vertraut. Er hatte sich im Laufe der Jahre durch so viele meiner Erinnerungen gezogen. Luzifer. Mein Fels. Meine Konstante. Mein Ehemann.

„Geht es dir gut?", fragte er und ließ seinen Blick über mich wandern. „Haben sie dir wehgetan?"

„Es geht mir gut, aber ich könnte wirklich eine Dusche und frische Kleidung gebrauchen."

„Ich werde dir welche bringen lassen." Luzifer zückte sein Handy und schickte eine SMS, wahrscheinlich an Samael oder Einial. „Ruh dich so lange aus wie dir lieb ist. Wenn du aufwachst, sollten wir Neuigkeiten über Adam haben."

„Er trägt jetzt die Pest *in* sich." Ich konnte immer noch nicht glauben, was ich gesehen hatte. Es schien unmöglich wie ein Traum oder ein Film. Ich sank auf das Bett, als mich der Schock der letzten Stunden wieder einholte. „Er hat Belial fast getötet. Die Zerstörung, die er entfesseln könnte ..."

Ich erschauderte als ich mir vorstellte, was Adam mit mir

anstellen würde, wenn er mich fände. Er hatte mich schon so oft getötet und jetzt brauchte er mich nur noch anzuhauchen. Ich hielt mir kurz den Mund zu und schüttelte den Kopf als ich mir vorstellte, was er mit den Sterblichen machen würde, denen er begegnete. Es gab keine Worte, um die Schrecken in meinem Kopf zu beschreiben.

Ich sah zu Luzifer auf. „Wie können wir ihn aufhalten?"

Er rieb sich den Nacken und runzelte die Stirn. „Das wird nicht leicht sein. Es brauchte viele Engel, Dämonen und Feen, um die Vier Reiter zu besiegen als sie noch frei herumliefen. Damals, als du noch Eva warst. Es ist unmöglich, sie endgültig zu töten, weshalb wir ihre Körper vernichtet und ihre Lebensessenz in magisch versiegelten Gräbern eingeschlossen haben. Wir müssen sie entweder wieder einfangen oder sie mit den anderen Altgöttern in das Reich der Leere schicken."

Ich fuhr mir seufzend mit der Hand durch mein schmutziges, verfilztes Haar. „Dann müssen wir schnell handeln, bevor noch mehr der Reiter befreit werden."

„Ja, jetzt, wo die Erzdämonen die Pest losgelassen haben, werden sie sich als Nächstes den Krieg holen. Es ist nur eine Frage der Zeit."

„Krieg – er ist im Himmel begraben, nicht wahr?" fragte ich.

„Ja, was uns etwas Zeit einräumen sollte. Wie die Hölle wurde auch der Himmel versiegelt und nur Wenige können ihn betreten."

Ich rieb mir die Handgelenke, die von den Fesseln immer noch ein wenig wund waren. „Wie kommen wir rein?"

Luzifer streifte seine Jacke ab und warf sie beiseite, er sah lässig bis zerzaust aus. „Es gibt Schlüssel, aber nur noch wenige und ich bezweifle, dass einer der Erzdämonen einen hat."

„Hast du einen?"

Er zog eine Augenbraue hoch. „Nein, ich habe schon sehr

lange keinen Schlüssel zum Himmel mehr. Aber ich bin sicher, dass wir jemanden finden können, der einen hat."

Ich presste meine Handflächen auf die Augen und wusste, dass ich aufstehen und duschen musste, aber der Gedanke daran aufzustehen, war zu anstrengend, um auch nur daran zu denken. Vor allem, da mein Herz immer noch so sehr schmerzte.

„Ich konnte nicht glauben, dass Belial so weit gehen würde", flüsterte ich.

„Ich schon", sagte Luzifer mit scharfer Stimme.

„Ich glaube, es ist noch etwas Gutes in ihm", wagte ich zu hoffen und erinnerte mich an den Moment, als Belial das Messer fallen ließ und an den verlorenen Blick in seinen Augen, als er mich nicht opfern konnte. „Wenn ich nur zu ihm durchdringen könnte ..."

„Es hat keinen Sinn. Er ist zu weit weg." Luzifers Kiefer krampfte sich zusammen. „Es ist meine Schuld, nicht deine. Ich war nicht der beste Vater für unseren erstgeborenen Sohn. Wenn ich die Vergangenheit ändern könnte, würde ich es tun. Aber zu diesem Zeitpunkt gibt es keine Hoffnung auf eine Versöhnung mit Belial."

Ich reckte mein Kinn vor und schüttelte den Kopf. „Ich weigere mich, das zu glauben."

„Hannah, du musst aufhören, der Vergangenheit hinterherzujagen." Seine Gesichtszüge verhärteten sich, als er sprach, seine Augen wurden kalt und ungewohnt. „Es ist vorbei. Er ist gebrochen. Er ist nicht mehr zu reparieren."

Ich erhob mich und starrte ihn an. „Belial ist unser Sohn, und wir werden ihn nicht aufgeben."

Luzifers Augen brannten als er mich anstarrte. „Ich habe ihm schon einmal eine zweite Chance gegeben. Ich werde es nicht noch einmal tun. Nicht dieses Mal."

„Wir sind seine Eltern! Es ist unsere Aufgabe, ihm eine zweite Chance zu geben, eine dritte, eine vierte, bis wir ihn endlich zu uns zurückbringen!" Ich war so wütend und frustriert, dass die Finsternis, die ich nicht zu kontrollieren wusste, auf Luzifer übersprang, so dass er überrascht zurückwich. Einen Augenblick später war sie verschwunden, so schnell, dass ich mich fragte, ob ich mir etwas eingebildet hatte.

„Was war das?" fragte Luzifer mit gerunzelter Stirn. „Hast du gerade die Finsternis benutzt?"

„Ich weiß es nicht!" Ich richtete mich auf und warf ihm einen vernichtenden Blick zu. „Ich weiß nur, dass ich heute Nacht nicht bei dir bleiben werde."

Ich stürmte aus dem Zimmer, noch ehe er irgendetwas sagen konnte und ehe ich mich beruhigen und darüber nachdenken konnte, was ich gerade getan hatte. Meine Hände zitterten und ich stolperte vorwärts, wobei ich fast mit Einial zusammenstieß, die einige Kleider und ein Handtuch bei sich trug.

Sie hatte ihr Gleichgewicht schnell wiedergefunden. „Oh! Die wollte ich gerade in Ihre Suite bringen."

„Danke." Ich warf einen Blick zurück auf die Tür, die ich gerade hinter mir zugeschlagen hatte. „Aber ich brauche jetzt mein eigenes Zimmer."

***

Als ich am nächsten Morgen die Augen öffnete, saß Zel am Fußende meines Bettes und spielte mit ihrem Handy.

„Morgen", sagte ich schläfrig, nicht weiter überrascht von dem, was sie tat.

„Komm kämpfen." Sie steckte ihr Handy weg, aber ich konnte nicht sehen, wohin sie mit dem ihrem Stil üblichen, hautengen Lederoutfit wollte. Es bestand mehr aus Riemen und Kreuzen als aus irgendetwas anderem. „Mir ist langweilig."

Irgendwie bezweifelte ich, dass es Langeweile war, die sie hierher gebracht hatte. Genau wie ich hatte sie eine Tortur hinter sich und Azazel machte ihren Gefühlen oft Luft, indem sie auf Dinge einschlug.

„In Ordnung." Der Gedanke an einen Kampf reizte mich mehr, als ich erwartet hatte. Vielleicht hatte ich ja auch noch etwas zu verarbeiten.

Mit einem triumphierenden Grinsen sprang sie auf die Füße. „Beeil dich und zieh dich an. Wir sehen uns draußen."

Erfreut stellte ich fest, dass Einial mir noch mehr Kleidung mitgebracht hatte, darunter auch welche, die fürs Training geeignet waren. Samaels neue Assistentin schien alles im Griff zu haben.

Zehn Minuten später befanden wir uns auf dem rückwärtigen Rasen. Ich beobachtete Zel, die ein paar Aufwärmübungen machte und dabei wunderschön und tödlich aussah. Sie streckte sich in dem feinen Nieselregen, der die Luft zu hundert Prozent kalt und feucht zu halten schien. Ich blickte zu den grauen Wolken hinauf, die ein fester Bestandteil des Himmels zu sein schienen. Ich hatte noch nie einen so düsteren Ort gesehen. Als ich mich aufwärmte, durchdrang die Feuchtigkeit bald meine Kleidung und ich war froh, dass ich mein Haar zurückgebunden hatte, denn sonst wäre es nur noch ein krauses Knäuel gewesen.

Plötzlich begann es zu regnen und Zel streckte die Arme in den Himmel und lachte. „Ja! Los geht's!"

Es war offiziell. Sie hatte vielleicht ihren verdammten Verstand verloren. Ich schlang meine Arme um mich, war bereits durchnässt und zitterte. „Magst du dieses Wetter?"

„Ich liebe es. Es ist so schön, wieder hier zu sein und nicht im heißen, trockenen Las Vegas." Sie warf mir einen Seitenblick zu. „Weißt du, als Lenore hast du dieses Wetter auch geliebt."

Das machte Sinn, denn damals war ich eine Gefallene gewesen. Aber Engel neigten dazu, an warmen, sonnigen Orten zu leben und ich war da keine Ausnahme. Ich fröstelte und rieb mir die Arme. Hätte Einial nur vorgesorgt und mir eine dickere Jacke besorgt, die ich tragen konnte. Zum Teufel, irgendeine Jacke. Sie musste vergessen haben, dass ich keine Gefallene war.

„Komm schon." Zel wies mit dem Kopf auf eine große Rasenfläche unter dem Schutz einiger hoher, ausladender Bäume. „Je eher du dich bewegst, desto schneller wird dir warm."

Ich schnaufte und ging hinüber, denn ich wusste, dass sie recht hatte. Ich konnte nicht einfach herumstehen und darauf warten, dass die Sonne auftauchte. Im Moment hatte ich nicht einmal das Gefühl, dass England mit der Sonne an der Reihe war – die Sonne hatte sich im Bett umgedreht, anstatt sich die Mühe zu machen, aufzugehen.

Wir begannen mit unserer üblichen Kampfroutine, so wie wir es bei unseren anderen Trainingseinheiten getan hatten, bevor wir entführt worden waren. Die Bewegung wärmte mich auf und half mir auch, den Stress der letzten Tage abzubauen. Die Dinge begannen sich wieder fast normal anzufühlen.

Während wir kämpften, musste ich an meine Zeit hier als Lenore denken, als ich mit Zel genau so trainiert hatte. Zel und diese andere Frau mit den roten Haaren.

Ich wich einem schnellen Hieb aus, drehte mich weg und kam zurück. „Hier zu sein, bringt viele Erinnerungen zurück. Ich sehe immer wieder eine andere Frau mit dir in den Bildern. Eine Frau mit roten Haaren." Ich wich Zels schwingender Faust aus und wehrte sie ab. „Was ist mit ihr passiert?"

Azazel erstarrte, ihre Hände senkten sich aus ihrer Verteidigungsposition und mein Schlag traf sie mitten ins Gesicht. Härter als ich geplant hatte, denn ich hätte nie gedacht, dass mein Schlag tatsächlich landen würde.

Sie taumelte zurück und spuckte aus, ihr hellrotes Blut tropfte auf den Boden zwischen uns. „Verdammt, was soll das, Hannah?"

„Tut mir leid, ich wollte nicht ..."

„Wie kommst du denn auf so etwas?" Sie rieb sich mit der

Handfläche grob über den Kiefer und murmelte einen Satz, von dem ich nur die letzten paar Worte verstand. „Dummer Engel."

Ich beobachtete sie und merkte, dass ich einen Nerv getroffen hatte. Ich wollte sie nicht weiter verärgern, aber ich spürte auch, dass dies etwas Wichtiges war, etwas, das ich wissen sollte. Azazel war meine beste Freundin, das war mir jetzt klar. Nicht nur in diesem Leben, sondern in allen, bis zurück zu Eva. Wenn es einen Schmerz in ihrer Vergangenheit gab, wollte ich ihr helfen, ihn zu überwinden.

„Zel", sagte ich und rückte näher an meine Freundin heran, wobei meine Stimme weicher wurde. „Was ist passiert?"

„Halt die Klappe." Ihre Stimme war kalt und hart und ihre Miene sah jetzt richtig wütend aus. Ihr Zorn überdeckte ihren Schmerz, aber er verbarg ihn nicht ganz. Zumindest nicht vor mir. „Ihr Name war Veslea. Sie war meine Schicksalsgefährtin. So wie Luzifer es für dich ist."

„Sie war eine Gestaltwandlerin", flüsterte ich. Kaum hatte ich den Namen gehört, fiel mir wieder mehr ein. „Ein Falke. Sie hat während des Großen Krieges für Luzifer gearbeitet. Nein, das ist nicht richtig. Sie hat für *mich* gearbeitet." Sie war meine Kundschafterin. Meine Spionin. Meine Botin. Die Person, der ich am meisten vertraute, abgesehen von Azazel.

„Ja, danke für die Erinnerung. Du musst mir keine Erinnerungen wiederkäuen, wenn sie dir in den Sinn kommen." Zel wandte sich halb ab und als sie wieder sprach, war ihre Stimme leiser. „Veslea wurde von einem Engel getötet, nicht lange nachdem du – Lenore – gestorben warst."

Eine Welle der Trauer erfasste mich und ich ergriff Zels Hand. „Das tut mir so leid."

Sie stieß mich nicht ab, sondern nickte nur leicht auf meine Worte hin.

„Du dachtest auch, dass Lenore von einem Engel getötet wurde, nicht wahr?" fragte ich und fügte alle Teile zusammen.

Das war der Grund, warum Zel die Engel so sehr hasste. Das ergab jetzt alles einen Sinn. Wahrscheinlich erklärte es auch viel von ihrem Verhalten, auch warum sie anfangs so unfreundlich zu mir gewesen war. Stell dir vor, du hast einen Gefährten verloren und deine beste Freundin stirbt dir ständig weg und lässt dich allein. Wie schwer muss es sein, sich danach jemanden zu nähern, wenn man befürchten muss, dass er einen als Nächstes verlassen könnte.

„Ja, ich wusste nicht, dass es Adam war, bis Gadreel uns verriet." Sie schnaubte. „Nicht, dass Adam es besser machen würde. Dieses Arschloch."

Ihre Stimme klang so bitter ... und traurig. Gadreel war über hundert Jahre lang ihr Freund gewesen. Sie hatte einen weiteren Menschen verloren, der ihr nahe stand.

Ich schlang meine Arme um sie, legte meinen Kopf an ihren und nahm mir einen Moment Zeit, um mit ihr zu trauern. Sie versteifte sich, aber dann legte sie auch mir leicht eine Hand auf den Rücken und erwiderte meine Umarmung mit einem Minimum an Zärtlichkeit. Sie hatte mich vor nicht allzu langer Zeit so gehalten, als ich mich daran erinnerte, wer ich war. Jetzt war ich an der Reihe, ihr einen stillen Trost zu spenden. Ich trauerte auch um Veslea, die immer loyal und außergewöhnlich klug und so voller Leben war. Eine vollkommene Seele, zu früh von uns gegangen, verloren durch die Schrecken des Krieges.

Azazel wich zurück. „Komm schon. Wir müssen dich in Form bringen, wenn wir Adam und Belial wieder gegenübertreten wollen."

Dass sie meinen Sohn erwähnte, machte mich wieder nervös. Ich hatte keine Ahnung, was ich tun würde, wenn ich ihn wiedersah.

„Was ist das mit dir und Belial?" fragte ich, als wir uns wieder in kampfbereite Positionen begaben.

Sie schnaufte. „Ich habe seine Freundin während seiner

letzten Rebellion getötet, als sie den Palast in der Hölle stürmte. Er hasst mich dafür und ich hasse ihn dafür, dass er ein Verräter an seiner eigenen Art ist."

Ihre Worte über meinen Sohn ließen meine Nackenhaare hochschnellen und die Finsternis peitschte wieder aus mir heraus auf sie zu. Sie rollte sich aus dem Weg und schrie: „Was zum Teufel war das?"

Ich breitete meine Hände aus, als die Dunkelheit verschwand. „Ich ... äh ... ich habe letzte Nacht etwas Finsternis kanalisiert. Und damals in der Bar, als wir angegriffen wurden. Könntest du mir helfen, es zu verstehen?"

Zels Augenbrauen wölbten sich, die Bewegung war schnell. „Du hast *was* getan?"

„Vielleicht werde ich eine Gefallene", sagte ich mit einem Lachen.

Sie sah mich finster an. „So funktioniert das nicht."

„Wie funktioniert es denn?" fragte ich.

Sie sah mich mit zusammengekniffenen Augen an, als ob sie dachte, ich wollte mich mit ihr anlegen. „Die einzigen Menschen, die zu Gefallenen wurden, waren diejenigen, die am Anfang mit Luzifer gegangen sind. Wir ließen uns in der Hölle nieder, aber im Land der Finsternis ging es uns nicht gut. Die Engel brauchen Licht, um zu überleben und davon gibt es dort nicht viel. Also beschwor Luzifer Nyx, die Altgöttin der Nacht und bat sie, uns zu helfen. Sie verwandelte uns alle in Dämonen und gab uns viele ihrer Fähigkeiten – die Fähigkeit, im Dunkeln zu sehen, die Immunität gegen Kälte und die Macht, die Dunkelheit anstelle des Lichts zu nutzen. Danach wurden alle Gefallenen von einem der Urväter gezeugt, so wie ich und Samael."

Ich nickte langsam, ihre Worte brachten mein verloren gegangenes Wissen zurück. „Und trotzdem glauben die anderen Dämonen nicht, dass du wirklich dieselbe bist wie sie."

„Das ist Unsinn. Sie wurden von den Altgöttern erschaffen,

genau wie wir." Sie stemmte die Hände in die Hüften. „Es kann also nicht sein, dass du, ein Engel, jetzt plötzlich die Kräfte der Finsternis besitzt."

„Aber es passiert immer, wenn ich mich aufrege. Genau wie bei meinen Engelskräften, bevor ich sie kontrollieren konnte."

Zels Stirn runzelte sich. „Dann sollten wir besser daran arbeiten, auch diese in den Griff zu bekommen."

Ich war mir sicher, dass sie sich genau dieselbe Frage stellte wie ich. Wie zum Teufel war ich in der Lage, sowohl Licht als auch Finsternis zu benutzen?

LUZIFER

Olivia und ihre Freunde kehrten am Nachmittag mit Neuigkeiten über Adam zurück und Samael rief uns alle in die große Halle des Herrenhauses, damit wir unser weiteres Vorgehen plamen konnten. Wir hatten uns um den Bankett-Tisch versammelt und ich saß am Ende mit Hannah neben mir, obwohl sie nach der letzten Nacht immer noch nicht mit mir sprach. Sie hatte den größten Teil des Tages mit Azazel trainiert und sah viel besser aus als die Nacht zuvor. Gestern Abend hatte sie irgendwie die Finsternis gegen mich eingesetzt. Ich wollte sie später dazu befragen, wenn wir allein waren. Im Moment hatten wir dringendere Angelegenheiten zu besprechen.

„Wie schlimm ist es?" fragte ich und kannte die Antwort bereits. In Anbetracht des Bevölkerungswachstums auf der ganzen Welt würde die Ankunft der Pest tausendmal schlimmer sein als beim letzten Mal. So viele unschuldige Sterbliche ... Nun, vielleicht nicht *unschuldig*, aber auf jeden Fall hatten sie das Ausmaß der Zerstörung, die Adam derzeit anrichtete nicht verdient.

„Es ist schlimm", sagte Callan. Er war schon immer ziemlich direkt gewesen.

Olivias Gesicht war blass. „Adam ist in London untergetaucht, aber er hat eine Spur der Pest hinterlassen."

„Hunderte von Sterblichen sind erkrankt", fügte Bastien mit seiner sachlichen Stimme hinzu.

„Ich konnte nicht mehr viel tun." Marcus senkte den Kopf. „Es waren einfach zu viele, die geheilt werden mussten."

„Ich werde Erzengel Raphael benachrichtigen, damit er Malakim schickt, um den Schaden, den Adam verursacht, zu minimieren." Mein Blut kochte, als sich Wut in mir regte. „Die sterbliche Welt darf nichts davon erfahren. Es gefährdet uns alle."

Ganz zu schweigen davon, dass, wenn die Menschen von der Existenz der Pest erfuhren, dies ein gewaltiges globales Ereignis auslösen würde. Alles, was die Menschen daraufhin tun würden, würde meine eigene Kontrolle über die Situation beeinträchtigen. Ich holte mein Handy heraus und schrieb eine knappe SMS an Raphael. Das war der einfachste Weg, um mit ihm zu kommunizieren. Dann schrieb ich eine weitere an Gabriel, das Oberhaupt der Erzengel. Meine Finger flogen über den Bildschirm des Telefons und die Textnachrichten gingen raus. Früher hatten wir Boten eingesetzt, wenn wir mit den Engeln kommunizieren wollten. Die moderne Technik war wirklich unglaublich.

„Und es gab keine Hinweise darauf, wohin Adam gegangen ist?" fragte Kassiel.

Olivia schüttelte den Kopf. „Nein, wir haben ihn in der Stadt verloren."

„Wo immer er auftaucht, werden Tod und Krankheit folgen", sagte Samael. „Wir müssen ihn aufhalten, bevor es zu spät ist."

Ich steckte mein Handy zurück in meine Tasche. „Auch wenn wir nicht wissen, wo er ist, wissen wir, wohin die Erzdämonen als Nächstes gehen werden. In den Himmel."

„Um den Krieg zu entfesseln?" fragte Azazel und beugte sich vor. „Sind die so dumm?"

„Offensichtlich", sagte ich trocken. „Die gute Nachricht ist, dass der Himmel versiegelt ist und nur wenige im Besitz eines Schlüssels sind. Erzengel Michael hatte einen, den er nach seinem Tod an dich, Callan, hätte weitergeben müssen."

Callans Augenbrauen schnellten in die Höhe. „Ich wusste gar nicht, dass es noch einen Weg in den Himmel gibt."

Ich trommelte mit den Fingern auf den Holztisch. „Ja, sowohl der Himmel als auch die Hölle haben ein paar Schlüssel, die den Zugang ermöglichen, aber sie sind extrem selten und werden kaum benutzt. Das letzte Mal, dass der Schlüssel zum Himmel benutzt wurde, war kurz vor deiner Geburt, Callan. Michael und Jophiel wollten, dass du dort geboren wirst." Wahrlich, der Hochmut der Engel stellte meinen eigenen in den Schatten.

„Das ist mir ebenfalls neu." Er rollte mit den Augen. „Na toll. Ich wette, meine Mutter hat ihn."

„Zumindest könnte sie wissen, wo er ist", warf ich ein, obgleich ich Jophiel auch nicht sehen wollte – ich hatte ihr immer noch nicht verziehen, dass sie Hannah vor mir versteckt gehalten hatte.

„Wir müssen meiner Schwester einen Besuch abstatten", sagte Hannah mit fester Stimme. „Sie ist mir sowieso noch etwas schuldig."

Ich betrachtete ihr Gesicht und bemerkte, wie sich ihr Mund bei dem Gedanken, ihre Schwester zu sehen, zu einer grimmigen Linie verzog. Jophiel war uns *beiden* etwas schuldig für das, was sie getan hatte.

Samael räusperte sich. „Ich habe auch ein paar Neuigkeiten über Belial. Unsere Kontakte im Penumbra-Gefängnis sagten, er sei vor ein paar Stunden dort angekommen. Er verlangte, Erzengel Azrael zu sehen, aber wir kennen weder die Einzelheiten des Gesprächs, noch wissen wir, wohin Belial danach gegangen ist."

Azrael war der korrupte Ex-Anführer der Erzengel, aber er wurde ins Penumbra-Gefängnis verbannt, um dort sein Dasein zu fristen, nachdem Kassiel und die Anderen ihn zu Fall gebracht hatten. Da ich ihnen damals geholfen hatte, war Azrael zweifellos bereit, meinem Sohn auf jede erdenkliche Weise zu helfen, gegen mich vorzugehen.

„Belial muss dort gewesen sein, um Informationen darüber zu bekommen, wie man in den Himmel gelangt." Ich ballte meine Finger zu einer Faust. Verflucht sei er. Mein eigener Sohn, der mir immer einen Schritt voraus war, wenn es darum ging, meinen Untergang zu planen.

„Azrael hat versucht, den Stab der Ewigkeit zu benutzen, um Himmel und Hölle zu öffnen, aber wir haben ihn zerstört", sagte Olivia. „Ich bezweifle, dass er sich so viel Mühe gemacht hätte, wenn er einen Schlüssel gehabt hätte."

„Vielleicht", sagte ich. „Aber vielleicht hat er Belial verraten, wo er einen finden kann. Ein weiterer Grund, Jophiel unverzüglich einen Besuch abzustatten."

„Ich würde das Gefängnis gerne selbst besuchen und sehen, ob ich noch etwas erfahren kann", sagte Samael.

Ich nickte. „Nimm Azazel mit."

„Ich bin bereit", sagte sie und stand auf. „Es hat keinen Sinn, Zeit zu verschwenden."

Hannah stand ebenfalls auf. „Wir sollten heute früh zu Bett gehen. Morgen wird ein langer Tag."

Alle verließen den Raum und gingen auf ihre Zimmer. Alle außer mir und Hannah. Sie warf mir einen eisigen Blick zu, als sie sich zum Gehen bereit machte, aber ich sagte: „Warte."

Daraufhin hielt sie inne und drehte sich auf meinen Befehl hin um.

Ich lehnte mich mit dem Rücken an den Tisch und

verschränkte die Arme. „Ich habe dich vorhin von einem der Fenster aus beim Training mit Azazel beobachtet. Willst du mir nicht von deinen neuen Kräften erzählen?"

Sie stemmte die Hände in die Hüften. „Zum Ersten, sprich nicht in diesem Ton mit mir. Zum Zweiten habe ich keine Ahnung, was mit mir los ist. Plötzlich kann ich sowohl Finsternis *als auch* Licht benutzen."

„Zeig es mir."

Sie runzelte die Stirn, als sie ihre Hände ausstreckte und sich konzentrierte. Ich verzog keine Miene, um meine Überraschung zu verbergen, während Hannah sowohl helle als auch dunkle Magie erzeugte, eine in jeder Handfläche. Unmöglich. Das konnte nicht einmal ich.

„Benutzt du Kräfte aus einem früheren Leben?" fragte ich. „Hast du noch andere Fähigkeiten, die du früher hattest? Die Magie von Persephone zum Beispiel?"

Sie schüttelte den Kopf und unterbrach den Fluss der Magie. „Keine Ahnung. Ich glaube nicht. Jedenfalls nicht, dass ich davon wüsste."

Ich strich mir über das Kinn. „Sehr interessant."

„Ich gehe ins Bett", sagte sie und wandte sich wieder der Tür zu.

Ich stellte mich vor sie, um ihr den Weg zu versperren. „Nein. Nicht ohne mich."

Sie zog eine Augenbraue hoch. „Wie bitte?"

„Ich habe dir gesagt, dass ich es satt habe, dass du irgendwo anders schläfst als an meiner Seite. Gestern Abend habe ich es noch durchgehen lassen, weil du offensichtlich erschöpft warst und nicht klar denken konntest, aber jetzt nicht mehr. Ich werde dich ans Bett fesseln, wenn es sein muss, aber dein Platz ist nirgendwo anders als an meiner Seite."

Hannahs Augen funkelten, aber nicht vor Wut. Oh, diese

Idee gefiel ihr, auch wenn sie es nicht zugeben wollte. „Ich schlafe da, wo ich schlafen will."

Ich hob sie in meine Arme. Vielleicht war eine kleine Fesselung genau das, was sie brauchte. „Es scheint, du brauchst eine Erinnerung daran, dass du meine Gefährtin und meine Königin bist."

„Luzifer!", schrie sie, aber sie wehrte sich nicht gegen mich. Sie mochte es, wenn ich im Bett meine Dominanz ausübte, auch wenn sie in allen anderen Bereichen unserer Beziehung gleichberechtigt sein wollte.

Ich trug sie zu unserer Suite, mein Herz klopfte, während sie mich mit trotzigen Augen anstarrte. Die Schlafzimmertür flog zurück, als ich sie aufstieß und gab den Blick auf das Himmelbett in der Mitte des Raumes frei.

Ich zog die Decken zurück und legte sie auf das Bett, dann nutzte ich meine eigenen Kräfte der Finsternis, um ihre Kleidung zu zerfetzen und sie auszuziehen, ohne sie auch nur zu berühren. Sie keuchte bei der plötzlichen Berührung meiner Schatten, als ihre Haut freigelegt wurde, ihre Brustwarzen verhärteten sich in der kühlen Nachtluft. Ich ließ meine Augen besitzergreifend über ihren nackten Körper gleiten.

Ich befahl den Schatten, sich in Fesseln zu verwandeln, die sich um ihre Handgelenke schlangen, ehe sie an den Pfosten des Kopfteils verankert wurden. Ihre Augen wurden groß, aber ihre Wangen waren vor Verlangen gerötet. Sie protestierte nicht. Sie hätte das Ganze jederzeit mit ihrer eigenen Magie stoppen können, aber sie tat es nicht. Sie wollte, dass ich weitermache.

Mein Schwanz spannte sich gegen meine Hose, während mein Blick über ihren nackten Körper wanderte. Als Nächstes zogen die Schatten ihre Beine auseinander, banden ihre Knöchel an die anderen Pfosten und entblößten ihre bereits feuchte Muschi vor mir. Dann ließ ich die Finsternis wie eine Liebkosung über ihren Körper gleiten, streichelte ihre Brustwarzen, glitt über ihren Kitzler, während ich sie beobachtete. Sie stieß einen Atemzug aus und ihre Pupillen weiteten sich, als sie ihre Hüften bewegte und einer meiner Schattententakel in ihre Muschi glitt.

„Ich muss dich nicht einmal berühren, damit du kommst." Ich fickte sie langsam mit meiner Magie und zeigte ihr, wer das Sagen hatte, während sie wimmerte und sich krümmte.

Hannah brauchte eine Lektion, eine Erinnerung daran, dass ich ihr König war und sie zu mir gehörte. Ich kletterte auf das Bett und kniete mich über sie, riss meine Hose auf und holte meinen Schwanz heraus. „Mach deinen Mund auf."

Ihre Lippen formten einen leichten Schmollmund, und ich rieb die Spitze meines Schwanzes an ihnen, so dass sie sich für mich öffneten. Ich schob meine ganze harte Schwanzlänge in diesen perfekten kleinen Mund und erstickte ihre Schreie, während ich die Tentakel tiefer in sie stieß und gleichzeitig ihren Kitzler reizte. Sie keuchte um mich herum, als ich mich an ihrer Zunge rieb, und ich stöhnte bei dem herrlichen Gefühl, wieder ihre weichen Lippen um mich zu spüren.

Da ihre Hände und Handgelenke gefesselt waren, konnte sie nichts anderes tun, als alles in sich aufzunehmen, was ich ihr gab, während sie mich mit großen Augen anschaute und stöhnte. Ihr Mund war so feucht und heiß. Ich liebte es wie sie versuchte, mich tiefer zu saugen, selbst als sie von den Schatten um uns herum gründlich bearbeitet wurde. Ich hielt mich an der Kante des Kopfteils über ihr fest, während ich mich in ihrem Mund hin und her bewegte und ihr leises Wimmern wurde immer verzweifelter, als meine Magie sie zum Orgasmus brachte. Ich spritzte meinen Samen in ihren Mund und über ihre Lippen und ließ sie ihn trinken, bevor ich sie schließlich losließ.

Sie beobachtete mich mit einem benommenen Blick, als ich vom Bett stieg und mich auszog. Mein Schwanz war bereits wieder hart. Es hatte ja auch seine Vorteile, der Teufel zu sein.

Ich fuhr mit meinen Fingern über ihren glatten, flachen

Bauch, über ihre Rippen und zur Wölbung ihrer Brust. Sie spannte sich an, atmete nicht einmal, während sie darauf wartete, was ich tun würde. Sie war machtlos, aber froh, dass es so war. Nein, sie hatte viel Macht, das wussten wir beide. Hannah lag in meinem Bett, gefesselt und breitbeinig für mich, weil sie es wollte.

Ich trat näher an sie heran und beugte mich dann über ihren schönen Körper. „Meine Königin."

Ich nahm eine ihrer Brustwarzen zwischen meine Lippen und ließ meine Zunge darüber gleiten, während ich sie tiefer in meinen Mund saugte. Sie stöhnte, das Geräusch kam aus ihrem Inneren. Sie drehte sich, als sie versuchte, ihre Arme und Beine zu bewegen. „Ich möchte dich berühren."

„Hier geht es nicht darum, was du willst. Es geht nur um mich."

„Dann nimm mich", bettelte sie.

Ich hob mich über ihren Körper und berührte mit meiner Brust leicht ihre Brustwarzen und sie biss sich auf die Lippe, um ein Stöhnen zu unterdrücken. Mein Schwanz stieß gegen ihre Öffnung und ich drang in sie ein, füllte sie vollständig aus. Ich bewies, dass sie mir gehörte. Wieder. Immer noch. Für immer.

Sie wölbte ihre Hüften gegen mich, nahm mich noch tiefer auf, während sie sich gegen ihre Schattenfesseln stemmte. Ich senkte meinen Kopf und küsste sie hart, während ich in sie eindrang und mein Rhythmus immer schneller wurde. Dann bäumte ich mich auf, packte ihre Hüften und hob sie hoch, um mit ihr zu kommen, während ich zwischen ihren Schenkeln kniete. Bei jedem Stoß meines Schwanzes schrie sie auf und ich liebte es, zu sehen, wie sie sich mir auf diese Weise hingab.

Als ihre Schreie immer heftiger wurden, stieß ich immer schneller und härter in sie hinein und nutzte meine Kraft und Schnelligkeit als Unsterblicher, um sie so zu ficken, wie es kein Anderer konnte. Als Engel konnte sie es aushalten und schon bald verkrampfte sie sich unter mir und ihr Gesicht verzerrte sich auf eine Weise, die mich endgültig zum König machte. Sie krümmte sich und schrie meinen Namen, ich stieß ein letztes Mal in sie hinein, bevor der Puls ihres Körpers um meinen Schwanz mich zum Äußersten trieb.

Die Schattenbänder um Hannahs Hand- und Fußgelenke lösten sich und ich nahm sie in meine Arme. Sie schmiegte sich an mich und ich hielt sie fest, sah in ihre blauen Augen, die so voller Wahrheit und Licht waren. Das perfekte Gegenstück zu meiner Dunkelheit.

„Ich liebe dich", sagte ich, und meine Brust wurde plötzlich eng. „Und ich brauche dich. Jetzt mehr denn je."

„Ja, das tust du", antwortete sie mit einem leichten Lächeln. Dann berührte sie zärtlich mein Gesicht. „Was auch immer sonst zwischen uns passiert, ich werde immer an deiner Seite kämpfen. Jetzt und für immer. Ich bin deine Königin."

Ich drückte sie fester an mich, bei dem Gedanken daran, was uns in den nächsten Tagen bevorstand. Zum ersten Mal war ich mir nicht sicher, ob wir siegreich sein würden – aber zumindest würden wir es gemeinsam durchstehen.

28

HANNAH

Während des gesamten langen Fluges von London nach San Francisco hatten meine Gedanken zwischen der Befürchtung, Jophiel wiederzusehen, der Angst vor dem, was Adam und Belial jetzt tun könnten und der Freude über die vergangene Nacht mit Luzifer geschwankt. Selbst wenn ich wütend auf ihn war, konnte ich ihm nicht widerstehen und die Art und Weise, wie er jetzt in der Limousine meine Hand ergriff, sagte mir, dass er mich nirgendwo anders haben wollte als direkt neben sich. Zum Glück für ihn, denn ich hatte kein Interesse daran, irgendwo anders zu sein.

Wir hielten vor dem unfassbar großen weißen Haus, das meiner Schwester gehörte und ich holte tief Luft, als unser Fahrer die Autotür öffnete. Selbst als Engel musste ich mir eine Minute Zeit nehmen, um mich zu strecken, als ich aus der Limousine stieg. Nach einem elfstündigen Flug und der anschlie-ßenden Fahrt vom Flughafen war ich bereit für eine anstren-gende Yoga-Sitzung. Yoga ... oder etwas anderes Sportliches. Ich starrte auf Luzifers Hintern, als ich ihm die Treppe hinauf folgte.

Callan war unmittelbar hinter mir, zusammen mit Olivia und ihren anderen Gefährten.

Jophiel warf die Tür auf und starrte uns mit großen Augen und offenem Mund an, dann besann sie sich. „Das ist ein ziemlich unerwarteter Besuch. Ich freue mich, euch zu sehen ...“ Ihr Blick fiel auf Luzifer und ihr Ton wurde frostig. „Einige von euch zumindest.“

„Können wir reinkommen?“ fragte ich. „Wir haben etwas Dringendes zu besprechen.“

„Natürlich.“ Sie trat einen Schritt zurück. „Kommt rein.“

Luzifer und ich gingen zuerst hinein, dann machten wir Platz, damit Callan und Olivia uns folgen konnten. Kassiel, Bastien und Marcus blieben draußen und standen Wache, für den Fall, dass die Erzdämonen auftauchten.

Jophiel legte ihre Hand auf Callans Arm und sah liebevoll zu ihrem Sohn auf. Sie berührte sanft sein Gesicht. „Ich bin so froh, dich zu sehen. Es ist schon viel zu lange her.“

Er neigte leicht den Kopf. „Ich wünschte, wir wären unter besseren Umständen hier.“

Dann wandte sie sich an Olivia und nickte ihr zu, ohne jedoch etwas zu sagen. Ich ahnte, dass dies der Grund für die Spannungen zwischen Callan und seiner Mutter war. Oder zumindest einer der Gründe.

Jophiel führte uns in ihren Wohnbereich und wir setzten uns alle in den Raum, auf die Couch oder in die schicken Sessel, wobei Olivia lange genug stehen blieb, um einen der winzigen Kristallengel in die Hand zu nehmen.

„Bitte fass die nicht an“, sagte Jophiel mit strenger Stimme. Olivia setzte ihn schnell ab und nahm neben Callan Platz, während Jophiel jeden von uns der Reihe nach musterte. „Ich sehe schon, dass dies kein Geselligkeitsbesuch ist. Warum seid ihr hier?“

„Die Erzdämonen haben die Pest entfesselt“, sagte Luzifer

ohne Umschweife. Keine Vorrede, keine Schönfärberei. Nur die Fakten. „Sie hat von Adams Körper Besitz ergriffen."

Jophiels Gesicht verfinsterte sich und sie legte die Finger an ihren Halsansatz. „Nein. Der erste Reiter? Warum? Wie?"

„Das ist eine lange Geschichte, für die wir jetzt keine Zeit haben", sagte ich und wusste, dass Jophiel die Wahrheit in meinen Worten spüren würde. „Aber wir haben es alle mit eigenen Augen gesehen. Es ist wahr."

Luzifer neigte sich nach vorne und begegnete Jophiels fassungslosem Blick. „Wir wissen beide, was das bedeutet. Der Krieg ist an der Reihe. Wir brauchen Michaels Schlüssel zum Himmel, damit wir sie aufhalten können."

„Michaels Schlüssel?" fragte Jophiel, immer noch im Schockzustand von all dem, was wir ihr gerade erzählt hatten.

„Hast du ihn?" fragte Callan.

„Ja. Ich habe ihn aufbewahrt, bis du bereit bist." Sie richtete ihren Blick wieder auf Luzifer. „Aber ich werde ihn nicht dem König der Hölle geben, egal unter welchen Umständen."

Callan richtete sich auf und seine große Gestalt schien den Raum zu beherrschen. „Dieser Schlüssel ist mein Geburtsrecht. Ich sollte derjenige sein, der ihn beschützt."

„Nein", sagte Jophiel, völlig unbeeindruckt von Callans Auftreten. „Bei mir ist er sicherer. Du hast eindeutig dabei versagt, die Pest aufzuhalten. Wie kommst du darauf, dass du die Entfesselung des Krieges verhindern kannst?"

„Jo, bitte", sagte ich. Vielleicht würde eine direkte Bitte ihr helfen, ihre alten Vorurteile Luzifer gegenüber zu überwinden. „Du bist in Gefahr, solange du den Schlüssel hast. Er macht dich zur Zielscheibe. Adam oder einer der Erzdämonen wird dich irgendwann finden."

Ihr Gesicht verriet einen Hauch von Überraschung. „Ich bin überrascht, dass dich das interessiert."

„Natürlich interessiert es mich. Du bist meine Schwester."

Ich breitete meine Hände aus. „Ich bin wütend auf dich. Ich bin mir nicht sicher, ob ich dir jemals verzeihen kann für das, was du getan hast. Aber ich liebe dich trotzdem. Ich will nicht, dass du stirbst. Und wir brauchen wirklich deine Hilfe."

„Wenn der Krieg befreit wird, bedeutet das das Ende des Friedens", sagte Luzifer. „Nicht nur für die Menschen, sondern für uns alle."

„Ja, ich habe von meinen Eltern Geschichten darüber gehört, was beim letzten Mal passiert ist." Jophiel presste ihre Lippen zu einer schmalen Linie zusammen, während sie überlegte. „Obwohl ich mit dem Hass auf Dämonen und vor allem auf dich, Luzifer, aufgewachsen bin, habe ich Michael dabei unterstützt, den Großen Krieg zu beenden. Ich habe keine Lust, noch einmal in den Krieg zu ziehen." Ihr Blick ruhte auf Callan und dann auf Olivia und ihr Gesicht wurde weicher. „Vor allem, wenn mein Sohn sein Glück gefunden hat."

Olivias Augen wurden groß. Ich fragte mich, ob dies das erste Mal war, dass Jophiel angedeutet hatte, sie als Callans Gefährtin zu akzeptieren. Ich wollte ihr sagen, dass sie es nicht persönlich nehmen sollte. Jophiel sah alles in Schwarz und Weiß und Olivias Existenz war ein Grauton.

„Danke", sagte Callan und drückte die Hand seiner Mutter.

Sie schenkte ihm ein sanftes Lächeln, während sie sich aufrichtete. „Ich werde den Schlüssel holen, aber ich möchte am Kampf gegen die Pest teilhaben. Wenn du in den Himmel gehst, nimm mich mit."

„Sehr gut", sagte Luzifer und neigte leicht den Kopf.

Sie verließ den Raum und ich atmete kurz aus, während meine Schultern vor Erleichterung herabsanken. Während wir warteten, lehnte sich Luzifer in seinem Sessel zurück und schlug die Beine übereinander, als sei dies sein Platz und nicht der seiner ehemaligen Feindin. Callans Hände legten sich um Olivias und sie lehnte sich an seine Schulter.

Ich beobachtete sie, als ich aus den Augenwinkeln etwas sah, das mich den Kopf drehen ließ. „Was war das?“

„Was?“ fragte Callan, der sofort hellwach war.

Ich starrte auf die Wand auf der anderen Seite des Zimmers. Die, an der die Kommode stand. Dort hatte es eine Bewegung gegeben, wie ein Flimmern in der Luft. Die Blicke aller folgten mir dorthin, wo ich ... etwas gesehen hatte. Ich stand auf und ging näher heran und spürte, dass etwas nicht stimmte, so als ob jemand eine Lüge erzählte, nur dass es aus dieser Ecke kam.

Mit einer Bewegung, die Bastien mir beigebracht hatte, hob ich meine Hand und Licht leuchtete aus meiner Handfläche, als ich sie auf die Wand richtete. Die Illusion zerriss und enthüllte Adam und Nemesis, die in der Ecke des Raumes standen. Niemand hatte sie zuvor wahrgenommen – nicht einmal Jophiel. Nemesis war mächtiger, als ich es geahnt hatte.

Luzifer und die anderen sprangen sofort auf und reagierten auf die neue Bedrohung. Doch bevor wir handeln konnten, hob Adam seine Arme. Die Luft vor ihm wurde dick und schlammig, breitete sich weiter im Raum aus und überzog alles mit einem öligen Film. Es ging so schnell, dass ich nicht einmal Zeit hatte, meine Kräfte zu nutzen und schon bückten sich die Anderen hinter mir und husteten. Nur ich schien verschont zu bleiben.

Adam sah aus wie aus einem Alptraum, seine Haut war gelb und blasig, sein weißes Haar fiel ihm büschelweise aus der Kopfhaut und hinterließ rohe, kahle Stellen, aus denen eine faulig aussehende Flüssigkeit quoll. Als er seinen Blick auf mich richtete, hatten seine glühend weißen Augen einen irren Glanz angenommen, fast so, als hätte er Fieber, was er wahrscheinlich auch hatte. Vielleicht hielt ihn die grausame Krankheit, die er die ganze Zeit mit sich herumtrug, in einem ständigen Zustand des Verfalls.

Nemesis versuchte, weitere Illusionen zu erschaffen, aber ich strahlte das Licht der Wahrheit aus, um sie zu stoppen und warf dann Finsternis auf Adam, die jedoch weitgehend ohne Wirkung blieb, was zum Teil daran lag, dass ich immer noch nicht wirklich wusste, wie ich sie beherrschen konnte. Ich wich zurück und versuchte, Luzifer zu erreichen, als das Fenster neben mir zerbrach und Belial hineinflog – mit Morningstar in der Hand. Natürlich hatte er es mitgenommen. Ich hätte es wissen müssen. Trotzdem dachte ich für einen kurzen Moment, er wäre gekommen, um zu helfen, bis ich sah, wie er Callan hinterherlief.

Jophiel stürmte in den Raum, ihr Schwert hoch erhoben, um ihren Sohn mit Gebrüll zu verteidigen. Sie lieferte sich einen Schlagabtausch mit Belial, bis Adam eine Welle der Krankheit ausstieß, die nur auf sie gerichtet war. Als sie getroffen wurde, wich die Farbe aus ihrem Gesicht. Sie schwankte, als die Krankheit ihr das himmlische Leuchten raubte – was auch immer sie von innen heraus erleuchtet hatte, was ich bis jetzt nicht bemerkt hatte. Sie taumelte, bewegte sich in Zeitlupe und ihr Blick wurde panisch. Sie fiel zu Boden. Nemesis war sofort neben ihr und riss ihr etwas aus dem Körper, das wie ein großer Diamant aussah.

Ich schrie nach Marcus, als sich die Welt um mich herum in ein völliges Chaos verwandelte. Kassiel und die Anderen, die draußen waren, stürmten herein und warfen ihre Arme in die Höhe, um den üblen Geruch zu bekämpfen, der in der Luft lag. Bastien stürzte sich sofort auf Nemesis und setzte seine Ofanim-Kräfte ein, um gegen ihre Illusionen anzukämpfen, während Marcus begann, Jophiel zu heilen und Kassiel versuchte, eine geschwächte Olivia aus dem Raum zu ziehen.

Luzifer erholte sich als Erster von Adams Angriff, erhob sich und führte ein Schattenschwert in einer Hand und einen Höllenfeuerball in der anderen. Ich sammelte Finsternis und Licht und stellte mich neben ihn, um mich auf den Kampf gegen die Pest vorzubereiten. Wenigstens würden wir gemeinsam sterben.

Wir ließen unsere Kräfte auf ihn los und obwohl er vor dem

Angriff zurückwich, war es nicht genug. Adam hob eine Hand und blies uns beide mit so viel Kraft an, dass wir gegen die gegenüberliegende Wand geschleudert wurden.

„Ich bin jetzt ein Gott." Adams grässliches Lachen erfüllte den Raum. „Niemand kann mich aufhalten. Nicht einmal der mächtige Luzifer."

Nemesis packte Callan an seinem blonden Haar und riss seinen Kopf nach hinten. Belial trat vor und setzte die Klinge von Morningstar an seinen Hals, wo eine dünne Blutspur erschien. „Wenn sich jemand bewegt", sagte er, „dann stirbt der Schönling."

„Nein!" Olivia und Jophiel schrien gleichzeitig. Jos Stimme war schwach und kraftlos. Sie war kaum mehr als gehauchte Atemluft.

„Nimm den Schlüssel", stieß Nemesis hervor und richtete ihre Worte an Callan, der versuchte, sich ihrem Griff zu widersetzen. „Oder wir werden all die Menschen, die du liebst, in den Tod treiben."

Callan starrte sie an, als Nemesis ihm den Edelstein in die Hand drückte. Er schimmerte leicht, sobald er ihn berührte, als ob er einen Hauch von himmlischem Licht in sich trug. „Das werde ich nicht."

Adam packte Bastien und steckte ihn mit seiner Krankheit an, so dass sich die Haut des Engels kränklich grün färbte. „Ich mache weiter. Du kannst dabei zusehen, wie alle in diesem Raum krank werden und sterben, bis du mir den Weg zum Himmel freimachst."

„Na schön." Callan biss die Zähne zusammen und wir alle wussten, dass es alles andere als gut war. „Aber ich weiß nicht, wie ich das machen soll. Ich habe dieses Ding noch nie gesehen, geschweige denn benutzt." „Es wird auf deinen Willen reagieren." Sogar Adams Stimme veränderte sich, wurde mehr zu einem Zischen und verlor den satten Ton, den sie vorher hatte. „Der Schlüssel wird dich erkennen, Sohn von Michael. Er erkennt deine Blutlinie."

Callan holte zitternd Luft und hielt den Edelstein vor sich hin. Der Raum füllte sich mit einem überirdischen Licht und ein schimmerndes Portal erschien. Es glänzte und funkelte, die Farben schimmerten und es war mir fast unmöglich, den Blick davon abzuwenden.

„Du kommst mit uns." Adam packte mich plötzlich am Arm und riss mich auf die Beine. „Du gehörst mir. Du hast immer mir gehört, Eva."

„Nein!", schrie meine Schwester plötzlich. „Du wirst meiner Familie nichts antun!"

Jophiel breitete ihre wunderschönen kupfernen Schwingen aus und stürzte sich auf Adam. Sie sah so todkrank aus, dass ich mir nicht sicher war, wie sie sich überhaupt bewegen konnte, aber es gelang ihr, ihn zurückzustoßen und mich aus seiner Umklammerung zu befreien. Im Gegenzug streckte er seine Hand aus und schickte einen konzentrierten Strom von Seuche nur an sie. Die vergiftete Luft wirbelte um sie herum und ließ sie nach Luft schnappen. Jophiel fiel zu Boden, schlug mit einem dumpfen Geräusch auf dem Teppich auf und rührte sich nicht mehr.

Wut durchfuhr mich, gab mir Kraft und ich kanalisierte meine helle und dunkle Energie und sandte reine Wellen aus, die wie ein kompliziertes Geflecht miteinander verwoben waren und direkt auf Adam zielten. Die Explosion warf ihn zurück, aber der Altgott in ihm kämpfte gegen mich an.

„Komm schon", schrie Nemesis auf halbem Weg durch das Portal. Belial war bereits darin verschwunden, wie ich mit einer großen Welle der Trauer und Enttäuschung sah. „Lass sie!"

Sie hatte Callan immer noch eisern im Griff und zog ihn mit

sich durch das Portal und Adam warf mir noch einen letzten Blick zu, bevor er folgte. Das Portal schloss sich augenblicklich hinter ihnen und ließ dem Rest von uns keine Möglichkeit zu folgen oder zu kämpfen.

29

HANNAH

Marcus drängte alle nach draußen, weg von den giftigen Dämpfen und er nahm meine Schwester mit. Wir stolperten alle auf den Rasen vor dem Haus, die Anderen hustend und schwach, kaum in der Lage zu gehen. Ich klammerte mich an Kassiel und half ihm, wieder auf die Beine zu kommen. Ich musste in der Nähe meines Sohnes sein, um sicherzugehen, dass es ihm gut ging. Als wir uns in Sicherheit gebracht hatten, schlang ich meine Arme um ihn und umarmte ihn fest, erleichtert, dass es ihm gut ging.

Ich löste mich von ihm und sah Marcus, der neben meiner Schwester kniete. Er sah zu mir auf, in seinem Blick lag Trauer, seine Augen waren glasig.

„Nein", flüsterte ich. „Das kann nicht sein. Sie kann nicht ..." Ich war so wütend auf sie gewesen, so verdammt wütend, aber jetzt ... war sie weg. „Kannst du sie nicht wieder auferstehen lassen? Du hast mich zurückgebracht!" Meine Worte waren verzweifelt und meine Stimme kraftlos, als ob auch sie keine Hoffnung enthielt. Warum war ich nicht auch als Heilerin geboren worden? Wer interessierte sich schon für die

Wahrheit, wenn die Menschen, die man liebte, um einen herum starben?

Marcus' Gesicht verfinsterte sich. „Ich wünschte, ich könnte es, aber ich werde so schon kaum genug Energie haben, um alle anderen zu heilen. Es tut mir leid."

Marcus' Schultern sackten zusammen und ich taumelte rückwärts in die wartenden Arme Luzifers. Er hielt mich fest, während ich schluchzte und mein Kummer in der bestürzten Stille, die die Luft erfüllte, laut wurde. Marcus kümmerte sich als Nächstes um Olivia und heilte sie von dem Gift, das Adam verbreitet hatte. Alle waren davon betroffen, aber Einige hatte es schlimmer erwischt als Andere. Kassiel hatte, zu meiner Erleichterung, kaum etwas davon eingeatmet und hustete nur ein klein wenig. Olivia hingegen war von Anfang an betroffen gewesen und konnte sich kaum bewegen. Auch Bastien war in ziemlich schlechter Verfassung.

Als Marcus mit den Anderen fertig war und sich zu Luzifer wandte, hob mein Gefährte die Hand. „Mir geht es gut. Schone deine Kräfte."

Marcus nickte, mit Schatten wie violetten Blutergüssen unter seinen Augen. Er hatte sich verausgabt, um alle zu heilen. Ich war die Einzige, die von Adams Krankheit verschont geblieben war – er war noch nicht bereit, mich zu töten. Er wollte mich immer vorab leiden sehen.

Wäre Jophiels letzter Akt der Tapferkeit nicht gewesen, hätte Adam mich auch mit durch das Portal gezogen. Ich konnte mir nur vorstellen, welche Qualen er für mich im Himmel geplant hatte. Ich wünschte nur, wir hätten sie davon abhalten können, auch Callan zu holen.

„Sie hat sich für mich geopfert", flüsterte ich. „Sie hat schreckliche Dinge getan, war so ..." Ich hielt inne und suchte nach den richtigen Worten. „Manchmal war sie *irregeleitet*, aber sie hat schlimme Dinge aus den richtigen Gründen getan." Ich sah Luzifer an und flehte ihn an, es zu verstehen, obwohl ich diese Worte nicht aussprechen konnte.

Seine Hand schlang sich um meine. „Dem kann ich nur zustimmen. Sie hat alles, was sie getan hat, aus Liebe getan."

Ein weiteres Schluchzen entwich mir. „Ich konnte mich nie mit ihr versöhnen und jetzt ist es zu spät." Ich hätte ihr irgendwann verziehen, so wie ich Luzifer verziehen hatte. Es lag nicht in meiner Natur, allzu lange nachtragend zu sein – außer, wenn es um Adam ging. Dieser Scheißkerl würde dafür bezahlen. Eines Tages. Irgendwie.

Olivia saß an Kassiel geschmiegt im Gras, zusammengerollt in seinem Schoß, mit Marcus und Bastien zu beiden Seiten, die ihre Hände an sie legten. Sie waren alle aufgeregt, besorgt um Callan, ab und zu liefen Olivia Tränen über die Wangen. Ich war auch besorgt – er war mein Neffe und Jophiels Sohn. Ich war es ihr schuldig, ihn zu retten.

„Sie werden ihn nicht töten", sagte Luzifer und streichelte meinen Rücken. „Sie brauchen Callan, um das Grab des Krieges zu öffnen. Selbst danach bezweifle ich, dass sie ihn töten werden. Er ist der einzige lebende Sohn von Michael. Er wurde im Himmel geboren und sie werden ihn am Leben lassen, falls sie sein Blut noch einmal brauchen."

Olivia sah Luzifer hoffnungsvoll an. „Bist du dir sicher?"

Er nickte. „Mach dir keine Sorgen. Er ist stark."

„Ja, aber Adam ist zu mächtig", murmelte Marcus. „Wie können wir ihn nur besiegen?"

„Wenn der Krieg erst einmal entfesselt ist, wird es zu spät sein, die Apokalypse aufzuhalten", sagte Bastien. „Und jetzt haben sie die Mittel, es zu tun."

„Das Beste, was wir tun können, ist, die Pest aus seinem Körper zu holen und ihre Essenz einzuschließen, wie beim letzten Mal", sagte Kassiel.

Luzifer zog die Stirn in Falten. „Dazu müssten wir die Feen

auf unsere Seite bringen. Leider kommen der Hohe König und ich in letzter Zeit nicht besonders gut miteinander aus."

Kassiel zog eine Augenbraue hoch. „Du hast mit den Engeln Frieden geschlossen, sicher können wir die Feen überzeugen, mit uns in dieser Situation zusammenzuarbeiten."

Sie diskutierten weiter, aber ich blendete sie aus und starrte auf die kränklich blasse Haut meiner Schwester. Mein Magen verkrampfte sich plötzlich und ich wandte mich ab, in der Hoffnung, es würde vorbeigehen. Das tat es nicht und ich rannte von der Gruppe weg, um die Ecke des Hauses. Ich drückte mir die Hand vor den Mund, da mein Magen sich aufbäumte und versuchte, seinen Inhalt auszuspeien. Dann suchte ich einen Busch, hinter dem ich mich verbergen konnte.

Schnell erbrach ich alles Essen, das ich im Flugzeug gegessen hatte. In meinen Augen sammelten sich Tränen, wie immer, wenn ich mich erbrechen musste und ich wischte sie weg, als sich mein Magen wieder regte. Ich wartete und würgte an nichts, aber obwohl sich meine Muskeln bewegten, kam nichts anderes heraus. Schweißperlen standen mir auf der Stirn und ich lehnte mich mit dem Rücken gegen die Wand hinter mir.

Verdammt. Das war wirklich nicht der richtige Zeitpunkt, um einen schwachen Magen zu entwickeln.

„Ist alles in Ordnung mit dir?" fragte Luzifer, die Sorge stand ihm ins Gesicht geschrieben.

„Nein", sagte ich und wischte mir den Mund ab. „Ich habe gerade gesehen, wie meine Schwester vom ersten Reiter der Apokalypse getötet wurde. Ich bin definitiv nicht in Ordnung."

„Ich verstehe." Er wartete darauf, dass ich mich zu ihm gesellte und ich nahm seinen Arm und klammerte mich fester an ihn, als ich wollte, während wir zu den Anderen zurückgingen. „Die Schrecken der Pest müssen dir zugesetzt haben. Ich habe das schon einmal erlebt."

Ich nickte langsam und er drückte mir einen Kuss auf den

Kopf. Ich fühlte mich immer noch ein wenig krank. Das zittrige, verletzliche Gefühl hatte mich nicht verlassen, aber ich versuchte, stärker auszusehen, als ich mich fühlte, als wir uns wieder dem Rest der Gruppe anschlossen.

Luzifer stand an meiner Seite, seine Hand auf meiner Schulter, während er die Anderen musterte. „Es ist an der Zeit zu gehen."

„Gehen?" fragte Marcus. „Wohin? Wir können ja nicht in den Himmel."

„Wir können auch nicht hierbleiben und darauf warten, dass andere Dämonen kommen und uns holen", sagte Luzifer mit befehlender Stimme. „Wir fahren nach Las Vegas, versammeln unsere Verbündeten, schmieden einen neuen Plan und machen uns dann auf die Suche nach der Pest."

Olivia schniefte und stand auf. „Lasst uns herausfinden, wie wir Callan retten können."

Ihre Gruppe schlurfte zur Limousine, aber ich konnte mich nicht von der Stelle rühren, wo ich stand. Nicht ohne Jophiel. „Wir können sie nicht einfach hier lassen."

„Ich werde jemanden kommen lassen, der sich um ihre Leiche kümmert", sagte Luzifer und nahm meine Hand. „Ich werde mich um alles kümmern. Ich schwöre es. Aber jetzt komm mit mir."

Ich nickte und sah auf meine Schwester hinunter, während ich mir die Tränen wegwischte. Mein Sohn hatte das angerichtet, während ihr Sohn versucht hatte, uns zu verteidigen und jetzt waren sie beide für uns verloren. Es gab zwar noch eine Chance, Callan zu retten, aber ich begann zu glauben, dass ich meinen ältesten Sohn nie wieder zurückbekommen würde. Vielleicht hatte Luzifer recht und es gab keine Chance mehr für Belial.

Vielleicht war Belial für immer für uns verloren.

Ich bemerkte kaum, wie Luzifer mich in die Limousine bugsierte und wir losfuhren. Ich nahm kaum wahr, wie wir wieder in den Privatjet stiegen und abhoben. Ich bemerkte kaum, als wir einige Zeit später in Las Vegas landeten. Ich war wie betäubt. Ich tat wie geheißen, aber innerlich war ich leer. Ich versuchte, einen kleinen Funken Hoffnung zu finden – und versagte.

30

LUZIFER

Ich blickte aus dem Penthouse-Fenster und sah mein Spiegelbild im Glas, meinen Whiskey in der Hand. Hinter mir schritt Hannah mit verschränkten Armen hin und her, ihre Körpersprache war in sich gekehrt. Olivia und drei ihrer Gefährten lümmelten sich auf dem Ledersofa. Kassiel, Bastien und Marcus saßen so dicht neben ihr, dass sie sie eigentlich hätten erdrücken müssen, aber sie schien sie alle zu brauchen. Und vielleicht brauchte sie sie auch – schließlich war sie zum Teil ein Sukkubus.

Ich holte tief Luft, bevor ich mich dem Raum zuwandte. Was für ein Desaster der heutige Tag geworden war. Ich hatte Samael und Azazel bereits zurückgerufen und sie waren auf dem Rückweg vom Penumbra-Gefängnis, wo sie absolut nichts Neues erfahren hatten. Ich hatte mich in Jophiels Haus um alles gekümmert und ihren Körper zu den Engeln geschickt. Ich hatte Erzengel Gabriel angerufen und ihn gebeten, mich hier zu treffen, um unsere weiteren Schritte zu besprechen. Mir schwirrte der Kopf von der ellenlangen Liste der zu erledigenden Dinge, aber ich arbeitete sie ab und jeder im Raum hatte ein Glas Wein in der Hand, das war wenigstens etwas.

Um Hannah machte ich mir allerdings am meisten Sorgen. Sie hatte kaum ein Wort gesagt, seit wir Jophiels Haus verlassen hatten. Im Flugzeug war ihr wieder schlecht geworden, aber sie hatte sich geweigert, sich von Marcus heilen zu lassen und gesagt, es ginge ihr gut. Ich hatte versucht, sie zu überreden, ins Bett zu gehen und sich auszuruhen, damit sie in Ruhe trauern konnte, aber sie hatte gesagt, sie wolle hier sein, wenn Gabriel kam.

Ich schaute auf die Uhr und fragte mich, wo er war. Als hätte mein Gedanke ihn heraufbeschworen, tauchte der Erzengel vor mir auf. Ich zuckte zusammen und widerstand einer Reaktion. Der Höllenfürst ließ sich nicht überraschen. Aber verdammt, ich hasste es wirklich, wenn er das tat.

„Wo ist meine Tochter?", sagte der Erzengel mit dem sandfarbenen Haar zur Begrüßung.

Ich verstand. An seiner Stelle hätte ich mir nur Sorgen um Kassiel gemacht. Ich nickte ihm über die Schulter zu und er drehte sich um, die Arme bereits ausgestreckt.

Olivia sprang auf, sobald sie ihn sah. „Vater", rief sie und rannte zu ihm.

Er fing sie auf und drückte sie an sich und mein Herz schmerzte um die Tochter, mit der ich diese Liebe nie erleben würde. Ich schob den Kummer beiseite, weil ich wusste, dass ich jetzt damit nicht umgehen konnte.

Gabriel legte den Arm um seine Tochter und führte sie zum schwarzen Ledersofa. Kassiel erzählte ausführlich, was in den letzten Tagen geschehen war und griff all die Dinge auf, die ich in meiner schnellen, dringenden Mitteilung ausgelassen hatte.

Gabriel seufzte schwer, als die Erzählung endete. „Diesmal hast du dich wirklich in einen Schlamassel gebracht, nicht wahr, Luzifer?"

„Ich weigere mich, die Verantwortung für dieses Mal zu übernehmen." Ich schenkte Gabriel einen kräftigen Schluck ein. Es hat mich immer amüsiert, Engel trinken zu sehen. Die Menschen dachten, sie wären so rein. Oh, wenn sie nur die Wahrheit wüssten.

Gabriel runzelte die Stirn, als er den Drink nahm. „Der Verlust von Jophiel ist ein schwerer Schlag für die Gemeinschaft der Engel. Sie war nicht nur einer unserer Erzengel, sondern auch die Geschäftsführerin von Aether Industries, unserem größten Arbeitgeber."

„Ihr Sohn wurde von Adam entführt", sagte Hannah mit ruhiger Stimme. „Wir müssen ihr Andenken ehren, indem wir ihn retten."

Gabriels Blick blieb an ihr haften. „Haniel. Ich dachte, du wärst für uns verloren. Es ist so lange her, dass ich dich gesehen habe."

„In gewisser Weise war ich auch verloren", erwiderte sie. „Aber jetzt nicht mehr."

„Sie hat recht, wir müssen Callan finden", sagte Olivia. „Hast du einen Schlüssel zum Himmel?"

Gabriel schwenkte sein Getränk und das Eis klirrte an den Seiten. „Ja, Michael hat mir einen anvertraut, als er den Himmel versiegelt hat."

Ich nickte, seine Worte bestätigten meinen Verdacht. Ich hatte dasselbe getan, als ich die Hölle verschlossen hatte. Lilith hatte meinen Ersatzschlüssel – sie war die einzige Erzdämonin, der ich vertraute. Nun, jedenfalls mehr als allen anderen. Was war Vertrauen wirklich, außer einer knappen Liste von Leuten, die mir am unwahrscheinlichsten in den Rücken fallen würden? Eine Liste, die von Stunde zu Stunde kürzer wurde.

„Sollten wir nicht schon auf dem Weg dorthin sein?" fragte Kassiel. „Mit jedem Augenblick, den wir warten, kommen sie der Grabkammer des Krieges näher."

„Wir dürfen nichts überstürzen", sagte ich. „Das Fiasko in

Jophiels Haus hat uns das gezeigt. Wir müssen unsere Verbündeten versammeln und einen Plan ausarbeiten."

Gabriel nickte. „Wenn sie durch die verwüstete, verlassene Landschaft des Himmels reisen, werden sie einige Zeit brauchen."

Ich trank meinen Whiskey aus und stellte ihn auf der Bar ab. „Ja, sie können dort nicht einfach in ein Flugzeug steigen. Wir fliegen mit dem Jet zum gleichen Ort wie die Grabkammer hier auf der Erde und benutzen dann den Schlüssel, um das Portal zu öffnen. Auf diese Weise könnten wir sie sogar überrumpeln."

„Wie sieht der Plan aus, wenn wir dort sind?" fragte Hannah. Ich verschränkte die Finger, während ich nachdachte. „Das Wichtigste ist, sie daran zu hindern, den Krieg zu entfesseln. Wenn es ihnen gelingt, ihn zu befreien, müssen wir sicherstellen, dass er niemanden in seine Gewalt bringt. Es besteht eine kleine Chance, dass wir ihn wieder in die Grabkammer einschließen können, aber nicht, wenn er sich ein neues menschliches Gewand zugelegt hat."

„Die Pest forderte ein Opfer", sagte Bastien. „Wird der Krieg dasselbe verlangen?"

„Ich glaube, ja", sagte ich.

„Was ist mit der Pest?" fragte Marcus. Er sah nach der vorangegangenen Heilung immer noch mitgenommen aus. Ich konnte mir nur vorstellen, wie abscheulich die Pest für einen Malakim wie ihn war, dessen Aufgabe es war, Leben zu erhalten.

Ich breitete meine Hände aus. „Das Beste, was wir im Moment tun können, ist, ihn abzulenken und möglichst Adams Körper zu töten. Sobald wir die Bedrohung durch den Krieg gestoppt haben, können wir die Feen kontaktieren und mit ihnen zusammenarbeiten, um die Pest wieder einzufangen."

„Ich muss ein paar Anrufe tätigen." Gabriel trank seinen Drink aus und stand auf. „Die Grabkammer befindet sich auf der Höhe des mexikanischen Äquivalents, etwas außerhalb von

Cancun bei Chichen Itza. Ich kann mich selbst dorthin teleportieren, aber ich kann nicht alle mitnehmen."

Ich nickte. „Der Rest von uns wird gleich morgen früh das Flugzeug nehmen."

„Ich werde ein paar Engel organisieren, die uns helfen. Das ist eine Bedrohung, der wir uns alle gemeinsam entgegenstellen müssen." Gabriel wandte sich an Olivia. „Wir sehen uns bald wieder."

Er verschwand augenblicklich. In einer Sekunde noch da, in der nächsten weg – seine Kraft als Erzengel. Er war immer mein Lieblingserzengel gewesen, aber verdammt, das war nervig.

Die Anderen rappelten sich ebenfalls auf. „Wir sehen uns morgen früh", sagte Kassiel und drückte Hannahs Arm kurz, bevor er ging.

Nachdem sie sich in ihre eigenen Gästesuiten im Hotel zurückgezogen hatten, schickte ich eine Nachricht an Raphael, um ihm mitzuteilen, was wir geplant hatten. Wir würden die Hilfe der stärksten Malakim brauchen, um Adams Seuchenkraft zu bekämpfen. Ehrlich gesagt, brauchten wir jetzt alle Verbündeten, die wir bekommen konnten, wenn wir gegen die Pest bestehen wollten.

„Geh schon mal ins Bett", sagte ich zu Hannah. „Ich komme gleich nach, sobald ich ein paar weitere Nachrichten verschickt habe."

Sie nickte und verließ das Zimmer, während ich Einial anrief und einige logistische Aspekte unserer morgigen Reise besprach. Danach überlegte ich, ob ich mich mit den Feen in Verbindung setzen sollte, aber ich hatte keine Zeit. Schließlich konnte ich ihnen nicht einfach eine SMS ins Feenreich schicken. Die Feen waren nicht gerade auf dem neuesten Stand der Technik.

Als ich durch das Wohnzimmer ging, fiel mir eine Bewegung außerhalb des Fensters auf. Ich war sofort wachsam und bereit für einen weiteren Angriff, als ich einen weiblichen Gargoyle entdeckte, der draußen schwebte. Sie hatte ihr schwarzes Haar zu einem Dutt zusammengebunden, breitete ihre ledrigen, mit Krallen versehenen Flügel aus und ließ sich auf dem Balkon nieder.

Als ich näher kam, erkannte ich sie als Romana, die älteste Tochter von Belphegor. Na prima. Genau das, was ich jetzt brauchte, war ein weiteres eigensinniges Kind, das sich für den Tod seiner Eltern rächen wollte. Ein Tod, mit dem ich dieses Mal nichts zu tun hatte.

Ich riss die Schiebetür auf. „Was machst du denn hier?"

„Ist es wahr?", fragte sie mit einem leichten französischen Akzent. „Ist sie tot?"

„Ich fürchte, ja."

„Erzähl es mir."

Ich gab ihr ein Zeichen, sich auf einen der Sessel auf der Terrasse zu setzen, während die nächtliche Brise unsere Haare und Kleider umspielte. Sie hockte auf der Kante ihres Sitzes, als wäre sie ein Nervenbündel, das sich jeden Moment vom Stuhl stürzen könnte.

Ich setzte mich ihr gegenüber und erzählte im Schnellverfahren, was geschehen war, einschließlich Adams Verrat und der Ermordung von Belphegor. Die ganze schmutzige Geschichte. Ich war mir nicht sicher, inwieweit Belphegor ihre Tochter in ihre Intrigen gegen mich verwickelt hatte, aber Romana schien von vielem, was ich ihr erzählte, nicht überrascht zu sein – außer vom Ende, als die Pest auftauchte und Adam Belphegor opferte, um ihre Macht in sich aufzunehmen.

Romana kochte, ihre Hände umklammerten die Stuhllehne, ihre Haut wurde zu Stein. „Ich werde ihn persönlich für seine Taten töten."

Ich musste fast lachen bei dem Gedanken, dass sie Erfolg haben könnte, wo ich versagt hatte. Aber wir brauchten Verbündete, wenn wir diese Bedrohung besiegen wollten und ich ließ mir keine Gelegenheit entgehen. Obwohl die Gargoyles versucht hatten, Hannah zu töten, während Belphegor sie anführte, witterte ich eine Chance, ihnen einen Neuanfang zu ermöglichen.

„Du bist die neue Erzdämonin der Gargoyles", sagte ich zu ihr. „Ich muss es jetzt wissen – wirst du dich gegen mich stellen? Oder gegen die Leute, die deine Mutter verraten haben?"

Sie überlegte einen Moment lang und ich sah die Nachdenklichkeit in ihren braunen Augen, bevor sie den Kopf senkte. „Ich stehe auf Eurer Seite, Mylord."

Ich erhob mich. „Eine weise Entscheidung. Morgen fliegen wir nach Mexiko, um Adam und die Anderen daran zu hindern, den Krieg zu entfesseln. Du und deine Gargoyles wären bei diesem Kampf sehr nützlich."

„Wir werden uns euch anschließen. Und ich werde den Tod meiner Mutter rächen." Sie sank langsam vor mir auf die Knie, die Augen gesenkt. „Ich schwöre dir meine Treue, Luzifer. Ich werde dir als deine Erzdämonin dienen."

Das war unerwartet, aber sicherlich willkommen. Ich gab ihr ein Zeichen, sich zu erheben. „Erhebe dich, Romana. Ich danke dir für deinen Schwur. Wir brechen gleich morgen früh auf."

„Wir werden bereit sein." Sie breitete ihre Flügel aus und verschwand von der Seite des Balkons in die Nachtluft.

Ich starrte hinaus auf die Lichter von Las Vegas und versuchte, den Aufruhr in meinem Kopf bei dem Gedanken an das, was uns morgen bevorstand, zu beruhigen. Es gab nur eine Person, die mich beruhigen konnte. Als ich in mein Schlafzimmer kam, lag Hannah zusammengerollt unter der Decke in der Mitte des Bettes. Ich zog mich schnell aus, kletterte hinter ihr unter die Decke und schlang meine Arme um sie.

„Ich habe ihr nie verziehen", flüsterte sie.

„Es tut mir leid." Es gab nicht viel mehr zu sagen. Keine Worte würden ihren Schmerz lindern. Ich kannte den Verlust nur zu gut, wie alle Unsterblichen und ich wusste, dass es nie einfacher wurde.

„Ich war wütend auf sie, aber ich wollte nicht, dass sie stirbt."

„Das wusste sie. Sie wusste es in dem Moment, als du ihr gesagt hast, dass du sie liebst."

„Glaubst du das wirklich?"

Ich wollte alle Ungewissheit und Schuldgefühle in ihr auslöschen. Ihr unsterbliches Leben war eine zu lange Zeit, um diese Last zu tragen. Vorausgesetzt, wir überlebten den nächsten Kampf. „Da bin ich mir sicher. Sie hat dich auch geliebt. Sie hat sich geopfert, um dich zu retten. Sie hat es aus Liebe getan."

Hannah seufzte. „Ich weiß. Ihre Liebe war ... übermächtig. Aber es ist wahr."

Meine Arme legten sich enger um sie. „Wir werden Adam aufhalten, ich schwöre es."

„Wie?" Sie stieß ein trauriges Lachen aus. „Altgötter kann man nicht töten."

Ich hatte keine Antwort, aber ich hatte eine Idee. Eine Möglichkeit. Das Einzige, was so mächtig war wie ein Altgott ... war ein anderer Altgott.

Könnten wir den Krieg dazu bringen, die Pest zu besiegen?

HANNAH

Cancún war warm und sonnig. All das, was die Reiseportale versprachen und doch war es absolut trostlos. Meine Schwester war tot, mein Neffe entführt, mein Sohn verloren. Nichts stimmte mehr. Für mich als Trauernde war es wie ein Schlag ins Gesicht, dass der Tag so strahlend schön war. Es hätte regnen und düster sein sollen. Alles hätte grau sein müssen. So wie ich es war.

Aber als wir aus dem Flugzeug stiegen und die Sonne auf mein Gesicht schien, fühlte ich mich zumindest körperlich etwas stärker. Als Engel halfen mir diese Wärme und das Sonnenlicht, ebenso wie die Meeresbrise, die meine Haut umspielte. Ich wandte meinen Kopf der strahlenden Sonne zu und hoffte, dass sie die ganze Dunkelheit in mir vertreiben würde.

Luzifer legte seine Hand auf meinen Rücken und atmete tief ein. „Irgendwann müssen wir noch einmal zurückkommen. Wenn sich die Lage beruhigt hat."

Ich nickte, obwohl wir beide wussten, dass es ein Wunder wäre, wenn wir den Tag überleben würden. Außerdem ging es mir nur darum, Adam zu besiegen. Jahrtausendelang hatte er mich gequält und getötet. Er hatte meine Familie gequält und betrogen. Er hatte meine Tochter und jetzt meine Schwester ermordet. Ich war bereit, ihn dafür büßen zu lassen.

Unser Privatflugzeug war mit unseren Verbündeten voll besetzt, auf dem Rollfeld mussten sie sich zusammendrängen. Zahlreiche schwarze Geländewagen warteten darauf, uns zum Ort der Grabkammer zu fahren und ich eilte auf den ersten zu. Ich wollte keine Zeit mehr verlieren. Die paar Stunden Ruhe, die wir bekommen hatten, waren nötig, aber nicht sonderlich erholsam angesichts der schwebenden Bedrohung, Adam daran hindern zu müssen, den Krieg zu entfesseln.

„Wie lange dauert die Fahrt?" fragte ich, als ich mit Einial und Luzifer in ein Auto stieg.

„Zwei Stunden", sagte Einial. „Ungefähr."

„Wir werden dort noch andere treffen", sagte Luzifer. „Vorausgesetzt, Gabriel und Raphael haben es geschafft."

„Das werden sie", sagte ich. Gabriel hatte gestern Abend nur die Wahrheit gesagt. Die Frage war, ob seine zusätzlichen Engel genug sein würden. Ohne einen gewissen Schutz gegen Adam sah ich nicht, wie wir ihn überhaupt bekämpfen konnten, aber wir mussten es versuchen. Es gab keinen anderen Weg. Ich hatte mich noch nie damit begnügt, die Hände in den Schoß zu legen und jetzt, da ich Luzifer zurückhatte und das Versprechen, für immer mit ihm zusammen zu sein, wollte ich das auch nicht tun. Ich griff nach Luzifers Hand und verschränkte meine Finger mit seinen. Nein, ich war nicht bereit, das aufzugeben.

Es wurde still im Wagen und ich nahm an, dass wir alle über den bevorstehenden Kampf nachdachten. Wir verließen den Flughafen und fuhren über eine Brücke, dann durch Cancún, das mich sehr an Südkalifornien erinnerte – ein großer blauer Himmel mit vereinzelten Wolken, Palmen auf beiden Seiten der Straße, weiße Gebäude mit spanischsprachigen Schildern.

Zwischen den Gebäuden konnte ich einen Blick auf den

Ozean erhaschen und ich ließ mein Fenster herunter, um ein wenig frische Meeresluft zu schnuppern. Wir hielten vor einem Restaurant an und mir schlug ein starker Geruch von Meeresfrüchten entgegen. Normalerweise liebte ich Meeresfrüchte, aber heute drehte sich mir bei dem Gedanken daran der Magen um. Ich klammerte mich an die Kante des Ledersitzes und biss die Zähne zusammen gegen die plötzliche und starke Welle intensiver Übelkeit.

Ich erinnerte mich an die Zeit vor etwa vierzig Jahren, als ich mit meiner Tochter schwanger gewesen war und ein ähnlicher Geruch mich ins Bad hatte rennen lassen. Keine meiner anderen Schwangerschaften hatte Übelkeit verursacht, aber bei der letzten war ich fast die ganze Zeit bereit gewesen, mich zu übergeben.

Eine besonders heftige Welle der Übelkeit überkam mich, als der Wind noch mehr Fischgeruch ins Auto trug. Ich kurbelte das Fenster hoch, umklammerte den Sitz mit zitternden Händen und kämpfte darum, mein Frühstück bei mir zu behalten. Mir war gestern auch übel geworden, aber ich hatte gedacht, es sei eine Reaktion auf die Pest und alles, was wir gerade erlebt hatten. Aber was, wenn es das nicht war?

Verdammt. Verdammt. Verdammt. Könnte ich schwanger sein?

„Geht es dir gut?" fragte Luzifer und beobachtete mich mit einem besorgten Zug um den Mund.

Ich nickte und griff nach einer Flasche Wasser. Als ich daran nippte, beruhigte sich mein Magen ein wenig, aber die Bewegung des Autos auf dem Rücksitz ließ das Gefühl der Übelkeit wieder aufsteigen. Ich wollte meinen Körper anschreien, dass er sich zusammenreißen sollte. Das war nicht der richtige Zeitpunkt.

„Hunger?" fragte Luzifer und wandte sich dann an Einial. „Haben wir etwas zu essen?"

„Ja, natürlich." Sie öffnete einen Rucksack, der mit einer Auswahl an herzhaften und süßen Snacks gefüllt war.

Ich musste fast würgen, konnte mich aber noch rechtzeitig zurückhalten und schüttelte den Kopf. Dann entdeckte ich eine Packung einfacher Cracker und schnappte sie mir, bevor Einial den Rucksack wieder schloss. „Danke", murmelte ich. „Ich spüre nur den ganzen Stress, schätze ich."

Luzifer drückte mein Bein, als ich die Cracker öffnete. Ich knabberte sie langsam und versuchte, nicht über die ganze Sache mit dem Essen nachzudenken. Einfach auf Autopilot kauen, kauen, kauen, schlucken. Verdammte Scheiße. Ein Baby wäre eine wahnsinnige Komplikation. Riesig. Und das zum denkbar schlechtesten Zeitpunkt in meinem Leben. Aber ich konnte meine Hand nicht davon abhalten, zu meinem Bauch zu wandern. Eine wahnsinnige Komplikation, aber auch *unsere*.

Als wir die Stadt verließen und einen von dichtem Grün gesäumte Highway entlangfuhren, verdrängte ich die Übelkeit aus meinem Kopf. Sie war jetzt fast verschwunden und vielleicht waren es wirklich nur die Nachwirkungen des Einflusses der Pest. Ein Baby, so unglaublich es auch wäre, kam während dieser Schlacht einfach nicht in Frage. Sicherheitshalber würde ich aber einen Schwangerschaftstest machen, sobald das hier vorbei war.

„Wo sind denn alle?" fragte ich, als wir vor den alten Ruinen der antiken Stadt Chichen Itza anhielten. Ich war mir nicht sicher, ob ich schon einmal hier gewesen war, aber es war offensichtlich, dass hier überall Touristen hätten sein müssen. Doch niemand wartete am Fuße der langen Maya-Treppe oder machte Fotos von den antiken Bauwerken. „Hier müsste doch alles voll mit Besuchern sein."

„Ich habe ein paar Fäden gezogen." Luzifer ließ seinen Einfluss wie ein Kinderspiel klingen, aber selbst jetzt hatte seine

Autorität noch die Kraft, mich zu verblüffen. „Wir haben das Gelände heute für uns allein."

Wir parkten die Autos und stiegen aus. Ich schaute mich um und ließ alles auf mich wirken. An der Stelle, an der einst die Stadt gestanden hatte, befand sich eine riesige, flache, offene Fläche, die von allen Seiten von dichtem Grün umgeben war, was den perfekten Ort darstellte, um unsere Verbündeten zu versammeln und sich auf den Kampf vorzubereiten. Die riesige Pyramide ragte in der Ferne empor, aber es gab auch noch andere Bauwerke, darunter einen Bereich mit Hunderten von steinernen Säulen, die in Reihen angeordnet waren. Da ich mich für Geschichte und Mythologie interessierte, wünschte ich mir, ich hätte den ganzen Tag wie eine Touristin hier verbringen und alles darüber erfahren können.

„Das war früher ein Markt", sagte Luzifer und nickte in Richtung der Säulenreihen. „Diese Stadt war vor langer Zeit wirklich eindrucksvoll."

Wir näherten uns der Pyramide, während alle anderen aus den Autos stiegen und uns folgten. Sie war riesig, mit Zehntausenden von Kalksteinquadern und die Steine schienen in einem ätherischen Licht zu glühen, als sich die Sonne am Horizont senkte. Ich starrte auf die steilen Stufen und entdeckte die Schlangenköpfe an deren Fuß. Es war wunderschön und aus dieser Nähe spürte ich ein leises Surren der Macht, wie eine leise Vibration in der Luft um mich herum.

„Du spürst es, nicht wahr?" fragte Luzifer und beobachtete mich genau.

Ich nickte. „Was ist es? Ich habe dasselbe in Stonehenge gespürt."

„Diese Pyramide existiert in mehreren Bereichen", sagte Luzifer. „So wie viele andere alte Bauwerke, die die Menschen für Weltwunder halten. Wie Stonehenge oder der Turm von Jericho. Die Große Pyramide von Gizeh. Das größte Garnknäuel der Welt.“

„Garn?“ fragte ich.

Er zuckte mit den Schultern. „Die Kobolde.“

Ah. Das erklärte es.

Er fuhr mit den Fingern über einen der alten Steine. „Früher dienten diese Orte als Brücken zwischen den Welten und wurden von Engeln, Dämonen oder Feen beherrscht. Damals, als die Menschen uns als Götter verehrten.“

Die Sonne ging hinter der Pyramide unter und tauchte die Welt in einen Regenbogen aus Rot- und Orangetönen, während wir zurück zu der großen, ebenen Grasfläche gingen. Andere hatten begonnen, sich in großer Zahl zu versammeln. Natürlich Olivia und ihre Gefährten. Samael und Azazel und andere loyale Gefallene. Unsere überraschenden Verbündeten, die Gargoyles, angeführt von ihrer neuen Erzdämonin, Romana. Und ein großes Kontingent von Engeln, darunter eine Gruppe von Malakim-Heilern, die Erzengel Raphael mitgebracht hatte.

In ihrer Mitte stand Erzengel Gabriel. Er war ein stattlicher Mann mit sandfarbenem Haar und einem freundlichen Gesicht, einer der seltenen Engel, die eher wie ein Mensch als ein Unsterblicher aussahen. Wir waren uns schon mehrmals begegnet, als ich noch Haniel war und ich hatte ihn immer gemocht. Auch Raphael kannte ich ein wenig, wenn auch eher vom Hörensagen – er war ein großer Schwerenöter mit Dutzenden von Kindern, die er im Laufe der Jahre von verschiedenen Frauen bekommen hatte. Außerdem sah er unglaublich gut aus und war charmant, mit glänzenden dunklen Locken, olivfarbener Haut und einem bezaubernden Lächeln.

Alle waren damit beschäftigt, sich auf den Kampf vorzubereiten, schwangen Waffen und trugen Rüstungen, während ihre Befehlshaber Kommandos brüllten. Ich fühlte mich völlig unpassend gekleidet, ich trug so etwas wie meine Sportklamotten.

Luzifer hatte einen seiner typischen schwarzen Anzüge an. Eine Rüstung würde uns sowieso nicht vor den Kräften der Pest schützen. Es war besser, es bequem zu haben und sich mit Leichtigkeit bewegen zu können, dachte ich mir.

Während Luzifer sich mit Einial beriet, betrachtete ich unsere beeindruckende Truppe, die sowohl aus Engeln als auch aus Dämonen bestand – Wesen, von denen ich nie erwartet hätte, dass sie Seite an Seite kämpfen würden. Eine bevorstehende Apokalypse brachte in der Tat seltsame Verbündete zusammen.

Ich ging zu Kassiel hinüber und mein Herz schmerzte bei seinem Anblick in der eleganten, schwarzen Kampfausrüstung. Ein Sohn, der gegen einen anderen Sohn in den Kampf zieht. Wir umarmten einander fest, denn wir wussten, dass dies das Ende für einen von uns oder für uns beide sein könnte und ich betete zu Gott, in der Hoffnung, dass er mir zuhörte, ihn zu beschützen.

„Glaubst du, wir können ihn noch retten?" fragte Kassiel und ich wusste, dass er von seinem Bruder sprach.

„Ich weiß es nicht, aber ich werde nicht aufhören, es zu versuchen." Ich nahm Kassiels Gesicht in meine Hände und sah ihn an, mein Herz floss über vor Liebe und dann küsste ich ihn auf die Stirn. „Ich liebe dich. Sei vorsichtig da draußen."

„Ich liebe dich auch, Mama."

Als Nächstes wechselte er ein paar leise Worte mit Luzifer, während Zel zu mir kam und einen Arm um meine Schulter legte. „Erinnere dich an alles, was ich dir beigebracht habe und alles wird gut gehen", sagte sie.

Ich drückte sie fest an mich. „Stirb nicht da draußen. Ich brauche dich, um auf mich aufzupassen."

Sie schnaubte, während sie meine Umarmung erwiderte. „Als ob mich irgendetwas daran hindern könnte, das zu tun."

Überall um uns herum richteten die Anwesenden ihre vielleicht letzten Worte an die, die sie liebten. Jeder hier wusste, dass dies ein Kampf war, von dem viele von uns nicht zurückkehren würden. Wenn es überhaupt jemand von uns tat.

Luzifer wandte sich an Gabriel: „Sind wir bereit?"

„Ja, wir sind alle bereit." Gabriel zog seinen eigenen Schlüssel heraus, einen klaren Edelstein, der etwa so groß wie seine Handfläche war und bereits schwach glühte. Doch dann hielt er inne und ein fast trauriger Ausdruck legte sich auf sein Gesicht.

„Was ist es?" fragte ich.

Gabriel holte tief Luft, während er den Edelstein anstarrte. „Ich war seit über dreißig Jahren nicht mehr im Himmel. Einige der Engel hier haben ihn noch nie gesehen."

Luzifer legte ihm eine Hand auf die Schulter. „Ich weiß genau, wie du dich fühlst."

Gabriel schüttelte sich aus seinen Gedanken, dann hielt er den Edelstein vor sich. Helles Licht strömte aus ihm heraus und öffnete ein riesiges, schimmerndes Portal in die andere Welt. Mir stockte der Atem bei diesem Anblick und bei der Vorstellung, dass der Himmel auf der anderen Seite lag.

Engel und Dämonen strömten gleichermaßen in das Portal und verschwanden, sobald sie hineingetreten waren. Ich sehnte mich danach, ihnen zu folgen und doch hatte ich auch Angst davor. Was erwartete uns auf der anderen Seite?

Luzifer drehte sich zu mir um, sah mir in die Augen und fragte mich leise, ob ich bereit sei. Ich nickte ihm zu und nahm seine Hand. Wir standen zusammen, bereit, uns dem zu stellen, was auch immer sich auf der anderen Seite des Portals befand.

Dann schritten wir hindurch.

32

HANNAH

Kaum waren wir auf der anderen Seite, wuchsen meine Kräfte, der Energieschub entspannte mich innerlich. Heimkommen – es gab nichts Besseres. Ich atmete tief durch, schloss die Augen und sog das warme Licht und den Energiefluss ein, den ich schon allein durch meine Anwesenheit in diesem Reich empfand. Es war wirklich himmlisch. Wortspiel beabsichtigt.

Jeder Engel, der schon einmal hier gewesen war, hatte einen Gesichtsausdruck, als ob er endlich nach Hause gekommen wäre, während die jüngeren Engel völlig überwältigt waren, weil sie den Himmel zum ersten Mal besuchten. Währenddessen blinzelten und murrten die Dämonen, deren Kräfte im Land des Lichts geschwächt waren.

Der Himmel hatte diese tiefe Korallenfarbe, an die ich mich erinnerte, weil sie der Nacht im Himmel am nächsten kam. Hier traf die Sonne den Horizont, sank aber nicht tiefer. Sie senkte sich und das Licht wurde schwächer, aber sie ging nie unter. Ich konnte mir nur vorstellen, wie es sich mitten am Tag anfühlen würde, wenn die Sonne hoch am Himmel stand.

Neben mir drückte Luzifer meine Hand fester, während er in den Himmel schaute. Im Gegensatz zu anderen Dämonen konnte er sich auch von Licht ernähren, ein Überbleibsel aus seiner Zeit als Engel. Ich fragte mich, wann er das letzte Mal hier gewesen war.

„Wie fühlt es sich an, wieder hier zu sein?" fragte ich.

Sein Blick fiel auf mich, sein Ausdruck war bittersüß. „Es ist, als wäre man zu Hause und hätte gleichzeitig Heimweh."

Irgendwie wusste ich, was er meinte, denn obwohl dieser Körper hier geboren worden war, war er nicht mehr wirklich zu Hause, genauso wenig wie in der Hölle oder im Feenreich. Zuhause war die Erde.

Nein. Zuhause war dort, wo Luzifer war.

Unsere Kämpfer erhoben sich in den Himmel und breiteten ihre Flügel in Weiß, Schwarz und sämtlichen Schattierungen dazwischen aus. Wir flogen auf die Pyramide zu, die hier im Himmel, anders als auf der Erde, nur ein Haufen zerbröckelter Ruinen war. Ein trauriges Ergebnis des Krieges. Es gab so viele Dinge, die in diesem Reich verschwunden oder zerstört waren, Opfer der schrecklichen Kämpfe zwischen Himmel und Hölle, die seit Tausenden von Jahren andauerten. Ich war mir sicher, dass die Hölle ähnlich aussah.

Als wir uns dem Himmel näherten, sah ich eine große Gruppe in den Ruinen der Pyramide unten stehen und ein großes, klaffendes Loch in der Mitte der Pyramide. Eine Grabkammer war herausgezogen worden und Callan stand daneben, flankiert von Belial und Nemesis. Nemesis schnitt Callan in die Hand und sein Blut spritzte auf die schwarze Grabkammer und brachte die Symbole darauf zum Glühen.

„Nein!" schrie ich, denn ich wusste, dass wir zu spät kamen.

Der Krieg brach mit einem gewaltigen Gebrüll aus der Gruft hervor und schickte einen Energiestrahl aus, der alle zurückwarf, auch uns, die wir in der Luft waren. Er erhob sich wie eine rote

Wolke des Zorns, sein Geist strahlte Wut und Hass aus. Er wurde so groß, dass er das letzte Stückchen Sonne am fernen Horizont verdeckte.

„Haltet euch an den Plan", rief Gabriel, als wir alle von dem Schock, ihn bereits befreit zu sehen, zurückwichen.

Der Plan. Richtig. Die Pest ablenken. Den Krieg zurück in seine Grabkammer bringen. Wir konnten es schaffen. Wir mussten es schaffen. Oder dies wäre unser aller Ende.

Unsere Truppen erholten sich langsam und flogen auf die Ruinen der Pyramide zu. Auf zwei der vier Reiter der Apokalypse zu. Unsere Gruppe wurde von einigen der Malakim-Heiler angeführt, die eine Aura aus heilender Magie erzeugten, um ihre Kräfte zu bannen. Die Pest flog auf kränklichen, grauen Flügeln vor uns her und unter ihr befand sich der grünhaarige Feenmann Philomelus, zusammen mit einem schwarzen Wolf von der Größe eines Lastwagens. Fenrir, so erinnerte ich mich, der Erzdämon der Gestaltwandler. In den Ruinen tummelten sich auch eine Reihe von Kobolden und Gestaltwandlern und sie begannen, mit unserer bunten Gruppe von Verbündeten zu kämpfen.

Chaos brach aus, als Magie und Waffen aufeinander prallten, doch dann setzte Adam seine Kräfte frei, die sich schnell durch den heilenden Schutzwall brannten, den die Malakim errichtet hatten, sodass wir zum Rückzug gezwungen waren. Es gab keine Möglichkeit, näher heranzukommen oder den Krieg aufzuhalten, wenn die Macht der Pest uns hemmte und uns krank und schwach machte.

Adam hob die Hand, ein manisches Grinsen zeichnete sich auf seinem geschwollenen und mit Eiter bedeckten Gesicht ab, während er sich darauf vorbereitete, eine Welle der Pest auf uns zu schleudern, die wahrscheinlich das Ende der Schlacht bedeuten würde. Doch dann stand Callan neben der Grabkammer auf, hielt sich die Seite, als habe er Schmerzen und schnellte in die Luft.

„Callan!" schrie Olivia, als er nach vorne flog und Adam traf, der dadurch zurückgestoßen wurde. Aber mein Neffe kam zu spät. Ein Schwall Pest wogte auf uns zu.

Plötzlich erschien wie aus dem Nichts eine Wand aus reinem, starkem Licht, das Adam wie ein magischer Schild abwehrte. Callan hob eine Hand, als er in der Nähe der Pest in die Luft flog und die Seuche des Monsters aufhielt.

Verdammt. Er war wirklich stark. Verstärkt durch das Licht und die Macht hier im Himmel, hielt Callans Schild jedem Angriff stand, den Adam auf uns lenkte, sodass wir weiter vorrücken konnten. Olivia und ihre Gefährten sowie eine kleine Gruppe von Gargoyles umringten Callan schnell, um ihn zu schützen, damit er uns weiter abschirmen konnte. Ich entdeckte Kassiel unter ihnen und wurde von einer Welle des Stolzes und der Angst erfasst, aber ich wusste, dass er in der Lage war, sich zu verteidigen. Es war sein Bruder, um den ich mir Sorgen machen musste. Wir waren so viele, dass unsere schiere Zahl jeden anderen Feind in jeder Schlacht überwältigt hätte, aber Adam fuhr fort, jeden anzustecken, der Callans Schutzschild durchbrach und angriff. Adam wurde unter dem ständigen Trommelfeuer der Angriffe langsamer, aber er hielt stand. Philomelus half ihm, indem er riesige Steine und andere Teile der Ruinen auf unsere Truppen warf, aber Samael und Azazel stürzten sich auf ihn, um ihn aufzuhalten.

Luzifer und ich kämpften uns durch das Chaos, sein Höllenfeuer und seine Finsternis vernichteten jeden, der es wagte, sich ihm entgegenzustellen. Ich nutzte alles, was ich in den letzten Wochen über Licht und Finsternis gelernt hatte, um an seiner Seite zu kämpfen, während wir zum Zentrum der Ruinen flogen, wo Belial mit Nemesis stand.

Bevor Luzifer und ich unseren Sohn erreichen konnten,

sprang Fenrir plötzlich in die Luft und schlug mit seinen Klauen nach uns beiden. Ich schaffte es, mich wegzudrehen und mit meinen silbernen Flügeln zu flattern, aber Luzifer fing sich schneller wieder. Er schoss Höllenfeuer auf Fenrir, der sich dagegen wehrte, indem er etwas wie Lava aus seinem Maul mit den Reißzähnen schießen ließ. Ich blendete Fenrir mit weißem Licht, sodass er rückwärts stolperte und den Kopf schüttelte, während Luzifer ihn mit Finsternis fesselte. Fenrir befreite sich mit einem kräftigen Schütteln und einem die Erde erschütternden Gebrüll von den Schattenfesseln und ich wünschte mir sehnlichst, ich hätte Morningstar.

Vielleicht konnte ich improvisieren. Ich schuf zwei riesige Dolche aus Schatten, ein Trick, den ich noch aus meiner Zeit als Lenore kannte und umgab sie mit Licht. Während Fenrir nach Luzifers Flügeln schnappte, stürzte ich mich auf seinen großen Rücken und ließ mich in seinem dichten Fell nieder. Dann stieß ich jede Klinge in seine Schultern, sodass er brüllte und zurückwich. Gerade weit genug, dass Luzifer ihn mit einem direkten Schuss Höllenfeuer treffen konnte.

Fenrir stieß mich von sich und ich flog durch die Luft, aber Luzifer fing mich in seinen Armen auf. Als ich mich umdrehte, war Fenrir auf eine normale Wolfsgröße geschrumpft, taumelte in seine Gruppe von Gestaltwandlern und verschwand unter ihnen. Er zog den Schwanz ein und rannte davon.

„Gute Idee," sagte Luzifer und deutete auf meine Zwillingsklingen. „Jetzt bringen wir den Krieg wieder dahin, wo er hingehört."

Der Weg vor uns war frei und wir flogen so schnell wir konnten. Der riesige, wütende Geist des Krieges schwebte mitten in der Luft über seiner Grabkammer, seine glühend roten Augen beobachteten Nemesis und Belial unter uns.

„Dieser Reiter gehört mir", schrie Nemesis und stieß meinen

Sohn zurück, wobei sie ihre scharfen schwarzen Nägel zum Kampf ausfuhr.

„Mit dieser Art von Macht kannst du nicht umgehen", knurrte Belial. Er hielt Morningstar in seinen Händen, das in hellem weißen Licht glühte. Belials Flügel waren ausgebreitet. Sie waren wunderschön – oben schwarz, dann grau und unten weiß.

„Und du kannst das geforderte Opfer nicht bringen." Nemesis lachte, der Klang war grausam. „Oder hast du vergessen, was in Stonehenge passiert ist?"

Das grausame Lachen des Krieges erfüllte die Luft. „Ja, kämpft, ihr Winzlinge. Eure Wut und euer Hass machen mich nur noch stärker. Kämpft bis zum Tod und ich mache den Sieger zu meinem Preis."

Je näher ich dem Krieg kam, desto zorniger wurde ich, aber ich konnte es abschütteln, da meine Ofanim-Sinne mir erlaubten, das Gefühl als Lüge zu empfinden. Ich landete neben Belial und hoffte, mit meinem Sohn reden zu können. Ich wusste nicht, ob ich diese Gelegenheit noch einmal bekommen würde.

Bevor ich irgendetwas tun konnte, durchbohrte Belial Nemesis mit Morningstar und brüllte. Als sie auf dem Boden aufschlug, erschrak ich über den Ausdruck in seinen Augen. Mein Sohn war von dem Wahnsinn des Krieges befallen worden. Es gab nichts, was ich tun konnte. Nicht, solange er sich in diesem Berserkerzustand befand.

Aber ich musste es versuchen.

Ich warf das Licht der Wahrheit auf ihn, in der Hoffnung, ihn aus den Klauen des Krieges zu befreien. „Belial, hör auf!"

„Der Krieg ist mein." Er drehte sich zu mir um, seine Augen blickten dank meines Zaubers etwas klarer. „Es ist der einzige Weg."

„Bitte nicht!" Ich rannte nach vorne und schaffte es bis zur Hälfte, bevor Luzifer mich an der Taille packte und zurückzog.

„Hannah, nein!"

„Lass mich los! Wir können nicht zulassen, dass er zu einem Monster wird!" Ich wehrte mich gegen Luzifer, wollte unbedingt zu meinem Sohn, aber sein Griff war fest. Wenn Belial zum Krieg wurde, mussten wir ihn entweder töten, ihn einsperren ... oder zusehen, wie er alles zerstörte, was wir liebten. „Belial!"

„Ich werde nicht zulassen, dass ihm etwas zustößt", sagte Luzifer mit einer Stimme, die so zuversichtlich klang, dass ich aufhörte, mich zu wehren. „Vertraust du mir?"

„Ja", sagte ich, ohne zu zögern. Trotz seiner harschen Worte liebte er unseren Sohn. Er würde alles tun, was er konnte, um ihn zu beschützen.

Er warf einen kurzen Blick auf Belial, der sich dem Krieg näherte und sah dann wieder zu mir. „Ich habe keine Zeit für Erklärungen, aber ich glaube, ich kann es verhindern und unseren Sohn retten. Vielleicht schalte ich dabei auch Adam aus. Aber es wird dir nicht gefallen."

„Tu es", sagte ich, auch wenn mein Herz bei seinen Worten zerbrach. „Was auch immer der Preis."

Luzifer nickte grimmig. „Was auch immer der Preis."

„Ich liebe dich", sagte ich und fürchtete, es könnte das letzte Mal sein, dass ich die Chance hatte, es ihm zu sagen.

„Ich liebe dich auch." Er zog mich an sich und drückte mir einen heftigen, leidenschaftlichen Kuss auf die Lippen. „Von ganzem Herzen."

Plötzlich krachte ein riesiger Steinbrocken neben uns herunter. Philomelus kam auf uns zu, zweifellos um uns davon abzuhalten, Belial und den Krieg zu stören. „Geh", sagte ich und drängte mich von Luzifer zurück. „Ich kümmere mich um das hier. Rette nur unseren Sohn."

„Das werde ich." Er warf mir noch einen letzten Blick zu, bevor er seine schattenhaften Flügel ausbreitete und auf den Krieg und Belial zustürzte.

Ich hielt den Atem an und kämpfte gegen die Angst und Sorge um zwei der Männer an, die ich am meisten auf der Welt liebte. Dann drehte ich mich um, um sie vor einer weiteren Bedrohung zu

schützen.

33

LUZIFER

Ich landete direkt vor Belial und versperrte ihm den Weg zum Krieg. „Halt!"

„Aus dem Weg", schrie Belial.

Er hatte sich mit dem Krieg über das geforderte Opfer gestritten, als ich mich ihm näherte, da er immer noch nicht in der Lage war, das Leben derjenigen zu nehmen, die er liebte. Ich sah das als ein Zeichen dafür, dass im Herzen meines Sohnes noch ein kleiner Rest von Gutem vorhanden war. Wenn der Krieg ihn in die Finger bekäme, würde dieser winzige Lichtfunke für immer erlöschen. Das konnte ich nicht zulassen – selbst wenn ich mich opfern müsste, um ihn zu retten. Und wenn ich die Kontrolle über den Krieg erlangte, konnte ich vielleicht gleichzeitig die Pest besiegen. Ich musste es auf jeden Fall versuchen.

„Nimm mich." Mein Befehl dröhnte so laut über den Himmel, dass der Krieg innehielt. „Ich bin in jeder Hinsicht viel mächtiger als mein Sohn."

„Bist du das?" fragte der Krieg, wobei seine Stimme die Luft wie ein Donnerschlag erschütterte.

Ich richtete mich auf und breitete die Finsternis wie einen

Umhang um mich herum aus. „Muss ich es wirklich aufzählen? Ich bin älter und stärker. Ich habe mehr Kräfte. Ich bin der König aller Dämonen. Du wirst nie ein besseres Gefäß finden.“

„Du ...“ Die spektrale Gestalt des Krieges starrte mich böse an. „Sohn des Todes. Du warst einer meiner Entführer.“

Verdammt. Ich hätte wissen müssen, dass er mich erkennen würde. Aber ich konnte das Blatt noch wenden. „Das ist richtig. Ich habe dich schon einmal besiegt, aber jetzt biete ich dir die Chance, mich als dein Gefäß zu nehmen. Es gibt niemanden, der stärker ist als ich, das weißt du. Ich habe im Alten Krieg gegen dich gekämpft und ich habe im Großen Krieg gegen die Engel gekämpft. Jetzt werde ich *mit* dir kämpfen.“

„Du hast auch den Großen Krieg beendet“, knurrte Belial und sah dann zum Krieg hinüber. „Er ist auf seine alten Tage schwach geworden. Er kämpft jetzt für den Frieden.“

Der Krieg richtete seinen abscheulichen Blick wieder auf meinen Sohn. „Hmm. Ich spüre, dass du gut darin bist, Konflikte zu säen. Immerhin bist du mit deinem eigenen Vater verfeindet.“

„Nein!“ Ich stürzte nach vorne. Ich konnte nicht zulassen, dass er mir meinen Sohn wegnahm. Ich hatte gesehen, was es mit Adam gemacht hatte. Egal, was in der Vergangenheit geschehen war, ich würde Belial niemals als meinen Feind betrachten. Nicht einmal, nachdem er mich so oft verraten hatte. Nicht einmal nach all dem ... Hier. Jetzt. Er war mein Sohn. Und ich würde alles tun, was nötig war, um ihn zu retten – wie ich es Hannah versprochen hatte. Selbst wenn es bedeutete, mich selbst zu opfern. „Belial ist schwach. Er hat sich schon oft gegen mich gestellt und ich habe ihn immer besiegt. Er ist die größte Enttäuschung meines Lebens.“

„Dann opfere ihn“, sagte der Krieg. „Und du wirst meine Macht haben.“

Trotz meiner harten Worte konnte selbst ich das nicht tun.

„Nein. Es muss ein anderes Opfer geben, das du akzeptieren wirst."

„Ja. Die Engelsfrau." Der Krieg streckte einen langen Finger nach Hannah aus, wo sie gegen den Feenmann kämpfte. „Deine Gefährtin."

Ich ballte die Hände an den Seiten. „Ich werde ihr nicht das Leben nehmen."

„Ah, aber das Opfer, das ich verlange, ist eines des Geistes." Der Krieg lehnte sich zu mir und umgab mich mit seiner spektralen Energie. „Sie wird leben, aber ich werde sie dir wegnehmen. Entscheide dich jetzt oder ich biete dem Jungen denselben Deal an. Wir wissen beide, dass er ihn annehmen wird."

Ich sah zu ihm auf und fürchtete mich vor dem, was er meinte, aber ich wusste, dass mir die Zeit davonlief. Das war wahrscheinlich das beste Angebot, das ich bekommen würde, auch wenn mein Herz bei dem Gedanken, Hannah auf irgendeine Weise zu verlieren, zerriss. Ich konnte nur beten, dass sie mich vor dem bewahren würde, was ich mir gleich antun würde. „Schwöre, dass sie unversehrt bleibt und ich werde zustimmen."

„Vater, nein!" schrie Belial und stürzte mit Morningstar auf mich zu.

„Ich schwöre es", dröhnte die Stimme des Krieges. „Ich akzeptiere dich als mein Gefäß."

Bei seinen Worten stürzte sich der Krieg mit einem Schwall aus Macht, Chaos und Hass auf mich. Ich fühlte mich als würde mein Körper auseinandergerissen, nur um sich selbst wieder zusammenzufügen und dann wieder auseinandergerissen zu werden. Aus jeder Pore quollen Schmerz und Qualen. Eine Nadel für jeden Tag, den ich je gelebt hatte, stach in mich hinein – und ich hatte so viele Jahre gelebt. Die Qualen fühlten sich an, als würden sie Stunden oder Tage, vielleicht sogar Wochen andauern. Meine Knie schlugen auf den Boden, überwältigt von dem Kampf, inmitten all dieser überwältigenden Wut, ich selbst zu bleiben. Es waren nur Sekunden gewesen, aber die Wut in mir hatte sich über Jahrhunderte angestaut. Und jetzt war sie frei.

Irgendetwas in mir war freigelegt worden. Etwas Wichtiges, aber was war es? Die Vorstellung, dass ein wesentlicher Teil von mir verschwunden war, beunruhigte mich sehr. Ich konnte nicht genau sagen, woran es lag. Auf diese eine Sache, an die ich mich erinnern musste. Fehlte etwas?

Aber egal. Ich war Luzifer und Krieg und ein *Gott*. Zielstrebigkeit und Macht erfüllten mich, als ich über das Schlachtfeld auf die Engel und Dämonen blickte, die immer noch gegeneinander kämpften. So wie es sein sollte.

Ich breitete meine Hände aus, lachte und nutzte meine Magie, um ihre Gefühle zu wecken. Ich manipulierte den Teil ihres Verstandes, der es den mickrigen Kreaturen erlaubte, ihren niederen Instinkten nachzugeben. Ihre primitiven Seiten. Ihre Wut.

Sie wandten sich gegeneinander und kämpften härter, ohne zu wissen oder sich darum zu kümmern, wer vor ihnen fiel. Und sie starben, Einer nach dem Anderen, was meine Macht stärkte. Sie machten mich vollkommen.

Gebt ihnen Zorn.
Gebt ihnen Krieg.

34

HANNAH

Ich beschoss Philomelus mit einer Mischung aus Licht und Dunkelheit und schleuderte ihn Hunderte von Metern zurück. Azazel stürzte auf ihn herab, ihre Klingen glühten und ich grüßte sie kurz, bevor ich mich umdrehte, um Luzifer zu helfen.

Aber ich kam zu spät.

„Nein!" schrie ich, als der Krieg in Luzifer eindrang, seine wütende Essenz ihn umgab und durch jede Pore sickerte. Luzifer breitete seine Arme aus, als er es akzeptierte und Verständnis brach über mich herein, während mein Herz in tausend winzige Splitter zerbarst. Er hatte es getan, um unseren Sohn vor einem solchen Schicksal zu bewahren – aber jetzt hatte er sich selbst verflucht und der Gedanke, ihn zu verlieren, war unerträglich. Vielleicht konnte er es bekämpfen. Es gab niemanden, der stärker war als Luzifer. Wenn jemand den Krieg kontrollieren konnte, dann er.

Strahlen aus wütendem rotem und orangefarbenem Licht durchdrangen Luzifers Haut, als ob sie nicht eingedämmt werden könnten. Es brach aus seinem Körper hervor wie geschmolzene Lava, die durch Risse im Boden sickert und pulsierte mit irisierender Wut. Er breitete seine Flügel weit aus, sie glühten rot anstelle ihrer üblichen tintenschwarzen Dunkelheit. Schwarze Federn brannten vor Zorn.

Von Luzifer ging eine wütende und überwältigende Kraft aus, die jeden auf dem Feld erfüllte. Als die Energie all jene traf, die gegeneinander kämpften, stießen sie Schreie und Rufe aus, die von geistloser Wut erfüllt waren und begannen auf denjenigen einzuschlagen und zu hacken, der vor ihnen stand. Ob Freund oder Feind, das spielte keine Rolle. Die Wut hatte sie gepackt und sie kämpften mit neuem Elan. Wenn die Pest sie schwächte und krank machte, bewirkte der Krieg das Gegenteil. Er war ein Schuss Koffein direkt in ihre Wutzentren.

Und ich war die Einzige, die ihn aufhalten konnte.

Ich erhob mich in die Luft und flog in der erleuchteten Dämmerung zu Luzifer, um vor ihm zu schweben. Mein Gefährte war irgendwo da drin, zweifellos im Kampf gegen den Altgott, der seinen Körper übernommen hatte. Ich musste ihn irgendwie erreichen. Das war meine einzige Hoffnung, diesen Wahnsinn zu beenden und ihn gegen Adam aufzubringen.

„Luzifer, hör auf damit!" Ich berührte seinen Arm und drückte zu, wollte, dass unsere Verbindung ihm half, den Einfluss des Gottes, den er in seinem Körper willkommen geheißen hatte, zu überwinden. „Hör mir zu! Du musst dagegen ankämpfen!"

Mit Augen, die rot wie glühende Kohlen brannten, drehte er seinen Kopf zu mir und warf mir einen vernichtenden Blick zu. „Wer bist du?"

Ich blinzelte ihn verwirrt an. „Ich bin es, Hannah. Deine Gefährtin. Du ... du erkennst mich nicht?"

Luzifers unfassbar schönes Gesicht war von Hass gezeichnet, als er mich zurückstieß. „Ich hätte mir nie einen Engel zur Gefährtin nehmen sollen."

Ich fing mich mit meinen Flügeln auf, auch wenn mich seine

Worte bis ins Mark erschütterten. Das war schlimm. Was hatte der Krieg mit ihm gemacht? „Ich weiß, dass du da drinnen bist." Die Worte kamen mir über die Lippen, ein verzweifelter Versuch, ihn dazu zu bringen, mich anzuerkennen. „Luzifer, du musst das durchstehen!"

„Natürlich bin ich da drin. Ich habe einmal den Fehler gemacht, den Krieg gegen die Engel zu beenden, aber der Krieg hat mich daran erinnert, wer ich wirklich bin." Er grinste mich an, als er sprach, während um uns herum die Schlacht tobte. „Es ist an der Zeit, den Himmel zu übernehmen und die Hölle wieder zu öffnen. Dann werden wir die Erde erobern und die Feenwelt auch." Zufrieden betrachtete er die chaotische Szene vor ihm. „Bald werden alle Reiche vor mir knien. Ihrem König. Ihrem *Gott*."

Nein, ich wollte nicht, dass er zu diesem Monster wurde. Ich würde ihn irgendwie dazu bringen, sich zu erinnern. Ich packte ihn an den Schultern und zwang ihn, mich anzuschauen. „Luzifer! Du bist nicht der Krieg! Ich weiß, dass du das bekämpfen kannst. Du weißt, wer ich bin. Ich bin Hannah. Ich bin *Eva*! Du bist mein Gefährte. Und du liebst mich." Der Wind peitschte meine letzten Worte weg. „Ich weiß, dass du das tust, auch wenn der Krieg dich das vergessen ließ."

Luzifers wütende rote Augen brannten heller und er packte mein Handgelenk fest, schlug mich aber nicht nieder. Ich starrte ihn an und suchte in seinem Gesicht nach einem Hinweis auf den Mann, den ich liebte.

„Mutter!" Belial packte mich am Arm und riss mich zurück. „Es gibt nichts, was du tun kannst. Er erinnert sich nicht an dich."

„Nein!" schrie ich. Meine Seele fühlte sich an, als würde sie in zwei Teile zerrissen, als Belial mich wegzerrte. Gerade hatte ich Luzifer zurückbekommen, gerade erinnerte ich mich an alles aus unserer gemeinsamen Vergangenheit und jetzt hatte ich ihn wieder verloren. Obwohl wir nicht mehr verflucht waren, schien das Schicksal uns trennen zu wollen, uns leiden zu lassen für die Chance, zusammen zu sein.

Aber vielleicht gab es noch Hoffnung. Luzifer ließ uns gehen. Er hätte mich leicht töten können, während ich ihn anflehte, aber er hatte es nicht getan. Mehr noch, die Wut, die alle Anderen befallen hatte, hatte es geschafft, mich und Belial zu verschonen. Ganz gleich, was Luzifer sagte, es gab einen Teil von ihm, der mir nicht wehtun wollte. Der mich kannte, tief in den dunklen Abgründen seiner Seele. Genau wie damals, als Jophiel ihn dazu gebracht hatte, Haniel zu vergessen und er den Krieg mit den Engeln trotzdem beendet hatte. Egal, was passierte, ich würde immer bei ihm sein.

Während Belial mich in Sicherheit brachte, blickte ich auf die Ruinen der Pyramide und beobachtete den Kampf, der um uns herum stattfand. Engel und Dämonen, die früher auf derselben Seite standen, bekämpften sich jetzt wegen Luzifers Magie. Der Magie des *Krieges*.

Zu viele Wesen waren verletzt oder tot und Luzifer hatte nicht vor, hier aufzuhören. Der Krieg würde ihn niemals aufhören lassen. Selbst Luzifer war nicht stark genug, um den Einfluss des Altgottes zu bekämpfen. Jetzt würde Luzifer zur Erde gehen und den Krieg gegen die Engel wieder aufnehmen und dann würde er weitermachen, bis der Krieg alles besiegt hatte. Wenn er fertig war, was würde dann überhaupt noch übrig sein?

Ich konnte das nicht zulassen.

Luzifer hatte unseren Sohn gerettet, aber dabei hatte er sich selbst verloren. Dadurch liebte ich ihn nur noch mehr, denn ich hätte genau das Gleiche getan. Wir hatten unzählige Leben zusammen durchlebt, und meine Liebe zu ihm – und seine zu mir – war die einzige Konstante in all diesen Leben.

Aber jetzt musste ich ihn aufhalten.

Ich wandte mich an Belial und schmiedete verzweifelt einen Plan, der wahrscheinlich nicht funktionieren würde, aber unsere einzige Hoffnung war, den Krieg aufzuhalten. „Wo ist der Schlüssel zum Himmel?"

„Ich habe ihn."

„Gib ihn mir."

Belial runzelte die Stirn, aber er zog ihn hervor und legte ihn in meine Hand. Bei meiner Berührung leuchtete er sofort auf und reagierte auf mein engelhaftes Wesen. Erst vor wenigen Stunden war er aus Jophiels Händen gestohlen worden. Der Kummer drohte zurückzukehren, aber ich verdrängte ihn. Dafür war jetzt keine Zeit.

„Wir müssen alle von hier wegbringen." Ich schlug mit meinen Flügeln hart gegen die Luft, als ich über die verbliebenen lebenden Krieger flog und dann erinnerte ich mich daran, was Bastien mich gelehrt hatte. Er hatte mir meine Erinnerung an meine Kräfte zurückgegeben.Ich sammelte das Licht der Wahrheit in meinen Handflächen, meine Kräfte waren hier im Himmel so stark, dass es sich anfühlte, als würde ich von einem Blitz getroffen werden und schoss es über das Feld. Als er jeden der Kämpfenden traf, ließ der Wahnsinn des Krieges nach, nur ein wenig. Gerade genug, um sie innehalten zu lassen.

Ich landete mitten unter ihnen und hielt den Edelstein hoch, wie ich es bei Gabriel gesehen hatte. Der Schlüssel reagierte auf mein Engelsblut, als ich an die Erde dachte und ein schimmerndes Portal öffnete sich. Ich konzentrierte mich und vergrößerte es, so dass mehrere Menschen gleichzeitig eintreten konnten.

„Beeilt euch!" rief ich, und meine Stimme dröhnte über das Feld. „Geht durch das Portal!"

Die Krieger schienen aus ihrer Benommenheit zu erwachen und begannen, sich auf das Portal zuzubewegen, aber ich hatte Adam vergessen. Bei all dem Wahnsinn, der sich abspielte, hatte er von seinem geisterhaften Schimmel aus mit triumphierendem Gesichtsausdruck zugeschaut und das Chaos und den Tod um sich herum genossen. Jetzt konzentrierte er sich auf mich und seine Augen verengten sich – Dann griff er an.

„Ich werde ihn zurückhalten", sagte Belial und sammelte Höllenfeuer in seinen Händen. „Bring alle von hier weg."

Ich war mir nicht sicher, ob ich Belial trauen konnte, da er noch vor wenigen Augenblicken auf Adams Seite gestanden hatte, aber ich hatte keine Zeit, mit ihm zu streiten oder an ihm zu zweifeln.

Alle Engel und Dämonen, die sich noch bewegen konnten, machten sich auf den Weg zum Portal, einige von ihnen krochen oder halfen anderen hindurch, andere flogen auf verletzten Flügeln. Fenrir trug eine bewusstlose oder tote Nemesis auf seinem Rücken, aber das war mir zu diesem Zeitpunkt egal, ob sie entkamen oder nicht. Das Einzige, was zählte, war, alle zurück zur Erde zu bringen, damit ich tun konnte, was getan werden musste.

Belial flog so schnell um Adam herum, dass er nur noch verschwommen zu erkennen war und griff ihn mit Morningstar, Höllenfeuer und Finsternis an. Das verschaffte unseren Truppen genug Zeit, um zu entkommen. Jedes Mal, wenn jemand stehen blieb und wieder vor Wut knurrte, warf ich weitere Lichtstrahlen aus und konzentrierte all meine Energie darauf, sicherzustellen, dass die Wahrheit siegte. Während ich das tat, öffnete Gabriel ein Portal auf der anderen Seite des Feldes und ermöglichte so noch mehr Personen die Flucht.

In der Ferne tauchte ein riesiges Spektralpferd auf, das die Farbe von dunkelrotem Blut hatte. Es galoppierte auf uns zu, vorbei an den Engeln und Dämonen auf der Wiese und näherte sich dem Krieg. Luzifer bestieg das riesige Tier und ich wusste, dass uns die Zeit davonlief.

„Schneller!" schrie ich. Wenn sie nicht bald durchgingen, würde ich Einige zurücklassen müssen.

Belial schlug plötzlich neben mir auf dem Boden auf und wälzte sich vor Schmerzen. Adams Pest hatte ihn erwischt. Dann ritt der erste Reiter auf seinem weißen Pferd über das Feld und schlüpfte in Gabriels offenes Portal, wobei er jeden in der Nähe krank machte. Das Portal schloss sich einen Augenblick später und ich fluchte leise vor mich hin.

Luzifer drehte sich zu uns um und gab seinem Pferd einen Tritt, sein Hass und seine Wut formten eine bedrückende Wolke um uns. Zweifellos hatte er vor, genau das zu tun, was Adam getan hatte.

Uns blieb keine Zeit mehr.

Auf der anderen Seite des Feldes stützte Gabriel jemanden mit schwarzen Flügeln– Azazel – und flog direkt auf mein Portal zu. Ein paar andere blieben zurück und stolperten hindurch und ich fürchtete, dass sie es nicht schaffen würden. Ich musste ihnen irgendwie ein paar Sekunden verschaffen.

Bevor Luzifers Ross die Pforte erreichte, beschoss ich ihn mit Finsternis und Licht und gab alles, was ich hatte, um die große Liebe meines Lebens zurückzudrängen. Ich würde weder Gabriel noch Azazel zurücklassen. Ich konnte es nicht.

Mein Sohn rappelte sich auf, sein Gesicht verzog sich vor Entschlossenheit. Blaues Höllenfeuer schoss aus seinen Händen und schleuderte ihn so weit zurück, dass die restlichen Engel und Dämonen hindurchkamen.

„Los!" brüllte ich, während ich Belial in Richtung des Portals schob.

Er schüttelte den Kopf. „Nicht ohne dich!"

Ich hatte keine Zeit, mich mit meinem eigensinnigen Sohn zu streiten. Ich war seine Mutter, verdammt. Er sollte auf mich hören. Als er sich wieder zu Luzifer umdrehte und einen krampfartigen Husten ausstieß, wickelte ich die Finsternis wie eine Kette um ihn und schleuderte ihn durch das Portal.

Luzifer kam näher, majestätisch, wie er auf seinem Ross saß und ich stellte mich ihm in den Weg. Jetzt gab es nur noch mich und ihn. So wie es immer gewesen war.

„Geh mir aus dem Weg, Engel", befahl Luzifer, sein Pferd scharrte ungeduldig mit den Hufen und verwandelte den Boden mit jedem Schritt in Lava. Aber er griff mich trotzdem nicht an.

„Ich liebe dich", sagte ich, meine Stimme bebte vor Emotion und Tränen schossen mir in die Augen. „Ich werde zu dir zurückkommen, ich schwöre es. Ich werde einen Weg finden, dich zu befreien."

Ich eilte durch das Portal, gerade als er mich angriff und schloss es, kurz bevor der Krieg und sein rotes Pferd hindurchreiten konnten. Ich ließ Luzifer allein im leeren, vom Krieg zerrissenen Himmel zurück.

HANNAH

Ich brach auf dem Boden zusammen, mein Körper war erschöpft, meine Seele gebrochen. Verdammt, das war knapp. Wäre ich nur eine Sekunde langsamer gewesen, hätte der Krieg es auf die Erde geschafft. Ich konnte immer noch den schwefeligen Geruch seines Pferdes an mir riechen und meine Hände zitterten vor Angst und vor der schrecklichen Erkenntnis darüber, was ich getan hatte.

Ich hatte meinen Gefährten im Himmel eingesperrt. Ich hatte ihn als Ungeheuer zurückgelassen. Ich hatte es getan, um jeden in diesem und jedem anderen Reich zu retten und ich wusste, dass wenn Luzifer bei klarem Verstand gewesen wäre, meine Entscheidung gebilligt hätte– aber das machte es nicht leichter. Luzifer war für mich verloren und ich war mir nicht sicher, wie ich ihn jemals zurückbekommen sollte.

Ich blickte über das Feld, meine Augen gewöhnten sich an die Dunkelheit. Niemand kämpfte mehr, ganz gleich, auf welcher Seite er vorher gestanden hatte. Kobolde lagen neben Engeln, Gestaltwandler stöhnten neben Gargoyles. Erzengel Raphael war klug genug gewesen, mit einigen Malakim auf der

Erde zurückzubleiben, um uns im Falle des Falles zu heilen und sie flogen jetzt über das Feld und kümmerten sich um alle, die Heilung brauchten. Ich sah Marcus, der sich über Kassiel beugte und seine Wunden schloss und atmete erleichtert auf, als ich sah, dass mein jüngster Sohn wohlauf war. Ich sah auch Azazel, die mit Samael sprach und Olivia, die Callan umarmte, während Bastien zusah. Sie alle waren wie durch ein Wunder am Leben.

Adam allerdings war verschwunden und es war unklar, wohin er geflohen war. Obwohl es mir gelungen war, den Krieg einzusperren, hatten wir es immer noch mit der Pest zu tun. Irgendwie mussten wir ihn aufhalten, bevor er dieser Welt, die wir alle teilten, dauerhaften Schaden zufügte.

„Was hast du getan?" Belial starrte auf die Stelle, an der das Portal verschwunden war. Er begann erneut fürchterlich zu husten, fasste sich an die Brust und sackte dann gegen mich zusammen.

„Hilfe!" rief ich, und Erzengel Raphael selbst eilte zu mir herüber. Er hüllte Belial in helles, weißes Licht ein und entfernte langsam alle Spuren der Pest von ihm. Es war ein Wunder, dass Belial so lange dagegen hatte ankämpfen können. Als die Heilung abgeschlossen war, bedankte ich mich bei Raphael, er zwinkerte mir zu und schenkte mir ein kokettes Lächeln, bevor er sich auf den nächsten Notfall stürzte.

„Warum?" murmelte Belial, als er wieder auf die Füße stolperte.

Ich legte meine Hand auf Belials tätowierten Arm, um ihn zur Einsicht zu bewegen. „Ich musste Luzifer dort gefangen halten. Das war die einzige Möglichkeit, ihn zu bändigen. Er ist jetzt ein Altgott, also wird er nicht sterben. Er wird nur wütender und wütender werden. Aber das gibt uns Zeit, herauszufinden, wie wir den Krieg aus ihm herausbekommen und ihn daran erinnern können, wer er wirklich ist."

Belial ballte die Fäuste, seine Frustration strömte so stark aus ihm heraus, dass ich sie fast sehen konnte. „Das hätte nicht passieren dürfen. Ich wollte es mit dem Krieg aufnehmen, um die Pest aufzuhalten. Das war mein Plan, als mir klar wurde, dass ich es vermasselt hatte und Adam zur Pest wurde. Vater hat alles ruiniert.“

Mein armer, fehlgeleiteter, dummer, mutiger Sohn. Er war viel zu sehr wie sein Vater. Wahrscheinlich sind sie deshalb nie miteinander ausgekommen.

„Er hat es getan, um dich zu retten.“

Belials Gesicht verzerrte sich vor Wut. „*Warum?* Warum sollte er mich retten, nach allem, was ich getan habe?“

„Weil du unser Sohn bist.“ Ich schlang meine Arme um ihn und drückte ihn fest an mich, nicht sicher, wer von uns beiden den Halt mehr brauchte. „Egal, was du tust, wir werden dich immer lieben.“

Die Muskeln seines Rückens spannten sich bei meinen Worten an und er zog sich zurück, sein Gesicht war hart. „Das solltest du nicht.“

Dann stürmte er davon, seine Schritte steif und wütend. Ich starrte ihm hinterher, ließ ihn aber gehen. Wenigstens hatte sich bestätigt, was ich schon immer vermutet hatte – dass er nicht gänzlich böse war. Es gab noch Hoffnung für ihn. Und Luzifer wusste das auch, sonst hätte er sich nicht geopfert, um Belial zu retten.

Gabriel bahnte sich einen Weg durch die Menge und stellte sich an meine Seite. „Gut gemacht! Du hast uns alle gerettet.“

„Ich habe getan, was ich tun musste“, sagte ich mit einem Seufzer.

„Ich bin nur froh, dass der wütende Schleier des Krieges verflogen ist. Das Einzige, was ich wollte, war kämpfen. Ich war kurz davor, den Dämonen wieder den offenen Krieg zu erklären.“ Er sah mich an, seine Augen waren voller Mitleid. „Es tut mir leid, dass du ihn dort zurücklassen musstest, aber es war richtig, das zu tun. Wir können nicht zulassen, dass der Krieg den Kampf zwischen Engeln und Dämonen wieder entfacht. Nicht, nachdem wir so hart für den Frieden gearbeitet haben."

„Das werden wir nicht." Egal, was noch passieren würde, ich würde nicht zulassen, dass dieser Krieg von neuem begann. Ich war ein Engel, ja, aber mein Herz gehörte den Dämonen. Ich gehörte in beide Welten – und ich würde mein Leben dafür geben, den Frieden zwischen ihnen zu bewahren. „Und irgendwie werden wir auch die Pest aufhalten."

Gabriel reichte mir die Hand. „Ich freue mich darauf, mit dir und deinen Leuten daran zu arbeiten."

Ich starrte seine Hand verwirrt an und schüttelte sie dann. Es dauerte ein paar Sekunden, bis ich begriff, was er meinte.

Jetzt, da Luzifer weg war, hatte ich das Sagen.

Ich richtete mich auf und betrachtete die Gefallenen und Dämonen, die auf dem Feld verstreut waren. Einige waren loyal gewesen, andere hatten sich abgewandt. Sie alle waren meine Untertanen und ich würde sie wieder zusammenführen. Ich würde sie beschützen. Sie leiten. Sie führen. Das war es, was Luzifer gewollt hätte.

Ich würde einen Weg finden, Luzifer zu retten – selbst wenn ich ihn dafür töten müsste. Bis dahin musste ich stark sein. Für unser Volk. Für Luzifer. Für unsere Kinder. Auch für das, von dem ich vermutete, dass es jetzt in mir heranwuchs.

Ich war die Königin der Dämonen.

Es war an der Zeit zu herrschen.

ÜBER DIE AUTORIN

Elizabeth Briggs ist New York Times Bestsellerautorin im Bereich paranormaler Romane und Fantasy mit kühnen Heldinnen und unerschrockenen Helden. Sie absolvierte an der UCLA ein Studium der Soziologie und arbeitete für eine internationale Anwaltskanzlei, war Mentorin für Jugendliche im Kreativen Schreiben und arbeitete ehrenamtlich mit Organisationen zur Rettung von Hunden zusammen. Heute ist sie ein Vollzeit-Geek und lebt mit ihrem Mann, ihrer Tochter und einem ganzen Rudel wuscheliger Hunde in Los Angeles.

Besuchen Sie Elizabeths Website unter: www.elizabethbriggs.com